A

하성란 장편소설

자음과모음

1

이 냄새다. 밭에 뿌려놓은 분뇨나 웅덩이에 고여 썩어가는 오수 냄새, 풀숲 건너에서 짐승의 사체가 부패하며 내는 냄새, 단맛이 들어가는 과일향 사이사이로 내 후각은 대번에 이 냄새를 가려냈다. 국도 끝 하늘과 맞닿은 경계선은 낮게 몰려드는 검은 구름으로 어두침침했다. 이 길의 끝에는 공장이 있다. 그곳은 벌써 빗방울이 듣기 시작했을 것이다. 그곳은 나의 고향이다.

대기가 무겁게 내려앉고 공장 굴뚝들 위로 치솟던 연기가 일제히 방향을 틀며 기어가듯 옆으로 흐르던 시간, 공장 주변에 지천으로 널린 명아주 이파리조차 미동도 않는 짧은 정적의 시간이 지나고 나면 이내 후드득후드득 빗방울이 떨어지기 시작했다. 반경 일 킬로미터 안의 모든 것들 위로 자욱하게 내려앉은 분진에 분화구 같은 구멍이 파이는 것도 그때였다. 빗방울이 떨어지는 순간 지면으로 튕겨 오른 먼지가 폴폴 떠다니다가 빗물에 섞이면서 나던 냄새, 바로 그 냄새다. 빗방울은 금세 굵은 빗줄기가 되어 그 냄새를 지우고 계단식 채석장과 기숙사의 함석지붕, 정원의 모자상(母子像), 국도에서 갈라져 나온 샛길에서부터 공장 입구까지 깔린 자갈돌, 들에 핀 식물들 어느 것 하나 빠짐없이 스며들고 핥으면서 분진을 쓸어내 주었다. 이모들이 말하는 '자연의 대청소' 시간이었다. 경사 낮은 곳을 찾아 흐를 때쯤이면 빗물은 횟물처럼 탁해져 있었다. 시멘트와 진흙을 타놓은 듯한 빛깔의 빗물이 퀄퀄퀄 소리를 내며 거세게 도랑을 흘러가는 모습은 언제 보아도 장관이었다.

나는 내가 태어나던 날을 또렷하게 기억한다. 내가 읽은 소설 속 주인공처럼 태어나면서 처음 봤다는 대야에 대해 이야기하려는 것은 아니다. 그는 태어나면서 반짝 빛나는 것을 보았는데 그것이 대야의 테두리가 전등 빛을 받아 빛을 낸 거라고 믿고 있었다. 물론 내가 태어난 방에도 대야는 있었다. 대야째 불에 올려놓고 물을 끓여 밑바닥에 검게 그을음이 앉은 대야였다. 벌겋게 달아오른 쇠 대야가 미지근해지고 설설 끓었던 물도 식고 있을 때쯤 나는 만출력의 힘을 받아 엄마의 아랫도리 사이로 밀려 나왔다. 산파는 재빨리 고무흡입기로 내 입에 든 분비물을 빨아내고 내 엉덩이를 찰싹 내리쳤다. 나는 첫 숨을 대신해 앙, 하고 울음을 터뜨렸다. 그다음 들숨과 함께 딸려온 오만 가지 냄새들을 잊지 못한다. 나는 작은 못 구멍만 한 두 콧구멍을 힘겹게 벌름벌름댔다.

식당에 딸린 작은 방이었다. 읍에서 봉고를 타고 출근한 이모들은 이 방에서 조리복으로 갈아입었다. 점심과 저녁 식사 사이 짬짬이 장화를 벗어 퉁퉁 붓고 젖은 발을 말리기도 하고 잠깐씩 오수에 빠져들었다. 잠을 자지 않는 이모들은 팔베개를 하고 모로 눕거나 벽에 등을 대고 앉아 찬거리로 쓸 오징어포나 북어포를 옴공거리고 찐 감자를 먹으면서 수다를 떨었다. 누군가는 라디오에서 흘러나오는 가요를 따라 불렀고 누군가는 배를 깔고 엎드려 방송국에 보낼 엽서에 사연을 쓰기도 했다.

수다의 대부분은 연예인과 남자 이야기였다. 별일 아닌 일에도 이모들은 느닷없이 웃음을 터뜨렸다. 그녀들은 기껏해야 스물셋에서 스물넷, 제일 나이가 많아 동생들이 믿고 의지하는 큰언니라고 해봤자 겨우 스물여섯이었다. 그녀들 대부분이 엄마였지만 아직도 연예인의 사생활에 호기심이 동하는 나이였다. 개인차가 있겠지만 경우에 따라서는 아직까지 철딱서니 없다고 불릴 만한 나이이기도 했다. 그녀들이 그렇게 방을 차지하고 쉬는 동안 식당의 유일한 남자인 '삼촌'은 의자 네 개를 잇대어놓고 누워 책을 읽거나 이마에 한 손을 얹고 눈을 감고 있었다. 방에서 까르르 여자들의 웃음소리가 새어 나올 때마다 방 쪽으로 고개를 살짝 돌리고 빙그레 소리 없이 웃었다.

이모들은 시도 때도 없이 웃었다. 그녀들 중의 하나는 그렇게 웃다가 공장의 남자 직원에게 뺨까지 맞는 수모를 당하기도 했다. 배식 중 식판에 국을 퍼주던 이모의 웃음보가 터졌다. 남자는 당황한 나머지 식판을 들지 않은 한 손으로 재빨리 바지 지퍼를 만졌다. 바지 지퍼가 아무런 탈 없이 잘 잠겨 있다는 것을 확인하자 이번엔 얼굴을 더듬었다. 배식이 지체되자 차례를 기다리고 있던 남자들이 목을 빼고 그 둘을 힐끗거렸다. 남자는 자리로 가 앉았다가 벌떡 일어섰다. 성큼성큼 걸어와 이모를 곁눈질로 내려다보았다. "왜? 내 얼굴에 똥이라도 묻었냐?" 시비조라는 것을 알면서도 이모는 또 쿡, 하고 웃고 말았다. 그때 번쩍 눈앞에 불꽃이 튀었다. 놀란 것으로 치자면 맞은 당사자인 이모보다 때린 남자가 더했다. 뭐야, 뭐야, 식당 안이 웅성거렸다. 식당 안의 직원들이 밥을 먹다 말고 남자와 이모를 번갈아 올려다보았다. 겨우 이깟 일에 작고 어린 여자를 상대로 그만 자제력을 잃고 말았다는 것에 남자는 '쪽팔렸다'. 미안하다고 말하고 돌아서서 유야무야시키거나 아예 길길이 날뛰어 그럴 만한 일로 확대시키는 두 방법 중 무엇을 택할 것인가, 어정쩡하게 공중에 들린 한 손을 보며 남자는 궁리 중이었는데 당돌한 이모가 눈을 흡뜨고 남자를 올려다보았다. "그쪽 머리요, 너무 커서 안전모가 반도 안 들어갔잖아요. 너무 웃기잖아요." 식당 안의 남자들이 웃음을 터뜨렸다. 숟가락으로 식판을 두들긴다, 휘파람을 분다, 식당 안은 금세 아수라장이 되었다.

그런 일이 있었는데도 이모들은 좀처럼 바뀌지 않았다. '어머니'에게 수도 없이 잔소리를 들었지만 그때뿐이었다. 어떤 때는 꾸중을 듣고 있는 중에도 옆구리를 찔러대며 킥킥대다가 불벼락을 맞기도 했다. 어머니는 체머리를 앓는 사람처럼 고개를 설레설레 흔들었다. "내가 바보지, 이런 별종들을 바꾸려는 내가 바보지." 그럼 이모들은 이구동성으로 대답했다. "그럼요, 어머니!"

수백 명의 사내들이 득시글대는 공장 안에서 밝고 높은 젊은 여자들의 웃음소리는 활력소였다. 식당에서 여자들의 웃음소리가 새어 나오면 제아무리 목석같은 사내라도 잠깐 스텝이 엉겼다. 휴식시간 족구를 하던 사내들은 굴러간 공을 주우러 식당 근처까지 왔다가 이모들의 웃음소리에 한참이나 꾸물거리곤 했다. 이모들은 공장에 상근하는 유일한 일곱 명의 여자들이었다. 어머니를 합하면 일곱이었다.

나는 지금 얼추 그때 그녀들의 나이가 되었다. 그런데도 나는 잘 웃지 않는다. 웃으려 해본 적도 있기는 하다. 웃으라고 웃었는데 왜 오만상을 쓰고 있냐는 지청구만 들었다. 수없이 연습을 해도 이내 웃는 것인지 우는 것인지 종잡을 수 없는 얼굴 표정이 되어버리고 만다. 지금도 귓전에는 누군가 겨드랑이를 간지럽히기라도 하듯 자지러지게 웃어대던 이모들의 웃음소리가 들리는 듯하다. 어쩌면 그녀들은 울고 싶어질 때마다 웃어댄 것이 아니었을까, 조심스레 추측해보기도 한다. 웃음의 극단에 울음이 있는 듯 보이지만 그 둘은 어느 순간 원의 한 지점에서 서로 만난다. 그렇지 않다면 웃다가 우는 노인들의 심경 변화를 어떻게 설명할 수 있을까.

식당 주방의 타일 바닥은 늘 물로 흥건했다. 점심 식사 시간에 맞추려면 오전 시간이 눈코 뜰 새 없이 지나갔다. 너무도 바빠 "물 버린다, 발 들어!"라는 말을 할 틈도 없었다. 채소를 씻은 흙탕물이나 설거지를 한 구정물이 수시로 느닷없이 사람들의 복사뼈 높이까지 차올랐다. 이모들이 흰 고무장화를 신는 건 그 때문이었다. 이모들은 흰 조리복 위에 바닥까지 끌릴 듯한 긴 방수 앞치마를 둘렀다. 머리카락이 보이지 않도록 똑같은 흰 위생모자를 눈썹 위까지 눌러쓴 데다 화장도 하지 않은 맨얼굴들이라 멀리서 보면 누가 누군지 분간이 잘 가지 않았다. 나이도 엇비슷한 이모들 사이에서 엄마의 얼굴이 눈에 띈 건 입가의 도드라진 검은 점 때문이었다.

그날 아침도 이모들과 삼촌은 종종거렸다. 여덟 명이 수백 인분의 식사를 준비해야 했다. 삼촌은 이모들 가운데 한 명의 친동생이었다. 의외로 조리실에서는 힘을 쓸 일이 많았다. 한 끼 밥을 지으려면 이십 킬로그램 쌀 너덧 부대를 지고 날라야 했다. 그 많은 쌀을 씻어 안치는 일도 고역이었다. 일주일에 한 번 트럭이 와서 부식거리를 산더미처럼 부려놓고 갔다. 고추장과 된장, 쌀 포대와 간장, 재료가 든 상자들을 창고까지 져 나르는 일도 삼촌이 도맡아 했다. 좀 머리가 굵은 아이들은 오빠나 형이라고 불렀고 나이 차가 나는 아이들은 삼촌이라고 불렀다.

대형 양수 냄비 속에서 수백 명이 먹을 시금치된장국이 끓었다. 엄마는 한 대접 양을 한 번에 풀 만큼 커다란 국자를 들고 바닥이 닿지 않는 냄비의 국을 휘휘 저었다. 팔목이 시큰거렸다. 그때 찌르르 통증이 왔다. 드디어 올 것이 왔다고 엄마는 비장하게 부엌칼을 집어 들었다. 그러고는 감자를 채치고 있는 이모들 틈으로 달려 들어가 빠른 속도로 칼질을 시작했다. 또 통증이 왔다. 차츰 간격이 짧아지면서 통증도 강해졌다. 엄마가 나를 낳았던 때의 나이는 기껏 스물셋이었다. 지금 같으면 부모에게서 용돈이나 받아 쓰면서 대학에 다니고 있을 여자애가 애 둘의 엄마가 된 거였다. 정신없이 종종걸음 치다 보니 엄마는 이슬이 비치는 것도 알지 못했다. 속옷에서 샌 핏방울이 물이 흥건한 조리실 바닥에 뚝뚝 떨어졌다. 이번에는 커다란 프라이팬으로 다가가 손목에 스냅을 주며 리드미컬하게 두부들을 뒤집었다. 애 좀 낳는다고 꾀를 부릴 수는 없었다. 그렇지 않아도 늘 일손이 달렸다. 생각은 그렇게 하면서도 엄마는 지레 겁을 먹고 있었다. 한번 경험해보았지만 익숙해질 수 없는 고통이고 공포였다. 물 묻은 손에서 흘러내린 물방울에 기름이 튀었다. 엄마는 헉, 소리를 내며 주저앉았다. 누군가에게 기습적으로 옆구리를 가격당한 것 같았다. 엄마는 조리대의 모서리를 잡고 간신히 일어섰다. 엄마의 사타구니 사이에서 뜨끈한 물이 와락 쏟아졌다. "애 나온다!" 그제야 이모들이 소리를 질렀다. 삼촌이 엄마를 반짝 들어 올려 방으로 옮겼다. 엄마의 몸은 식당의 열기와 통증 때문에 식용유를 부어놓은 것처럼 번들거렸다.

정기 검진을 받던 산부인과 의원이 있었지만 읍에서도 한참 떨어진 곳이었다. 병원에 가는 동안 차 안에서 아기가 나온다면 큰일이었다. 조산사가 도착하기를 기다리는 동안 엄마는 식당에 딸린 방에 혼자 누워 있었다. 나는 엄마의 두번째 아이였고 예정일보다 삼 주나 늦게 태어났다. 태어났을 때 이미 머리를 묶을 만큼 머리카락이 덥수룩했고 퉁퉁 분 손발에 손발톱이 꼭 매 발톱처럼 길게 자라 있었다고 했다.

진통이 오면 형광등이 달린 천장이 검게 사그라졌다. 진통이 가시면 엄마는 머리맡 너머에서 건너오는 소리들에 귀 기울였다. 그녀들 일곱 명이 식당일로 자리를 옮겨온 지는 얼마 되지 않았다. 마음만 급하다 보니 그릇들을 놓치거나 칼을 떨어뜨리는 일은 예사였다. 허둥대다가 스테인리스 조리대의 모서리에 허벅지를 부딪히기도 했다. 밤이 되어 퇴근하려 옷을 갈아입을 때면 언제 생겼는지 알 수 없는 멍 자국들이 온몸에 나 있곤 했다.

잘강잘강 그릇들이 부딪혔다. 시금치된장국은 알맞게 졸고 있었고 기름에 지진 두부가 설탕 넣은 간장에 조려지는 냄새가 났다. 시금치나물이 다 무쳐졌는지 고소한 참기름 내도 풍겼다. 이모들은 장화로 물을 튀기며 방 앞을 지나갔다. "힘내!" 이모들이 소리치면 엄마는 "미안해"라고 대답했다. 그것도 진통이 가셨을 때만 가능했다. 진통이 올 때면 아무런 소리도 들리지 않았고 들었더라도 대꾸할 엄두조차 내지 못했다.

서울 공장에서 이모들이 서너 명 내려와주면 좋으련만, 그해에는 서울 공장도 하루 걸러 한 번 밤늦게까지 잔업을 할 만큼 일이 몰려 있었다. 학교에서 돌아온 아이들에게까지 허드렛일을 시킬 정도였다. 개막식이 시작되는 구월 이전에 물량을 맞춰놓아야 했다. 그전까지 값싸고 조악하기 그지없는 관광 상품들을 만들던 공예 공장이었다. 사가지고 돌아서는 순간 이미 쓰레기가 되어버리고 마는 물건들로 주로 경주나 치악산, 설악산 등지의 관광 상품점에 물건을 대주었다. 그러니 경주에서 사건 설악산에서 사건 늘 똑같은 기념품일 수밖에 없었다. 우리뿐 아니라 전국의 공예 공장들은 거의 다 영세하기 짝이 없었고 주먹구구식으로 운영되고 있었다.

1984년이 되자 서울 공장의 사정이 바뀌었다. 부녀자들이 소일거리 삼아 물건을 만들던 공장이 더 이상 아니었다. 서울의 공장은 발 빠르게 움직였다. 아시안게임을 겨냥한 관광 상품 제작에 들어갔다. 전문가들이 초빙되었다. 자개를 입힌 값비싼 보석함과 유명한 한국 화가의 그림이 들어간 쥘부채, 한국의 전통 복장을 한 인형들을 제작해 공예품경진대회에서 입상하기도 했다. 어머니가 어디에서 그런 정보들을 접했는지 지금까지도 알 수 없다. 하지만 어머니가 했던 말들을 곰곰 곱씹어보면 어머니에게만 특별히 정보를 흘리는 이가 분명히 있었던 것 같다. 가끔 어머니는 집게손가락으로 위를 가리키곤 했는데 그것이 '하늘에 계신 우리 아버지'가 아닌 것만은 분명했다. 혹시 그 사건 이후에 잠깐 언론에 언급되었던 G그룹일까, 분명한 건 진실을 말해줄 사람이 어머니는 아니라는 것이다.

내가 서울로 거처를 옮긴 뒤에도 공장의 전시장에는 그 공예품들이 전시되어 있었다. 86, 88 특수를 타고도 그때까지 관광지의 유명 호텔이나 관광 상품점에 납품을 하고 있었다. 유리 상자 안에 든 인형들은 사실적이라기보다는 큰 눈에 작은 입, 전형적인 인형의 외모였다. 혼롓날의 전통 복장인 사모관대와 원삼, 족두리 차림의 신랑, 신부는 상자 밑부분에 붙은 빨간 버튼을 누르면 천천히 고개를 숙여 인사를 하면서 "안녕하세요, 한국에 오신 것을 환영합니다"라는 판에 박힌 인사치레를 했다. 신랑, 신부의 얼굴은 똑같아서 옷만 바꿔 입혀도 이상할 것이 없어 보였다.

1986년 8월, 나는 하필 정신없이 바쁜 해에, 정신없이 바쁜 점심 식사 준비 시간에 딱 맞춰 몸을 틀기 시작한 거였다.

엄마가 산통으로 정신이 오락가락하고 있을 무렵, 식당 문이 열리고 밑창 두터운 작업화 차림의 남자들이 우르르 식당 안으로 들어섰다. 사이를 두고 상, 하의가 붙은 작업복에 노란 안전모를 쓴 남자들도 몰려들었다. 대걸레 물 자국이 채 마르지 않은 식당 바닥에 금방 남자들의 작업화 밑창 자국이 어지럽게 찍혔다. 가운뎃줄의 식탁을 중심으로 자연스럽게 정직원들과 계약직이나 아르바이트 직원들의 자리가 갈렸다. 기계기름 냄새 사이사이로 코를 쏘는 화약 냄새가 풍겼다. 식판을 들고 줄을 선 남자들은 건들댔다. "이 뭐꼬? 맹 풀이네? 우리가 토깽이 새끼고, 뭐고?" 그 흔한 고추장 돼지불고기 하나 없다는 불만이었다. 같은 값이면 "반찬이 맨날 왜 이 모양이야?"라고 말해도 될 것을 그곳 남자들은 꼭 그렇게 말해야 속이 시원한 모양이었다.

덩치 큰 남자들이 걸을 때마다 둔중한 발짝 소리가 식당 안에 울렸다. 수백 개의 의자들을 밀고 당기는 소리가 이어졌다. 털썩 무거운 궁둥이가 의자에 닿는 소리, 배식대를 향해 국이 싱겁다고 투덜대는 소리, 그 와중에 이모들에게 농지거리를 붙이는 사투리의 남자도 있었다. 수백 개의 수저가 식판에 스치고 닿는 소리도 소란스러웠다. 입맛을 다시고 쩝쩝대고 꿀꺽 음식물을 삼키는 소리 중간중간 낮고 저속한 웃음소리들이 섞였다. 불쑥불쑥 욕설이 도드라지기도 했다. 수다스러운 것이 여자라지만 나는 남자들의 수다에는 견줄 것이 못 된다고 생각한다. 남자들은 별말 아닌 것에도 목청이 보일 만큼 입을 크게 벌리고 상체를 흔들어대며 웃어댔다. 그들은 무작스러웠다. 대형 화물차를 몰고 채석장에서 돌덩이를 실어 나르는 남자들과 채석장에서 수시로 발파 작업을 하는 남자들, 1450도 고열의 소성로 근처를 오르내리고 통조림 깡통 같은 사일로 근처를 어슬렁대는 남자들이었다. 법보다는 주먹이 가까운 사람들이었다. 외진 곳에 위치한 공장의 위치도 한몫했을 것이다.

왁자지껄 밥을 먹던 남자들이 순식간에 조용해졌다. 식당 문가 쪽에 앉아 있던 남자 몇이 엉거주춤 일어서며 목례를 했다. 어머니가 공장 간부들을 대동하고 식당으로 들어섰다. 어머니는 가끔 식당에 내려와 식사를 했다. 밥을 먹는 중에도 곁에 앉은 직원들이 사업 경과보고를 했다. 직원들과 식사를 하면서 현장에 있는 근로자의 고충을 듣는다는 것은 허울 좋은 구실이었다. 트럭 운전사들 대부분이 지입제로 일을 하는, 이른바 계약직 사원들이었다. 자칫 그들이 파업이라도 일으키는 날엔 공장 업무까지 마비되기 일쑤였다. 혹시 어디선가 불만이 싹트고 있는 건 아닌가, 직원들의 동태를 파악하느라 어머니의 두 눈은 재빠르게 움직였다.

어머니가 숟가락을 들고 나서야 남자들도 먹던 밥을 다시 먹었다. 언제 그랬냐 싶게 식당 안은 수저질 소리만 났다. 남자들은 식판에 얼굴을 박고 묵묵히 밥만 떠먹었다. 가끔씩 고개를 들면 고무를 씹는 듯한 표정의 얼굴이 드러났다. 어머니는 늘 흰 블라우스에 복사뼈를 가리는 검은 치마를 입었다. 숱이 적은 머리카락을 가지런히 빗어 쪽을 찌었는데 그 모습이 원불교의 정녀 같았다.

어머니는 식당의 조리실로 들어와서 방문 틈으로 산통을 겪고 있는 엄마를 들여다보고 나갔다. 그러고는 들으라는 듯 말했다. "내일은 돼지불고기라도 좀 볶아라, 사내들이 풀만 먹고 어디 힘이나 쓰겠니?" 식당 곳곳에서 산발적인 박수들이 쏟아졌다. 박수는 어머니가 간부들과 함께 나간 뒤까지도 이어졌다. 걸핏하면 주먹다짐부터 하려던 그들도 어머니 앞에서는 찍소리도 못 냈다. 한참 뒤에야 나는 그들이 경외시하던 것은 자신들의 겨드랑이에도 못 미치는 키 작은 쭈그렁이가 아니라 돈이고 권력이었다는 것을 알았다.

삼 주나 늦게 나왔으면서도 나는 마지막까지 엄마의 엉치뼈 사이에 낀 채 무던히도 엄마를 애먹였다. 엄마는 용을 썼다. 초산 때는 진통을 꽤 길게 끌었지만 한번 힘을 주자 아기가 미끄러지듯 쑥 나왔다. 엄마는 자신의 산도에 끼어 있는 것이 축구공이라도 되는 듯한 압박감을 받았다. 그 상황에서도 쿡, 웃음이 터졌다. 머리가 큰 것이 저쪽 집안의 내력인가 보다, 생각했다. 크긴 컸지, 이만 했나? 엄마는 축구공을 잡은 것처럼 두 손을 벌려보기까지 했다. 이만 했나? 엄마의 손 사이는 농구공 크기만큼 더 벌어졌다. 이렇게 질질 끌어서는 안 되겠다 싶었는지 산파가 엄마의 배에 올라탔다.

산파는 엄마의 배 위로 불룩 솟은 내 작은 엉덩이를 사정없이 밀기 시작했다.

산파가 탯줄을 끊었다. "달렸어요?" 기진맥진한 엄마가 물었다. 산파는 내 두 다리를 자세히 살피지도 않고 짧게 대꾸했다. "딸!" 나는 달고 나와야 할 것을 어디에다 떨어뜨리기라도 한 것처럼 두 주먹을 꼭 쥔 채 울어댔다. 산파는 대야의 물로 내 몸을 씻겼다. 대야의 물은 금방 더러워졌다. "하이구야, 뱃속에 하도 있어 할매가 다 되었네." 나는 말린 대추 모양 불그데데하고 쪼글쪼글 주름투성이인 못생긴 아기였다.

울음을 멈추고 내가 맨 처음 본 것은 두 쪽짜리 작은 창에 와 튕기던 빗방울이었다. 비릿한 피 냄새와 시큼털털한 땀 냄새, 나를 받던 산파의 몇 개 남지 않던 이의 치석에서 나던 냄새와 함께 나는 식당 쪽에서 풍기는 냄새들을 빠짐없이 다 받아들였다. 물론 그 땐 그 냄새들이 어떤 냄새인 줄 몰랐다. 나중에 하나씩하나씩 찾아 내 기억하고 있는 냄새와 꿰맞추었다. 그리고 그 모든 냄새들을 잠재우듯 횟내 섞인 물비린내가 방 안 가득했다. 그 작은 방은 물에 잠긴 것처럼 축축했다. 가뜩이나 끓인 물의 수증기로 부옜던 데다 밖에는 비까지 내리고 있었다. 게다가 방문 밖은 발목까지 물이 차오르는 식당 조리실이었다. 축축했고 기분이 나빴다. 나는 비 오기 전의 개구리들처럼 눈물도 흘리지 않으면서 바락바락 악을 쓰듯 울어댔다.

나는 종종 내가 태어나던 날에 대해 이야기하곤 했다. "엄마가 나를 낳고 처음 먹은 것은 냄비 바닥에 남아 있던 졸아붙어 짜진 시금치된장국이었어"라고 말문을 열었다. 엄마는 상체만 겨우 일으키고 앉아 쟁반을 무릎 위에 올려놓은 채 밥과 국을 떠먹었다. 한 손으로 연신 목과 얼굴에 흘러내리는 땀을 훔쳤다. 고개를 숙인 엄마의 등은 작고 앙상하게 말라 있었다. 아기를 가졌던 몸이라고는 믿기지 않을 만큼 군살이 없었다. 국을 떠먹을 때마다 견갑골이 툭 불거졌다. 두 아이의 엄마라고 하기엔 너무 어린 데다 너무 작았다. 몇 가닥 남지 않은 시금치를 건져 먹던 엄마의 작은 등이 별안간 오르락내리락했다. 가뜩이나 방 안은 물이 찬 것처럼 축축한데 엄마는 울기까지 했다.

엄마가 운신을 해서 읍에 있는 대추나무집으로 옮겨 가기까지 나는 엄마와 식당에 딸린 방에 묵었다. 이모들은 방에 얼씬하지 않았다. 대신 식당 의자를 서너 개씩 일렬로 늘어놓고 그 위에 누워 쉬었다. 이모들이 식당으로 나오는 바람에 삼촌은 식당 문밖으로 밀려났다. 일손이 줄고 방까지 빼앗겼는데도 누구 하나 불평하지 않았다. 그들 사이에는 혈육과도 같은 끈끈한 애정이 있었다. 나는 태어난 지 이틀 동안 갖은 양념 냄새는 물론 질감 다른 그릇들이 부딪히는 소리와 재료들이 불과 어우러져 내는 소리, 이모들의 높은 웃음소리를 물리게 들었다. 그 소리가 잠잠해질라치면 곧이어 저벅저벅 군홧발 같은 남자들의 발짝 소리가 식당으로 밀고 들어왔다. 남자들은 싸우는 것처럼 큰 소리로 떠들어대고 웃어젖혔다. 그때마다 나는 놀라 얼굴에 주름을 가득 잡고 울었다.

그녀들은 한 자매 같았으므로 우리는 그녀들을 이모라고 불렀다. 그녀들은 평균적으로 두 명의 아이들을 낳았다. 1980년대 가족계획연구원에서 내놓은 가족계획인원인 한 명을 웃도는 수치였다. '축복 속에 자녀 하나 사랑으로 튼튼하게'라는 표어 아래, 인생을 보다 알차게 설계하고 실천하는 젊은 부부 사이에 한 자녀 가정이 늘고 있다는 텔레비전 공익광고는 코미디가 무색하리만치 재미있어서 이모들은 그 어떤 죄책감도 느끼지 않은 채 웃어댔다.

　내가 태어나던 날에 대해 주저리주저리 늘어놓아도 이모들은 한 번도 허무맹랑하다거나 거짓말을 한다고 지청구를 하지 않았다. 바보 같다고 놀려대지도 않았다. 고개를 끄덕이며 끝까지 다 들어주었는데 얼마 지나지 않아 나는 이모들뿐만 아니라 엄마까지도 내 이야기를 건성으로 듣고 넘긴다는 사실을 알아챘다. 전혀 엉뚱한 이야기를 섞었는데도 이모들은 "맞아, 그랬지"라며 맞장구를 쳤던 것이다. 하기야 누가 그런 이야기를 믿겠는가. 맨 처음에는 눈을 동그랗게 뜨고 내 이야기를 듣던 정인 언니도 나중에는 내가 입을 벌려 "엄마가……"라는 말만 꺼내도 내 뒤통수를 치고 보았다. 그때마다 코에 걸린 안경이 튀어나와 얼굴에 삐딱하게 걸치곤 했다. 그래도 나는 끈질기게 그 이야기를 붙들고 늘어졌다. "그때 식당에서 무슨 국을 끓였다고 했죠?" "그날 비가 왔나요? 안 왔나요?" 그제야 이모들은 내 코를 잡아당기고 혀를 끌끌 차며 한마디씩 했다. "요 거짓말쟁이." "넌 커서 뭐가 될려고 그러니?" "어째 앤 하는 짓이 다 늙은 할매 같아."

난 그때 이미 도수 높은 안경을 끼고 있었다. 콧등이 낮아 안경의 코걸이가 콧마루까지 미끄러져 내려오곤 했다. 수시로 코걸이를 밀어 올렸지만 그때뿐이었다. 이 반복적인 동작이 나중에는 버릇이 되었다. 안경을 쓰지 않게 되었을 때도 긴장만 하면 손가락을 코로 가져가 안경을 추켜올리는 듯한 흉내를 냈다.

이모들은 걱정된다는 듯 곁에 앉은 엄마의 얼굴을 살폈다. 난 돋보기 테 너머로 먼 곳을 바라보는 노인처럼 엄마의 얼굴을 올려다보았다. 무릎이 닿을 거리에 앉아 있는데도 맨눈으로는 엄마의 얼굴도 제대로 보이지 않았다. 하지만 엄마의 목소리는 그 어느 날보다도 또렷하게 들렸다. 확신에 찬 엄마의 목소리는 떨렸다. "저 앤 이야기를 쓰려는 게 아닐까?" 이모들의 반응은 엇갈렸다. 무슨 뚱딴지같은 소린가 어리둥절해하기도 하고 무릎을 소리 나게 치기도 했다. "그럼 그 이야기에 나도 나오겠네?" 반색하며 내 머리통을 쓰다듬는 이모도 있었다. 나는 흘러내리지도 않은 안경을 자꾸 추켜올렸다.

엄마는 정말 알았던 걸까. 내가 이렇게 엄마와 이모들의 이야기를 쓰게 되리라는 것을. 나는 아직도 그녀들 하나하나의 얼굴을 다 기억한다. 눈만 감으면 생시처럼 그녀들의 얼굴이 선명히 떠오른다.

내가 기억하는 그녀들의 마지막 모습은 1999년 12월 31일, 자정 무렵의 모습이다. 식당의 한쪽 식탁에 맥주와 오징어포를 차려놓고 앉아 쏟아지는 졸음을 참으며 '새천년'을 기다리고 있다. 설날 연휴로 공장의 직원들은 모두 집으로 돌아갔다. 선반 위에 놓인 텔레비전에서는 한 방송사의 연기대상이 방송되고 있었는데 갑자기 화면이 바뀌면서 사람들이 운집한 보신각이 나타났다. 카운트다운이 시작되었다. 그녀들은 아나운서를 따라 입을 모아 카운트다운을 외쳤다. "오, 사, 삼, 이, 일…… 해피 뉴 이어!" 아나운서가 크게 소리쳤다. 보신각종 타종이 시작되었다. 그런데 뭔가 이상했다. 그녀들이 졸음을 참으며 기다린 것은 21세기, 새천년의 시작이었다. 새천년을 알리는 밀레니엄 축제들로 심야 방송이 꾸려졌지만 어디에도 '21세기'라는 말은 없었다. 그제야 누군가 하품을 하며 "오늘이 아닌가?"라고 말했다. 2000년이 21세기다, 아니다 21세기는 2001년부터다, 티격태격 다투기 시작했다. 땅콩알과 오징어포가 식탁 위를 가로질러 날아갔다. 잠은 완전히 달아났다. 그럼 누가 오늘을 21세기라고 한 거냐, 한참 책임 공방이 벌어졌다. 그녀들은 깔깔깔 웃어대면서 맥주를 따르고 축배를 들었다. "해피 뉴 이어! 새해 복 많이 받아라!"

엄마는 나를 낳은 뒤에도 또 한 번 임신을 했다. 그사이 몇몇 이모들도 아이들을 배고 낳았다. 그때마다 식당의 메뉴도 느닷없이 미역국으로 바뀌었다. 그 무렵 식당 이모들의 평균 자녀수는 2.5명이 되었다. 셋째의 아버지는 채석장에서 캔 석회암을 공장으로 실어 나르던 트럭의 운전사였다. 하루하루 그날치의 일당으로 계산해 받는, 공장의 정직원이 아니어서 마음이 동하면 아무 때나 공장을 뜰 수 있는 사내였다. 오로지 머리통만 크지 않은 아기를 낳는 것이 엄마의 바람이었는지 그는 머리통이 좀 작은 것 외에는 "봐줄 만한 구석이라곤 손톱만큼도 없는" 사내였다. 물론 나는 기억나는 대로 이모들의 수다를 그대로 옮길 뿐이다. 그러자 엄마는 뾰로통해져서 "자세히 들여다보면 귀여운 구석이 있는 남자"라고 대꾸했다. 이모들은 그 말에서 뭘 연상이라도 했는지 잠깐 사이를 두고 또 자지러지듯 웃어댔다.

배식대를 사이에 두고 며칠 둘이 어색해하더니 얼마 못 가 연애가 시작된 것이다. 엄마는 식당 문밖에 기대서서 족구를 하는 사내들을 건너다보기 시작했다. 사내는 공을 애먼 식당 쪽으로 자꾸 날렸다. 어느 날 엄마는 이모들과 대추나무집으로 돌아오는 대신 공장에 혼자 남았다. 그들은 밤이 깊어 사내의 트럭 앞에서 만났다. 사내가 트럭의 바퀴를 발로 툭툭 찼다. "한번 타볼래요?" 공장으로 숱하게 화물 트럭이 드나들었지만 그걸 타보겠다는 생각도 그걸 태워주겠다는 남자도 없었다.

트럭은 눈으로 보던 것보다 어마어마하게 컸다. 트럭의 발 디딤쇠를 딛고 조수석으로 한번 올라가는 일도 처음 트럭을 타보는 엄마에게는 만만치 않았다. 엄마는 트럭의 조수석 손잡이에 대롱대롱 매달렸다. 대체 어디를 받쳐야 할지 몰라 허둥대던 사내가 엄마는 귀엽다고 생각했다. 엄마는 결코 점잔을 빼는 부류의 여자는 아니었다. "뭐 하고 섰어요? 엉덩이 좀 받쳐줘요!" 그제야 사내가 두 손으로 엄마의 엉덩이를 자칫 깨지기라도 할 도자기 들듯 받쳐주었다. 그들은 대형 트럭을 몰고 읍내 밖까지 드라이브를 했다. 국도는 좁았다. 트럭이 커브 길을 돌 때마다 혹시나 차바퀴가 도로 밖으로 나가 개울이나 논에 처박히지는 않을까 엄마는 조마조마했다.

이모들의 수다를 들은 뒤로 나는 공장을 드나드는 사내들 중에 안전모가 작은 듯 머리통에 꼭 조이는 사내가 있나 유심히 봐두고는 했다. 아무래도 웃다가 뺨을 맞았다는 이모가 꼭 우리 엄마일 것만 같았다. 번쩍 눈에서 불꽃이 튀는 순간 엄마는 머리 큰 그 남자를 사랑하게 된 것이다. 엄마도 이모들도 누군가를 좋아할 때 앞뒤를 재지 않았다.

그날도 엄마는 사내와 대형 트럭을 타고 드라이브를 했다. 트럭이 인적 뜸한 갓길에 멈춰 섰다. 트럭의 운전석과 조수석 뒤에는 딱 어른 한 사람이 누울 만한 공간이 숨어 있었다. 밤낮 없이 장시간 운전을 하는 운전사들이 잠깐 트럭을 주차시켜놓고 쉴 수 있는 공간이었다. 텔레비전의 어느 고발 프로그램에선가 운전사는 그곳에서 잠만 자고 운전은 운전 경력이 적은 조수들에게 시켜 사고를 부르고 있다며 그 공간을 한참 동안 카메라에 담기도 했다.

사내는 조수석에 앉은 엄마를 뒤로 밀어뜨리면서 부리나케 청바지를 벗었다. 엄마는 오뚝이처럼 바로 일어나 앉아 구김이라도 질까 치마를 손으로 쓸어내렸다. "싫어." 사내는 엄마의 말은 개의치 않는다는 듯 다시 엄마를 넘어뜨렸다. 사내는 그때까지도 여자들이 하는 '싫다'란 말을 '좋다'라는 말의 다른 말쯤으로 여기고 있었다. 좋으면서도 한 번쯤 빼고 보는 것이 여자들이라고 생각했다. 엄마는 이번에도 다시 일어나 바로 앉았다. 늘어난 삼각팬티에 검은 양말만 신고 어안이 벙벙해 앉아 있는 사내를 바라보았다. 묘한 조화였다.

"오늘은 별루야." 엄마는 사내가 알아들을 수 있도록 다시 한 번 말했다. 사내는 그 말을 오해했다. 여태껏 그렇게 말한 여자는 한 명도 없었다. 사내가 원하면 그것으로 끝이었다. '여자들이 원하나? 원하지 않나?' 한 번도 생각해본 적이 없었다. 사내는 덜컥 가슴이 내려앉았다. 사내는 엄마에게 아이가 둘이나 있다는 걸 알고 있었다. 말하자면 자신은 엄마의 첫 남자가 아니었다. "왜? 내가…… 잘 못하나?" 무슨 뚱딴지같은 소리인가 싶어 엄마는 사내의 얼굴을 멀끔히 들여다보았다. 작은 머리통만 빼면 정말 볼품없는 이목구비라는 생각이 그제야 들었다. 게다가 하는 말이라니. "아니, 오늘은 별로 하고 싶지 않다구. 그냥 이렇게 앉아 이야기나 좀 하면 안 될까?" 어찌할 바를 모르던 사내가 버럭 성질을 부렸다. 자신이 한 번도 본 적 없는 엄마의 남자들에 대한 질투감이 밀려왔다. "쳇, 좋달 때는 언제고? 먼저 덤벼든 게 누군데?" 사내는 허겁지겁 청바지를 꿰었다. 반쯤 일어선 채 입다 보니 중심을 잃고 자꾸 여기저기 쿵쿵 부딪혔다. 사내가 담배를 피워 물며 코웃음을 쳤다. "처녀도 아닌 게 빼고 있어." 이 말이 엄마의 비위를 건드렸다. 엄마는 조수석으로 나와 문을 열었다. 그 순간 사내가 뒤에서 엄마의 머리채를 획 낚아챘다. 사내는 엄마의 얼굴과 목덜미에 담배 냄새 나는 끈적거리는 침만 잔뜩 묻혔다. 엄마의 몸을 더듬거리는 사내의 손길에는 욕정밖에 아무것도 없었다. 엄마는 손길만으로도 사내들이 자신을 어떻게 생각하고 있는지를 알았다. 돈 주고 산 여자도 이렇게 대해서는 안 되었다. 모욕감으로 엄마의 몸은 딱딱하게 굳었다. 엄마는 절대 허락하지 않았다. 한참 실랑이를 하느라 엄마도 사내도 기운이 다 빠졌다.

엄마는 문을 열고 트럭에서 뛰어내렸다. 트럭은 너무 높았고 엄마의 발이 땅에 닿는 순간 휙 발목이 꺾였다. 순 양아치 같은 놈이었다. 이제라도 안 게 다행 중 다행이다. 엄마는 집까지 절룩거리며 걸어오면서 뱃속의 아이가 남자애였으면 좋겠다고 생각했다. 그럼 정말 제대로 키워보고 싶었다. 네놈들의 버르장머리를 단단히 고쳐놓겠다. 엄마는 단단히 별렀다. 하지만 엄마는 셋째를 낳지 못했다. 삼 개월도 채 버티지 못하고 아기는 핏덩이로 쏟아져 내렸다. "아기 낳은 거랑 똑같이 조리해야 해." 제일 나이 많은 이모가 알은체를 했다. 엄마는 식당에 딸린 방에 누워 아랫배를 만져보았다. 이런 느낌을 뭐라고 해야 할까, 상실감이라는 단어가 순간 떠오르지 않았다. 그래서 그 단어와 느낌이 비슷한 상황들을 떠올렸다. 이 느낌은…… 마치 소매치기당한 지갑을 쓰레기통에서 찾아 들었을 때와 비슷했다. 이미 안엣것은 쏙 빼가서 아무것도 없는 텅 빈 소가죽 지갑을 만지작거릴 때처럼 엄마는 얄팍하고 탄력 없는 자신의 뱃가죽을 쓰다듬었다. 아무래도 잃어버린 아기가 꼭 남자애인 것만 같았다. 너무 스트레스를 준 건 아닐까, 너무 심한 부담감을 가졌던 걸 거야, 그걸 견디지 못했던 거야, 이 애는 분명 남자애였을 거야.

그다음 날 메뉴도 미역국으로 바뀌었다. 아빠가 될 뻔한 사내는 미역국을 받아놓고도 어떤 곡절의 미역국을 먹고 있는지 몰랐다. 사내는 엄마가 아기를 가진 사실을 까마득히 몰랐다. 엄마가 세 아이 모두 그렇게 감쪽같이 얻었다는 것은 감히 눈치채지도 못했다.

엄마와 사내는 배식대를 사이에 둔 채 며칠 어색하게 굴었다. 사내는 계약 기간이 끝나기도 전에 트럭을 몰고 왔던 곳으로 가버렸다. 다른 건 몰라도 불 꺼진 창 같은 여자들의 눈빛에 대해서는 좀 알았다. 좀처럼 그 창에 불을 다시 밝히기가 쉽지 않다는 것도 이미 경험해보았다. 연애는 끝났다. 사내는 공장을 벗어나기 전 트럭의 창을 내리고 액땜이라도 하듯 침을 퉤, 뱉었다. 침은 멀리 나가지 못하고 턱을 타고 흘렀다. "처녀도 아닌 게 웃기고 앉아 있어." 사내는 미련 없이 공장을 벗어났다. 돌아보지 않으리라. 그 여자와 결혼을 할 것도 아니었다. 그냥 '엔조이'였다. 그런데 이상하게도 자꾸 무언가를 빠뜨리고 온 느낌이 드는 것은 어쩔 수 없었다. 사내는 참지 못하고 고개를 돌려 멀어지고 있는 공장을 보고 말았다.

무엇이 잘못되었는지 엄마는 그 뒤로 다시는 아기를 가지지 못했다.

국도를 벗어난 차가 읍내로 접어들 무렵 비가 내렸다. 키 낮은 집과 상점들 위로 저 멀리 우뚝 솟은 공장이 모습을 드러냈다. 인적이 끊긴 거리는 고요했다. 어두운 거리 곳곳에 고인 빗물이 번들거렸다. 가게들은 일찌감치 문을 닫은 듯 가게 안쪽 살림방에서 회미한 불빛이 새어 나올 뿐이었다. 공장 쪽으로 들어가는 차도 나오는 차도 없었다.

신신이발소의 간판에도 불이 꺼졌다. 그 골목으로 들어가면 이모들과 삼촌, 아이들과 함께 살던 집이 있었다. 어른들이 공장에 가 있는 동안 큰아이들이 동생들을 보살폈다. 그 아이들이 중학생이 되어 서울로 올라가면 밑의 아이가 그 일을 물려받았다. 넓은 마당 한쪽에 대추나무가 있고 그 밑에 수돗가가 있는 기역자집이었다. 한옥을 조금씩 양옥으로 개조하다 보니 그 양쪽의 특징이 고루 남아 있는 집이었다. 수돗가에 앉아 세수를 할 때면 설익은 대추가 대야 속으로 떨어지기도 했다. 떨어질 것이 대추밖에 더 있겠냐 짐작은 하면서도 대추가 떨어질 때마다 기겁을 해서 엉덩방아를 찧으며 "엄마야"라고 고함을 질러댔다. 언제부터 보고 있었는지 작은 아이 몇이 죽는다고 웃어댔다. 나는 세숫대야 물속에서 흔들리는 대추나무 이파리를 보는 일을 좋아했다.

상점의 이름들 대부분이 마을 이름을 제쳐두고 공장의 이름을 따왔다. 신신이발소, 신신문방구, 신신다방, 신신삼겹살까지는 그런대로 이해가 갔지만 신신신발은 좀 웃기다고 생각했었다. 신신양회 아이들이든 아니든 꼬맹이들은 모두 신발가게 앞을 지날 때면 말더듬이가 되었다. "신신신……발" 하고 외쳐대고 깔깔거렸다. 이 신발가게에서는 남성과 여성 기성화에서부터 작업화와 하이힐, 허벅지까지 올라오는 낚시용 장화까지 신을 수 있는 것들은 죄다 팔았다.

짧은 번화가를 벗어나자 시야가 트이며 공장의 온전한 모습이 한눈에 들어왔다. 수직으로 치솟은 사일로들과 굴뚝들 사이사이로 소성로와 상판, 계단, 트레일러 들이 어수선하게 얽혀 있었다. 근래 들어 증축을 한 부분들에 비해 오래된 사일로는 멀리서도 부식이 심해 보였다. 하지만 페인트칠을 새로 한 공장의 다른 구조물들도 부식된 사일로 곁에서 빛을 발하지 못했다. 가뜩이나 공장은 활발하게 가동되던 때에조차도 그 흉물스러운 모습으로 지나치는 사람들의 눈길을 사로잡곤 했다. 공장 뒤로 펼쳐진 헐벗은 암석도 한몫했다. 허허벌판에 선 공장은 흉물스럽다 못해 으스스하기까지 했다. 귀신이나 유령 이런 것들이 정말로 있다면 아마도 저런 곳에 깃들 거라는 생각까지 들 정도였다. 어떤 사람들은 그 광경에서 헐벗은 자신의 내면을 들키기라도 한 듯 서둘러 차를 몰고 지나쳐 가기도 했다.

한때 공장의 굴뚝들에서는 쉬지 않고 연기가 솟구쳤다. 석회석을 가득 실은 대형 트럭들이 꼬리를 물었다. 중장비 기사들은 타워크레인으로 석회석 덩어리를 들어 올려 분쇄기에 쏟아부었다. 점토와 합쳐진 석회석은 건조기와 배분기, 제분기를 거쳐 튜브밀과 공기분리기를 지나 또다시 건조되고 배합되는 과정을 거쳐 회전가마에 도달했다. 이 가마의 온도는 1400도를 훌쩍 넘었다. 이 고열로 한겨울에도 작업장 근처의 남자들은 비지땀을 흘렸다. 하루에도 서너 번씩 발파 소리가 들려왔다. 발파 전이면 공장 내에 짧은 사이렌이 울리고 발파가 시작되는 그곳 주변에 있는 사람들은 모두 피하라는 방송이 이어졌다. 시멘트 포대를 과적한 트럭의 바퀴들이 납작 눌렸다. 과적 차량들은 전국 방방곡곡으로 흩어졌다. 가끔 트럭의 전복 사고 소식이 들려오기도 했다. 바야흐로 전국 곳곳에 아파트 건설 붐이 불같이 일던 때였다.

어머니를 태운 검은 승용차는 자주 공장을 빠져나갔다. 며칠 뒤에 어머니가 돌아오면 작업량이 더 늘었다. 공장에서는 인부들을 더 고용했다. 한창때 식당은 한 끼에 팔백 인분의 식사를 준비하기도 했다. 마을의 노인들까지 동원되었다. 식당이 좁아 공장 한쪽에 간이 건물인 퀀셋을 조립해 식당으로 썼다. 한여름이면 퀀셋 안은 후끈하게 달아올랐다. 한증막이 따로 없었다. 인부들은 나무나 건물 그늘 아래 앉아 바닥에 식판을 놓고 밥을 먹었다. 뜨거운 육개장을 후룩후룩 떠먹으며 땀을 뻘뻘 흘리던 남자들의 붉은 얼굴이 떠오르는 듯하다. 식당은 늘 남자들의 웃음소리와 고함 소리로 시끄러웠다. 툭하면 남자들은 멱살부터 잡고 보았다. 다 큰 어른들이 한 덩어리가 되어 땅바닥을 구르기도 했다. 남자들이 굴러갈 때마다 붉은 흙먼지가 뽀얗게 피어올랐다. 이모들은 벽에 기대서서 누룽지를 씹으며 누가 이길까, 내기를 걸기도 했다. 그녀들은 아직 젊었고 그런 '쌈 구경'이라도 없으면 그곳은 너무 무료한 곳이었다.

읍내의 식당과 술집들도 덩달아 문전성시를 이뤘다. 주말이면 공장의 남자들은 읍으로 몰려 나갔다. 아가씨를 둔 이발소가 들어서고 찻집이 두 군데 더 생겼다. 밤거리는 술에 취해 휘청거리거나 고래고래 고성방가를 하는 공장 남자들로 넘쳐났다. 술집의 여자들은 종종 제 단골을 채갔다고 한길에서 드잡이를 하기도 했다.

어머니가 처음 발을 들여놓았던 1962년만 해도 이곳은 구획이 정리되지 않은 논뙈기, 밭뙈기로 겨우겨우 연명해가던 농부들만 있었다. 공장터를 다지고 대형 트럭이 드나들 수 있는 길을 닦는 기초 공사부터 시작되었다. 그 기간만 일 년이 넘게 걸렸다. 농부들은 농사를 아내들에게 떠넘기고 공장 공사의 잡역부로 뛰어들었다.

마을 사람들은 자신들의 집 위로 시원하게 펼쳐진 하늘을 가로막으며 조금씩 완성되는 공장을 입 벌리고 올려다보았다. 처음 발파가 있던 날은 웬 청천벽력인가 싶어 집 밖으로 뛰쳐나오는 사람도 있었다. 마을은 공장을 구심점으로 순식간에 바뀌기 시작했다. 그나마 남아 있던 젊은 남자들은 공원이 되어 작업복 차림으로 출근했다. 주먹구구를 해보아도 그 일이 농사를 짓는 일보다 백배 나았다. 마을 위로 우뚝 솟아오른 공장은 그들에게 종교와 다름없었다.

그들의 셈은 어머니의 셈을 앞질렀다. 더 이상 발파 소리에 또 전쟁이 터진 모양이라고 옷도 입지 않은 채로 뛰쳐나오던 시골 무지렁이가 아니었다. 그들은 공장의 몰락을 누구보다 먼저 눈치챘다. 그리고 더 이상 자신들에게 떨어질 콩고물이 없다는 것을 알자 일제히 어머니로부터 등을 돌렸다.

빗물에 젖은 자갈길은 미끄러웠다. 바퀴는 몇 번 헛돌다가 미끄러졌다. 운전에 능숙한 정인 언니는 당황하는 기색도 없이 핸들을 꼭 쥐었다. 자디잔 자갈이 바퀴 밑에서 튀어 올랐다. 마을 사람들의 생각과는 달리 그들도 공장의 몰락에서 자유롭지만은 않았다. 공장이 몰락하는 속도로 마을도 쇠락해졌다. 오십 세 미만의 젊은 축에 끼는 사내들은 가술을 정리해 진작 이곳을 떴다. 마을에 남은 사람들이라고는 초고령 노인들과 사업 실패로 노모에게 맡겨진 어린 손자손녀들뿐이었다. 한낮이면 텅 빈 거리를 개들이 어슬렁어슬렁 지나갔다.

사람들은 잊지 않아야 될 것은 쉽게 망각하지만 망각해도 좋을 것들은 두고두고 기억했다. 그날로부터 삼 년이 흘렀고 사건은 진작 종결되었지만 여전히 새로운 추측들이 머리를 들고 일어났다. 가끔 그 사건을 질기게 물고 늘어지는 기자들에 의해 기사화되어 사람들에게 새롭게 각인되고는 했다. 그 사건이 언급될 때면 자연스럽게 마을 이름도 거론되었다. 누군가의 말처럼 마을도 공장의 망령에서 쉽게 헤어나지 못했다. 6·25 동란 이후 겨우 입에 밥술이나 떠 넣던 이 마을을 이렇게까지 일으켜 세운 것은 신신양회였다고, 이럴 줄 알았다면 그때 신신양회 편에 섰어야 했다는 말도 조심스럽게 흘러나왔다. 노인들은 화가 난 것처럼 콧구멍을 크게 벌름거리며 담배만 뻐끔거렸다. 실추된 마을의 이미지는 쉽게 회복되지 않은 듯했다. 회복된다고 해야 1960년대 전깃불도 들어오지 않고 여름이면 넘쳐나는 강물에 십수 명씩 죽어나가던 이름도 없던 깡촌에 불과했다.

공장 입구에 도착하기도 전에 빗줄기는 굵어졌다. 어둠과 빗물로 시야가 반으로 좁아졌다. 정면을 주시하는 정인 언니의 양미간에 깊은 세로 주름이 파였다. 내가 가장 좋아하는 표정이었다. 아홉시 삼십분, 공장의 철문이 굳게 닫혀 있을 시간이었다. 매시 정각이면 마르고 나이 든 경비가 경비실에서 나왔다. 그는 엉거주춤한 자세로 맨손체조를 했다. 어설픈 체조가 끝나면 손전등을 켜고 정해진 순서대로 천천히 순찰을 돌곤 했다.

공장 정문 바로 앞까지 다가갔지만 저만치서 차를 보기만 해도 득달같이 달려 나와 문을 열어주던 경비는 보이지 않았다. 정인 언니가 트렁크에 실어놓은 우산을 꺼내려 운전석의 차문을 열었다. 빗줄기가 사정없이 들이쳤다. 비리척지근한 냄새가 울컥 몰려들어왔다. 거센 빗줄기가 사일로와 소성로들을 사정없이 두들겨대는 통에 사방이 시끄러웠다. 사일로는 속이 빈 것처럼 텅텅 울렸다. 우산을 꺼내려 트렁크까지 가는 동안 이미 다 젖을 정도로 빗줄기가 거셌다. 바람까지 불어 언니는 우산을 놓치지 않으려 우산대를 바투 쥐었다.

누군가 경비실 유리창에 돌을 던졌다. 의자는 내동댕이쳐졌고 음료수 깡통과 담배꽁초, 술병과 즉석 사발면 그릇 등으로 지저분했다. 악취가 진동했다. 엠티라도 온 무리들이 그곳에 대고 일제히 오줌이라도 갈긴 듯했다. 스위치를 올려보았지만 경비실의 전등도 공장 정문 옆에 나란히 달린 가로등에도 불이 들어오지 않았다. 정문 옆 사람들이 드나들던 작은 문도 안에서 잠겨 있었다. 정인 언니가 공장 철문으로 다가갔다. 저 멀리 떨어진 국도로 차들이 지날 때마다 공장의 윤곽이 드러났다 사라졌다.

은영 언니가 있었다면 "이놈의 고철 덩어리!"라고 투덜댔을 게 뻔했다. 은영 언니는 정인 언니와 동갑으로 식당 이모들 중 한 명의 딸이었다. 딸이라고는 했지만 나는 늘 그 언니가 정말 딸일까, 정말 여자일까 의문을 가지곤 했었다. 남자인지 여자인지 한눈에 알아볼 수 없는 비쩍 마른 몸매에 목소리마저 중성적이었는데 결정적으로 의심을 품게 하는 것은 바로 은영 언니의 태도였다. 언니는 좀처럼 우리에게 알몸을 보여주지 않았다. 이모들은 종종 여자애들을 데리고 대중목욕탕에 가곤 했는데 은영 언니는 무슨 변명을 대서라도 꼭 혼자 집에 남았다.

우리 중에 공장과 이 마을을 가장 지긋지긋해한 사람을 뽑자면 단연 은영 언니였다. 놀이터라곤 땡볕이 쏟아지는 학교 운동장이 전부였다. 채석광의 풍경은 어른이 봐도 단조로웠다. 방과 후 집으로 돌아올 때면 그때쯤 일어난 술집 처녀들이 부스스한 차림으로 가게 평상에 앉아 화투 패를 돌렸다. 그날이 그날 같은 변화 없는 곳이었다. 읍내 어디에서나 고개만 들면 공장이 눈에 들어왔다. 은영 언니는 공장을 쏘아보면서 "고철 덩어리! 따다 만 통조림! 망해나 버려라!"고 중얼대곤 했다.

신신양회의 아이들은 중학생이 되면 서울로 진학했다. 대추나무 집 아이들뿐 아니라 부모와 함께 공장 기숙사에 살던 아이들도 마찬가지였다. 머리가 굵어가는 아이들과 함께 지내기에 기숙사가 변변치 않다는 이유도 있었지만 무엇보다도 교육은 서울에서 시켜야 한다는 어머니의 신조도 한몫했다. 중학생이 되어 서울로 올라간 아이들은 공예 공장의 기숙사에서 생활하며 인근의 중고등학교에 다니다가 대학에 진학했다.

그곳은 나이가 지긋한 할머니들로부터 취학 전 작은 아이들까지 함께 거주했다. 기숙사 이층의 방들은 가출한 여성을 위한 쉼터로 쓰였다. 전국에서 그곳을 찾아온 여자들이 짧게는 며칠에서 길게는 몇 달, 그곳에 머물다가 떠나곤 했다. 종종 그곳에 머물던 여자들이 공장 직원으로 눌러앉기도 했다. 가끔 이층 복도에서 그 여자들과 마주치기도 했다. 얼굴이나 팔 언저리에 보랏빛 멍 자국이 남아 있었다. 무언가에 쫓기는 듯 사방을 경계하는 과장된 몸짓에 내가 더 놀란 적도 있었다. 그녀들은 주눅이 든 듯 몸을 바로 펴지도 못했다. 쉼터에서 제공한 하얀 발목 양말을 신고 커다란 플라스틱 슬리퍼를 끌며 복도를 걸어가던 그녀들의 작고 동그란 등이 아직도 잊혀지지 않는다.

수많은 사람들이 함께 생활하는 공간이니만큼 규율은 엄격한 편이었다. 규율을 어기는 이들에겐 책임을 물었다. 어리다고 봐주지 않았다. 건물 곳곳에 준수 사항이 적힌 안내문이 붙어 있었다. 이런 휴지쯤은 그냥 버려도 되겠지,라는 생각이 슬쩍 드는 외진 곳에도 영락없이 안내문이 붙어 있어, 누군가 이곳을 한눈에 꿰고 있다는 느낌이 들 때도 있었다. 누가 초안을 작성했는지 언제 만들어졌는지도 알 수 없는 그 안내문의 문구는 언뜻 성경의 십계명을 연상시키기도 했다. 그래서 그곳에 도착했을 때 얼마 동안, 복도에 침을 뱉거나 휴지를 버리는 일 따위가 도둑질이나 간음만큼의 무게로 나를 짓누르기도 했다. 끊임없이 죄책감에 빠져들게 하는 그 규율들만 아니라면 그곳은 엄마와 이모들의 웃음이 없달 뿐 대추나무집과 별반 다르지 않았다.

은영 언니는 수없이 가출했다. 밤새 사십 킬로미터를 걸어가기도 했다. 전혀 생각지도 않았던 곳의 파출소에서 전화가 걸려왔다. 그때마다 삼촌이 데려왔다. 오는 내내 은영 언니는 입을 툭 내밀고 씩씩거렸다. 파출소 순경이 "너 여자냐? 남자냐?"라고 물어봤기 때문이었다. 언니는 퉁명스럽게 쏘아붙였다. "보면 몰라요?" 은영 언니는 별일 아닌 일에도 까르르 웃어대던 제 엄마, '은영 이모'와는 외모도 성격도 딴판이었다. 은영 이모는 가끔 은영 언니를 두고 "난 쟤 머릿속에 뭐가 들었는지 정말 모르겠어"라며 고개를 설레설레 흔들곤 했다.

한번은 나도 은영 언니를 따라 나선 적이 있었다. 읍내를 벗어나자 불안해져서 자꾸 뒤를 돌아보았다. 이차선 국도가 끝 간 데 없이 펼쳐졌다. 우리는 국도변을 따라 한 줄로 서서 걸었다. 땡볕이 머리통으로 쏟아졌다. 차들이 지나칠 때마다 뜨거운 바람이 훅 끼쳐왔다. 차들이 귓바퀴를 스치듯 빠르게 지나갔다. 나는 금방 지쳤다. 문득 뒤돌아보니 조금 전까지만 해도 새끼손가락만 한 크기로 보이던 공장이 사라지고 보이지 않았다. 나는 다급하게 앞서 걸어가던 언니를 불렀다. 못 들은 척 한참 걸어가던 언니가 성가시다는 듯 휙 돌아서서 걸어왔다. 흘러내린 땀에 숱 없는 머리카락이 이마에 찰싹 달라붙어 피곤해 보였다. 땀과 함께 밀린 때가 목에 여러 겹의 검은 테를 만들었다. 언니는 겨우 국민학교 오학년이었다.
"아, 지겨워, 지겨워! 그러니까 내가 따라오지 말랬지?" 언니는 질
경질경 껌을 씹듯 말을 내뱉었다. 보이지는 않지만 머리 위에 감당
못할 커다란 보따리를 인 표정이었다. 누가 받아 내려주지 않으면
혼자 내릴 수도 없는 아주 큰 보따리 같았다. 우리는 목도 탔고 다
리도 아팠다. 터덜터덜 왔던 길을 되돌아 걸었다. 앞서 걷던 언니
가 풀이 돋는 비탈길 아래로 들어가 앉았다. 내게 망을 보라고 시
키더니 앉아 오줌을 누었다. 앉아 오줌을 누는 걸 보니 여자이긴
여자였다. "먹은 게 없으니 나오지도 않는다." 나는 내가 신은 슬리
퍼를 지나 국도로 흘러가는 오줌 한 줄기를 신기한 듯 내려다보고
서 있었다.

　"어디로 가려고 했니?" 어머니의 질문에도 은영 언니는 아무 말
하지 않았다. 어머니는 짐작이 가는 게 있다는 듯 고개를 끄덕였
다. "아까 공장 탱크 앞에서는 뭘 했니?" 이번에도 은영 언니는 입
만 굳게 다물고 있었다. 옆에 서 있던 은영 이모가 더 안달이 나서
은영 언니의 머리를 쥐어박았다. 은영 언니는 쇠파이프로 사일로
를 내리치다가 마침 그 곁을 지나가던 어머니의 눈에 띄었다. "어
서 말해! 왜 그랬어? 응?" 다그치는 은영 이모에게 어머니가 쯧,
혀를 찼다. 은영 이모가 억울하다는 듯 어머니를 보았다. "어머니,
난요, 이 쪼그만 머릿속에 대체 뭐가 들었는지 모르겠어요. 정말
모르겠어요." 그때 은영 언니가 고개를 꼿꼿이 들고 제 엄마를 쏘
아보았다. "모르는 게 자랑이야? 엄마가 자기 딸에 대해 모르는 게

자랑이냐고! 그래서 그렇게 떠벌리고 다니느냐고!" 은영 이모의 눈은 경악으로 점점 커졌고 입을 벌렸지만 아무 말도 못 했다.

중학생이 되어야 서울로 올라갈 수 있었지만 그 바람에 은영 언니는 오학년인데도 서울 기숙사로 거처를 옮겼다. 다른 아이들에게 좋지 않은 영향을 끼칠 수도 있다는 것이 어머니의 판단이었다.

어둠 속이었지만 짐작으로도 지난 삼 년 동안 공장이 급격히 쇠락했다는 것을 알 수 있었다. 어른 키 두 배는 족히 넘을 철문의 손잡이에 굵은 쇠사슬이 칭칭 감겨 있었다. 삼 년 전 경찰이 봉쇄해놓은 그날 그대로인 듯했다. 빗발치는 비에 우산도 소용없었다. 정인 언니는 거치적대기만 하는 우산을 내팽개쳤다. 문고리에 쇠사슬이 감겨 있고 그 끝에 커다란 자물쇠가 걸려 있었다. 묶인 쇠사슬을 풀어보려 했지만 쇠사슬 하나가 언니 주먹만 했다. 게다가 붉은 녹이 잔뜩 슬었다. 부질없는 짓이라는 걸 알면서도 언니는 미친 듯이 문을 흔들어댔다. 언니 혼자서는 요령부득이었다.

바싹 약이 올랐는지 정인 언니가 나지막이 욕을 내뱉었다. 제자리에서 힘껏 뛰어오른 언니가 머리 위의 문살 하나를 잡았다. 언니의 체중이 실린 문이 덜컹덜컹 흔들렸다. 언니가 문살 위에 다리 하나를 걸쳤다. 간신히 딛고 올라서서 그 반대편 문살에 다리를 올려놓았다. 그렇게 철문 꼭대기까지 올라간 언니의 모습이 철문 뒤로 사라졌다. 잠시 후 경비실 옆의 쪽문으로 언니의 모습이 나타났다. 언니가 씩씩거렸다. "쇠사슬로 꽁꽁 묶어놨어. 녹이 잔뜩 슬었더라구. 쇠사슬이 저 정도면 돌쩌귀에도 녹이 슬었을 거야. 쇠사슬을 풀었다 해도 차가 드나들 만큼 문을 열 수도 없었겠지. 칫, 그렇게 해놨어도 시멘트는 진작에 다 약탈당했을걸?…… 누가 여길 얼씬대기는 했을까? 오금이 저려 나 같으면 저 안으로 들어갈 엄두도 내지 못했을 텐데 말야……. 차는 이곳에 두고 걸어가야겠다. 괜찮겠니?" 언니의 말이 이렇게 길고 빨라진 건 언니가 흥분하고 있다는 표시였다. 언니가 내 쪽으로 고개를 숙이고 보조석의 글로브박스를 눌러 열었다. 언니의 머리카락과 스웨터에서 흐른 빗방울이 내 청바지 위로 뚝뚝 떨어졌다. 딸깍, 알루미늄 포장재에 싸인 정제 한 알을 떼어내는 소리가 났다. "가자!" 언니에게서 비 비린내와 함께 트로키 알약 냄새가 났다.

정인 언니의 약한 인후는 언니의 아버지로부터 물려받은 것이 분명했다. 내 아버지가 나에게 큰 머리통을 물려주었다면 언니의 아버지는 언니에게 민감한 인후와 양미간의 내 천 자(川)를 닮은 세로 주름을 남겨놓았다. 잠들기 전 엄마는 나란히 누운 우리 둘의 얼굴을 가만히 들여다보는 걸 좋아했다. 조목조목 뜯어보다가 흰 이만 드러내놓고 소리 없이 웃었다. "왜 웃어?"라고 물으면 엄마는 "신기해서 그러지, 내 속에서 너희들이 나온 게 신기해서 그러지"라고 대답하곤 했다. 엄마는 그 뒤로도 몇 명의 남자들과 연애를 했다. 두 아이의 엄마였지만 엄마는 젊고 예뻤다. 엄마는 가끔 우리에게 남자와의 사랑에 대해 이야기해주었다. 왜 그 남자들 중 하나와 결혼하지 않느냐고 물은 적도 있었다. 사랑은 흘러가고 흘러간 사랑은 다시 잡을 수 없다고 엄마가 말했다.

　나는 나중에야 많은 여자들이 자신이 낳은 아이의 얼굴 속에서 자신을 닮지 않은 부분을 찾아내려 한다는 걸 알았다. 자신의 몸에서 가장 싫어하는 부분을 꼭 빼닮아 놀라고 자신과 전혀 닮지 않은 부분을 찾아내면 신기해서 또 놀란다. 나는 내 얼굴에서 엄마와 닮지 않은 부분을 찾아보려 했다. 그러면 내 아버지의 얼굴을 짐작할 수 있을 거라는 생각에서였다. 자신의 얼굴을 계속 뚫어지게 보다 보면 어느 순간 자신의 얼굴이 낯설어지고 나중에는 이런 의문이 들게 된다. "대관절 당신은 누구십니까?"

　어쩌면 사람들에게 가장 낯선 얼굴은 바로 자기 자신의 얼굴일는지도 모른다. 공예 공장에서는 대회의실에 아이들을 모아놓고 정기적으로 영화를 상영했다. 나는 그 시간을 좋아했다. 특히 '시간 여행'을 소재로 한 영화는 정신을 놓고 보았다. 시간 여행자들이 가장 경계해야 할 것은 과거든 미래든 자기 자신과의 만남이다. 절대로 그들에게 자신의 얼굴을 들켜서는 안 된다. 영화에서는 왜 그래야 하는지 시원한 답을 주지 않았다. 어느 날 단둘이 딱 마주치게 되면 너무도 낯선 데 놀라 기절할까 봐 그런 거라고 나는 내 식대로 생각했다. 꼭 길 한중간에서 만나는 게 미래나 과거의 '나'가 아니더라도 어느 날 아버지와 만난다면 우리 둘 다 놀라 기절할 거란 생각이 든다. 머리며 코, 입이 너무도 빼닮아서 말이다. 우리는 한 번도 '아빠'란 말을 해본 적이 없다. 나는 가끔 주기도문을 낭송할 때 '아버지'를 '아빠'로 바꿔 불러보곤 했다. 발음할 때 달라지는 입 모양만큼이나 그 느낌도 달랐다.

국민학교에 들어가면서 나는 학교 도서관에 있는 책들을 섭렵하기 시작했다. 수업이 끝난 뒤에도 곧장 집으로 돌아가지 않고 도서실에 앉아 창밖이 어스레해질 때까지 책을 읽었다. 교실 두 개를 터서 만든 작은 도서관이었다. 기증받은 책들은 낡고 오래된 것들 투성이였다. 너무 오래되어 지금의 맞춤법과 다른 것이 태반이었고 몇 장이 덜렁 떨어져 나가 비약적인 상상력을 필요로 하는 책들도 있었다. 일 년 반도 채 되지 않아 나는 처음 읽었던 책을 다시 찾아 읽고 있었다. 내가 은영 언니와 같은 사고뭉치가 아니었음에도 일찍 서울로 올라간 건 이 때문이기도 했고 점점 나빠지는 시력 때문이기도 했다.

정인 언니와 은영 언니는 나를 돌봐줄 시간이 없었다. 언니들은 나를 '종로서적'에 데리고 갔다. 나는 처음 보는 대형 서점에 눈이 휘둥그레졌고 길 잃은 아이처럼 사방을 휘둘러보다가 촌티 팍팍 낸다며 은영 언니에게 뒤통수를 맞았다. 안경이 튀어나와 얼굴에 비스듬히 걸쳤다. 나는 어슬렁어슬렁 서가들 사이를 산책하다가 서가와 서가가 만나는 모서리에 자리를 잡고 앉았다. 세계의 아동문학과 한국 아동문학이 만나는 접점 지역이었다. 나는 그 사이에 등을 대고 앉아 책을 읽기 시작했다. 축약본으로 이미 읽은 적이 있는 『이상한 나라의 앨리스』였다.

언니들은 시내를 쏘다니다가 저녁이 다 되어서야 나를 찾으러 왔다. 하루 종일 방기해놓고는 그제야 정인 언니는 나를 챙기기에 바빴다. "밥은 먹었니?" "삼십 분 책 읽고 십 분 쉬라는 거 지켰어?" 내 대답을 기다릴 때면 정인 언니의 양미간에는 세로줄의 주름이 잡혔다.

얼마 지나지 않아 나는 어린이 코너를 떠나 한 층 위의 문학 쪽으로 자리를 옮겼다. 한 층 높아진 위치 때문인지 내 안의 무언가가 덩달아 상승된 느낌이었다. 나중에 교보문고나 영풍문고에도 가보았지만 그런 느낌은 종로서적만이 주는 느낌이었다. 종로서적은 공간이 비좁았다. 어쩔 수 없이 분야별로 여러 층을 써야 했을 것이다. 계단을 오르내리는 일이 번거로워 꺼리는 사람들도 많다는 건 나중에 알게 되었다. 그때쯤 어느 정도 서울 지리에 환해져 더 이상 언니들을 졸졸 따라다니지 않아도 되었다.

문학 코너 쪽으로 자리를 옮긴 지 얼마 되지 않아 나는 책 속에서 한 남자의 얼굴과 마주쳤다. 흑백사진이었다. 어딘가를 응시하는 그의 얼굴은 고독해 보였다. 바람이 불고 온도가 급강하한 듯 바바리코트 깃을 세우고 있었다. 그의 양미간에 자연스럽게 자리 잡은 세로의 주름살을 보는 순간, 나는 그가 정인 언니의 아버지일 거라고 철석같이 믿게 되었다. "오늘 엄마가 죽었다⋯⋯." 그날부터 나는 반의반도 이해하지 못하면서 '카뮈'의 책을 열심히 읽어댔다.

공장 안의 보안등도 모두 꺼져 있었다. 발이 보이지 않는 짙은 어둠이었다. 노후한 영사막이 끓듯 어둠 속에서 희끗희끗 빗줄기가 튀어 올랐다. 내가 앞장섰다. 눈을 감고도 다닐 수 있는 길이었다. 대형 트럭이 드나들던 길이라 무엇 하나 거칠 것 없이 넓었다. 방향만 잘 잡으면 되었다. 깊게 파인 구덩이에 발이 빠졌다. 과적 차량들이 만들어놓은 구덩이들이었다. 일렬로 공장을 빠져나가던 트럭들은 이 지점에 이르면 일제히 발을 삐끗하듯 뒤뚱거렸다. 그 모습이 재미있었다. 정인 언니가 내 뒤를 바싹 따라붙었다. 언니가 손전등을 머리 위로 들어 올려 어둠을 비추었다. 불빛은 두어 발자국 앞에서 끊어졌다. 등 뒤에 있었지만 나는 언니가 좀 두려워하고 있다는 것을 느낄 수 있었다. 우리는 혈육이었다. 혈육이면 그 정도는 그냥 알아졌다. 나는 엄마에게 위태로운 일이 일어나고 있다는 것을 피부로 알았다. 엄마가 더 이상 숨 쉬지 않게 되었을 때 나는 내 안의 무언가가 뚝 소리를 내며 끊어지는 걸 들었다. 언니에게 무슨 일이 일어난다면, 언니가 지구 반대편에 있더라도 나는 알 수 있을 것이다. 어둠은 코 바로 앞에까지 달라붙었다. 너무 축축했고 기분이 나빠져서 나는 내가 태어났던 날처럼 주먹을 쥐고 바락바락 울고 싶어졌다.

걸음은 더뎠다. 손전등이 비출 수 있는 가시거리가 짧았다. 가시거리 안에서 움직이다 보니 보폭은 답답할 만큼 좁아졌다. 사일로 앞에 도착하기도 전에 우리 둘 다 흠뻑 젖었다. 머리카락에서 흘러내리는 빗물 때문에 눈을 뜨기도 힘들었다. 바지 자락이 젖어 늘어지면서 걷는 일도 힘에 부쳤다.

나는 두 손으로 사일로를 더듬었다. 삼십오 주년 기념식에서부터 한복을 차려입은 아이들이 손에 손을 잡고 사일로를 빙 둘러섰다. 사일로의 둘레는 어린아이 서른여덟 명의 아름만큼이나 넓었다. 1962년 길을 닦은 뒤로 제일 먼저 만든 사일로는 신신양회의 역사라면 역사였고 상징이라면 상징이었다. 언니가 손전등으로 사일로를 비췄다. 어렴풋하게 부분부분 지워진 글자들이 떠올랐다. 新新洋灰. 사일로는 땜질투성이였다. 손전등으로 사일로를 훑어 내려오던 언니가 짧게 소리쳤다. 언니가 염려했던 대로 사일로의 밑바닥 가까운 곳에 커다란 구멍이 뚫려 있었다. 누군가 시멘트를 훔쳐간 듯했다. 밖으로 흘러나와 점점이 떨어진 시멘트는 오래전 내린 비에 굳어 있었다.

손전등 불빛이 가 닿은 어둠 속에서 사발 크기만큼씩 공장의 전경이 드러났다. 트레일러의 일부와 소성로의 일부를 훑은 손전등이 땅으로 내려와 앞에 펼쳐진 어둠을 쏘았다. 공장 담벼락에 폐타이어가 산더미처럼 쌓여 있었다. 그것들은 삼 년 전 그대로였다.

공장 안으로 폐타이어들을 실은 트럭이 들어오면서 모든 일들이 어긋나기 시작했다고 나는 생각해왔다.

사일로를 끼고 오른쪽으로 돌았다. 그곳에서부터 도로 폭이 와짝 좁아져서 트럭은 아예 진입할 수 없었다. 공장에 놀러 온 아이들은 이곳에서 뛰어놀았다. 사옥의 계단까지 가는 길은 정확히 꿰고 있었다. 마음이 앞섰다. 성큼성큼 몇 발짝 떼어놓기도 전에 나는 생각지도 않았던 방해물에 걸려 넘어지고 말았다. 나는 아직도 내가 볼 수 있는 사람처럼 군다. 그럴 때면 그것 보라는 듯 꼭 어딘가에 부딪히거나 걸려 넘어진다. 뒤따라온 언니가 손전등으로 그 물건을 비추었다. "어? 모자상인데. 이게 왜 여기에 와 있는 거지?" 청동 조각상은 우리가 기억하고 있던 장소보다 이십 미터쯤 앞으로 밀려 나와 나뒹굴고 있었다. 마을 사람들은 폭도들처럼 공장 안으로 밀고 들어왔다. 어디에서 구했는지 사내들 몇이 각목을 들고 있었다. 그들은 유리창을 깨부수고 집기들을 내던졌다. 각목이 없는 사람들은 피켓을 이용했다. 그때까지 남아 있던 공장 직원들이 나섰지만 수적으로 열세였다.

1999년부터 산업폐기물이 시멘트의 부원료로 사용되기 시작했다. 소성로를 1400도 이상의 고온으로 유지하는 데 폐타이어를 따라올 연료가 없었다. 유연탄 비용만 아껴도 순이익이 부쩍 늘어날 거라는 게 어머니의 계산이었다. 연료비도 절감하면서 폐타이어 처리 비용까지 따로 챙길 수 있으니 일석이조였다.

채 오 년도 되지 않아 환경 단체의 보고서가 앞다퉈 쏟아졌다. 시멘트에 들어가는 각종 폐기물의 주요 성분들이 전립선암이나 알츠하이머병의 원인이 된다는 보고였다. 공장 인근의 토양과 농작물에서도 중금속이 검출되었다. 공장에서 제법 멀리 떨어진 국도변에 날아가 쌓인 분진에 자석을 대자 철가루가 달라붙었다고 했다. 그 무렵 한 남자가 공장을 찾아왔다. 며칠 뒤 신신양회에 대한 기사가 신문에 실렸다. 제목은 '당신의 집은 안전합니까'였다. 산업폐기물로 만든 '쓰레기 시멘트'로 지은 집의 위험성과 피해 사례들이 실렸다. 아토피 피부염을 앓고 있는 아이의 사진이 기사에 힘을 실었다. 엉성하게 만든 피켓을 든 마을 사람들이 공장 앞으로 하나, 둘 모여들었다. 회칠을 하듯 담장과 지붕을 하얗게 덮은 시멘트 분진 사진과 함께 지금까지 악취와 분진의 고통에 단 하루도 문을 열어둔 적이 없었다는 마을 주민들의 불평이 쏟아졌다. 공장에서는 아무런 대꾸도 하지 않았다. 성난 마을 사람들이 트럭의 앞을 가로막기도 했다. 트럭 운전사들과 마을 주민 사이에 실랑이가 벌어졌다. 마을 농민 몇은 거무튀튀한 얼룩투성이인 사과를 트럭 가득 싣고 와서 공장 앞에 뿌리기도 했다.

그즈음 어머니는 만 삼천 톤급의 사일로를 지을 준비에 여념이 없었다. 백억 원이 넘는 공사비가 투입되는 대공사였다. 어머니가 공장을 비우는 날이 많아졌다. 신신양회와 쓰레기 시멘트에 관한 기사가 이 계획에 차질을 주고 있는 것은 확실했다. 그런데도 어머니는 아무런 내색 하지 않았다. 단 한 번 싫은 기색을 비친 적이 있었다. 어머니가 일주일 만에 공장으로 돌아온 날이었다. 어머니가 탄 자동차가 공장 진입로로 들어서는데 길가에 모여 있던 사람들이 우르르 몰려나오며 차 앞을 가로막았다. 마을 주민들과 함께 각지에서 온 환경운동가들이 시위에 참여했다. 어머니는 사람들이 들고 있는 피켓의 문구를 읽었다. 운전사가 경적을 울렸다. 모여 있던 사람들 틈에서 달려 나온 누군가가 자동차의 전면창에 계란을 던졌다. 잠시 사이를 두고 두 개째의 계란이, 곧이어 순서를 셀수도 없이 많은 계란들이 날아와 터졌다. 노른자가 터지고 계란 알끈이 끈적이며 늘어졌다. 연락을 받은 공장에서 직원들이 몰려나와 마을 주민들을 끌어낼 때까지 어머니는 차 안에 갇혀 있었다. 그때 어머니는 딱 한마디 했다. "배은망덕한 것들!"

작화(作話)는 코르사코프 증후군의 증상 가운데 하나였다. 심한 기억력의 장애로 때나 장소 인식력도 상실한다고 했다. 나는 이모들과 21세기를 맞지 못했다. 갑자기 시야의 반이 깜깜해졌고 안과를 찾았을 때는 대학병원으로 가서 정밀검사를 받으라는 진단을 받았다. 내 머릿속에 종양이 자라고 있다고 했다. 비교적 큰 머리통 때문에 종양은 무럭무럭 자라서 꽤 큰 면적을 차지하게 된 모양이었다. 종양이 시신경을 눌러 압박했다는 것이 의사의 소견이었다. 알코올중독이나 두부(頭部) 외상, 뇌종양 등으로 인해 코르사코프 증후군이 일어날 수 있었다. 의사 말에 의하면 내가 태어나던 날을 기억한다고 믿었던 것도 모두 그 증후군 때문이었다. 그런데 그 모든 것이 정말 내 머릿속의 종양이 꾸며낸 이야기에 불과했을까, 난 아무에게도 그날 엄마가 울었다는 말만은 하지 않았다.

깨진 유리 조각이 발에 밟혔다. 사옥의 현관 앞은 곧장 계단으로 연결되었다. 그리고 계단 옆으로 난 복도를 따라가면 그 끝에 식당이 있었다. 나는 공장에 올 때마다 맨 먼저 식당으로 쏜살같이 달려가곤 했다. "엄마─" 식당 입구에서 비슷한 얼굴들이 튀어나와 나를 반겨주었다.

공장을 찾아왔던 신문기자는 또 한 번 공장을 찾아왔다. 이번에는 종교연구가와 함께였다. 그는 조심스레 신흥종교집단에 대해 조사하고 있었다. 그들은 신신양회에 관한 꽤 정확한 자료를 수집한 듯했다. 이미 서울의 공예 공장에 대해서도 파악했다. 많은 사람들이 기숙사에 모여 공동체 생활을 하고 있다는 것, 그들이 공장의 사장을 '어머니'로 부르고 있다는 것, 특이하게도 그들 사이에 '아버지'라고 불리는 남자들이 없다는 것, 아침저녁으로 기숙사 복도에 일렬로 줄을 서서 점호를 받는다는 것. 사유재산이 인정되지 않는다는 것, 공예 공장에서 벌어들인 수익의 전부가 '어머니' 한 사람에게로 돌아가고 있다는 것 등등. 결론적으로 어머니는 종교를 빌미로 남편을 잃은 오갈 데 없는 여인들을 끌어모아 그녀들의 재산과 노동력을 착취하고 있는 신흥종교의 교주였다. 몇몇 사실을 제외한다면 마치 잠입 취재라도 한 듯 모든 것이 정확했다.

그는 신신양회는 물론 신신공예의 괄목할 만한 성장 또한 의심했다. 추적 과정에서 고위 공직자들을 상대로 한 성 상납이 있었다는 의혹이 불거지기도 했다. 그는 신신공예의 이모들 중 하나와 인터뷰를 시도했지만 성사되지는 않았다. 그는 기자수첩에 '빙산의 일각'이라고 끼적였다. 신신양회도 거대했지만 그 뒤에 더욱 거대한 조직이 있었다. 직감이 그렇게 말해주었다. 그러나 그의 열정과 의욕에도 불구하고 이 일은 기사화되지 못했다. 그 신문기자가 어느 날 홀연히 사라져버렸기 때문이었다.

일은 한꺼번에 터졌다. 실종된 신문기자의 행방을 뒤쫓던 경찰들이 공장에 들이닥쳤다. 그 전부터 어머니는 사방에서 몰리고 있었던 듯하다. 백억대 규모의 사일로 공사는 어머니의 과욕이었다. 쓰레기 시멘트 사건이 터지자 거래 은행에서조차 융자를 머뭇거렸다. 어머니는 사채에 손을 댔다. 소문은 더 빨랐다. 거래처 사람들은 불안해했다. 만기가 되지 않은 어음을 들고 공장을 찾아오는 이들이 많아졌다. 공예 공장의 책임자들이 사채업자들을 피해 신신양회로 내려왔다. 그때까지도 마을 사람들은 여전히 피켓을 든 채 구호를 외치고 있었다. 몇 달치 임금이 체불되자 트럭 운전사들은 너도나도 시멘트 포대를 싣고 달아나버렸다. 그 모든 일들이 그 사건이 터지기 전 반년 안에 일어났다.

사건이 터지기 열흘 전부터 신신양회에는 어머니와 양쪽 공장의 책임자들을 비롯 나와 이모들까지 모두 스물다섯 명만이 남아 있었다. 우리가 마지막으로 내몰린 곳은 사옥의 맨 꼭대기 온전히 몸을 일으켜 설 수도 없는 다락방이었다. 그때까지도 다락방 한쪽에 모여 앉은 이모들은 소곤대면서 수다를 떨었다. 다락방 모서리로 간 어머니는 어딘가로 계속 연락을 취했다. "신신이라고 전해주세요. 급히 할 말이 있다구요." 어머니가 전화를 받은 상대방에게 힘을 주어 이야기하는 것이 들렸다.

그들 스물네 명이 공유하고 있던 비밀이 무엇이었는지 잘 모르겠다. 그 기자가 추측한 대로 어머니가 수주를 따내려 성 상납을 했는지도 알 수 없다. 엄마를 비롯한 여섯 명의 이모들 중 셋이 같은 해에 아이들을 출산했다. 딸이 셋, 아들이 하나였다. 그들이 죽어서까지 발설하지 말아야 할 것이 무엇이었는지 도무지 종잡을 수 없다.

우리가 다락방에 숨어 지낸 지 사흘째 되는 날이었다. 팔월이었고 창문이 하나뿐인 다락방은 정오가 되기도 전에 열기로 가득 찼다. 밖의 동정을 살피러 나갔던 이모 하나가 주먹밥을 만들어 올라왔다. 방금 전에도 경찰이 다녀갔다고 이모가 어머니에게 귀띔했다. 하루 한 끼밖에 먹지 못했지만 아무도 주먹밥에 손을 대지 않았다. 어머니는 다시 한 번 어딘가로 전화를 걸었다. 좀처럼 속을 드러내지 않는 어머니가 파르르 성질을 냈다. "분명 신신이라고 전했나요?…… 핸드폰은 꺼져 있더군요……. 그럼 할 수 없지요. 그쪽도 그렇게 수수방관만 하고 있을 처지가 아닐 텐데요." 어머니는 그렇게 말하고 나서 전화를 끊었다.

나는 다락방 한쪽에 엄마와 나란히 앉아 있었다. 배가 고팠지만 식욕은 없었다. 나는 더위와 허기에 지쳐 잠만 잤다. 그사이 그들 스물네 명 사이에 어떤 이야기들이 오갔는지 잘 모르겠다. 잠깐잠깐 잠 속에서 어머니의 목소리를 들은 것도 같았다. 마지막, 처리, 결행. 좀처럼 우리가 쓰지 않던 말들이었다. 무언가 섬쩍지근한 느낌이 들어 소스라치게 놀라 깨었을 때 내 옆에 엄마는 없었다.

나는 내 앞에서 무슨 일이 벌어지고 있는지 볼 수 없었다. 뇌수술을 받은 이후에도 시력은 회복되지 않았다. 그나마 불빛을 보면 눈꺼풀을 깜빡거리곤 했는데 어느 날부터는 아예 불빛에도 반응하지 않게 되었다. 나는 열아홉, 고등학교에 진학하지 못한 채 공장에 내려와 있었다. 나는 직감으로 지금 내 앞에서 '처리'라는 작업이 이뤄지고 있다는 것을 알아챘다. 엄마는? 나는 엄마를 찾아 더듬더듬 방바닥을 짚어나갔다. 그리고 그 순간 나는 내 속의 무언가가 뚝 소리를 내며 끊어져 나가는 듯한 느낌을 받았다. 명치에 몰려온 통증에 나는 숨을 몰아쉬었다. 나는 직감으로 엄마가 죽었다는 것을 깨달았다.

몇 시쯤 되었는지 알 수 없었다. 수없이 자고 깨었기 때문에 며칠이 흘러갔는지도 알 수 없었다. 다락방 안은 묘한 정적에 휩싸여 있었다. 인기척이라고는 나지 않았다. 고요함 속에서 누군가 조용히 움직이고 있다는 것이 느껴졌다. 그때마다 공기의 흐름이 달라졌다. 누군가가 무거운 부대 자루 같은 것을 질질 끌고 있었다. 둔탁한 것 위에 또 다른 둔탁한 무언가가 포개지는 소리가 났다. 누군가가 쉭쉭 거친 숨을 몰아쉬고 있었다. 나는 허공에 대고 물었다. "누, 누구세요?" 공포에 목소리 끝이 갈라졌다. 누굴까, 혼자서 조용조용 움직이고 있는 사람이 대체 누구일까, 아무래도 한 번도 만난 적이 없는 낯선 사람인 것만 같았다.

누군가 휙 내 손목을 잡아챘을 때 나는 비명도 지르지 못한 채 엉덩방아를 찧었다. 마치 커다란 개구리를 잡은 듯 그 손은 축축했고 기분 나쁘게 미끄러웠다. 나는 덜덜 떨면서 무릎걸음으로 누군가에게 끌려갔다. 내 목을 쥔 손아귀에 힘이 들어갔다. 그 손에 주저함이란 없었다. 어둠 저쪽에서 누군가 말했다. 움직이는 이 사람과 이 모든 것을 지켜보고 있는 또 다른 한 사람이 있었다. 어머니인 것 같았다. '어머니?'라고 물어보려 했지만 이번에도 말문이 막혔다. 그 목소리는 낮고 잔뜩 쉬어 있었다. 어머니인 것도 아닌 것도 같았다. "그 앤 그냥 둬. 아무것도 못 봐. 아무것도 몰라. 그냥 둬." 축축한 손에서 스르르 힘이 빠져나갔다. 그리고 또 시간이 흘렀다. 쿵, 하는 작은 소음 뒤로 정적이었다.

나는 공포로 울었다. 콧물과 눈물이 범벅이 되었다. 네 발로 바닥을 기었다. 모서리와 기둥에 사정없이 머리와 정강이가 부딪혔다. 아픈 줄도 몰랐다. 더듬더듬 손을 앞으로 내밀었다. 손끝에 뭔가가 만져졌다. 손가락이었다. 손가락을 따라 더듬어 올라갔다. 손등과 팔, 그 아래 또 다른 이의 손가락이 만져졌다. 목과 귀, 머리. 그 밑에 깔린 다른 사람의 귀. 그 밑에 또 다른 손가락, 또 그 밑에 허벅지. 손에 잡히는 누군가의 팔을 들어올렸다. 조금 힘을 빼자 그 팔은 아무런 저항도 없이 툭 떨어져 내렸다. 내 앞에 축 늘어진 몸들이 켜켜로 쌓여 있었다.

다시 무릎걸음으로 몇 걸음 나아갔다. 어느샌가 눈물도 나지 않았다. 나는 민첩하게 움직였다. 멀지 않은 곳에 사람들이 또 쌓여 있었다. 맨 위에 얹힌 사람은 어머니 같았다. 주름 많은 피부로 봐서 그랬다. 늘 단정히 빗어 넘기던 머리카락이 빠져나와 엉클어졌다. 언제나 꼭 다물고 있던 입도 벌어지고 끈적끈적한 침이 목덜미까지 흘러 내려와 있었다. 어머니가 죽었다.

얼굴들을 찾아 더듬었다. 엄마를 찾아야 했다. 입가의 점! 그렇지만 나는 보이지 않았다. 일어서려 했지만 몸을 제대로 펼 수도 없었다. 나는 엉거주춤 선 채로 다락방 천장 가까이에 쌓여 있던 어머니의 몸을 끌어냈다. 퉁 소리가 나면서 어머니의 몸이 떨어졌다. 엄마의 몸은 두번째 그룹에서도 조금 떨어진 곳에 있었다. 어떻게 엄마인지 알았느냐고? 아무것도 보이지 않게 되었을 때 나는 맨 처음 엄마의 얼굴을 만졌다. 아무것도 느껴지지 않다가 얼굴에 난 등고선 같은 것이 머릿속에 그려졌다. 손으로 만져지는 엄마도 미인이었다.

엄마의 몸은 아직도 탄력이 있었고 부드러웠으며 살아 있는 것처럼 따뜻했다. 나는 엄마의 몸을 부둥켜안았다. 엄마가 내게 했던 것처럼 엄마를 꼭 끌어안았다. 엄마는 겨우 마흔한 살이었다. 아직 사랑할 수 있는 시간이 많이 남아 있는 나이였다.

그 사건은 전대미문의 사건으로 남았다. 사망자는 모두 스물네 명이었다. 그중 남자는 세 명이었다. 둘은 양쪽 공장의 책임자들인 공장장들로 둘 다 오십대였고 남은 하나가 바로 삼촌이었다.

그들 중 그 누구의 몸에서도 저항의 흔적이 나타나지 않았다고 했다. 그들은 세 그룹으로 나뉘어 쌓여 있었다. 그 좁은 다락방에서 누군가 시신을 끌어다가 세 곳에 모아두었다는 이야기였다. 경찰의 발표에 의하면 이들 모두를 교살한 사람은 다름 아닌 삼촌이었다. 그들을 모두 교살한 뒤에 삼촌은 다락방 기둥에 목을 맸다. 제대로 일어설 수도 없는 그곳에서 목을 맸다는 것은 그만큼 죽을 의지가 강했다는 뜻이라고 경찰은 해석했다. 경찰은 그 현장의 유일한 목격자인 내게 추궁을 했지만 기대했던 것을 알아낼 수는 없었다. 나는 아무 말도 하지 않았다. "엄마가 죽었어요. 어제인지 오늘인지 모르겠어요"라는 소설 속의 문장만 되풀이했다. 나는 겨우 열아홉 살이었고 앞이 보이지 않는 장님이었다.

나는 아직도 그 모든 일을 삼촌 혼자 했다고는 믿지 않는다. 그날 내 목을 움켜쥐었던 그 손의 주인공은 내가 한 번도 만난 적이 없는 남자였다. 나는 어릴 때부터 삼촌을 잘 알았다. 목말을 태워주었고 자전거 타는 법을 알려주었다. 삼촌이었다면 내가 알아채지 못했을 리 없다. 삼촌의 손이 개구리를 잡은 듯 기분 나쁘게 느껴졌을 리 없다. 하지만 경찰의 발표대로 그들이 집단 히스테리에 빠진 상태에서 집단 자살, 아니 자의에 의한 집단 자·타살이 이루어졌다면, 거기 어머니의 지시에 따라 사람들을 죽인 것은 삼촌이 아니라 사로잡힌 영혼, 내가 한 번도 마주칠 기회가 없었던 삼촌의 다른 모습이라고 해도 무방할는지 모른다. 사건은 미궁에 빠졌고 집단 자살의 원인이나 자세한 경위에 대해서는 아무것도 밝혀지지 않은 채 수사는 종결되었다. 삼 년이나 지났지만 이따금씩 그 사건의 의문점들이 불거져 나온다. 단 한 번 신문에 G그룹이 언급되었지만 그 뒤로 언제 그런 일이 있었냐는 듯 자취를 감추었다.

계단을 올라갈 때는 정인 언니가 내 손을 잡아주었다. 깨진 유리 조각이 밟혔다. "거울도 다 깨져 있어!" 사건 뒤로 우리가 공장을 찾은 건 삼 년 만이었다. 눈으로 보고 있으면서도 언니는 눈앞에 펼쳐지는 현실을 믿고 싶지 않은 듯했다. 삼층 계단참에서 왼쪽으로 몸을 틀었다. 앞을 볼 수 없게 된 뒤로 나는 많은 시간을 어머니와 보냈다. 수없이 이 계단을 오르내렸다. 사층으로 접어드는 계단의 세번째 계단은 다른 계단들보다 유독 턱이 낮았다. 수차례 보수 공사를 했지만 지은 지 사십 년이 넘은 구식 건물이었다. 발밑을 조심하라고 주의를 줄 새도 없었다. 계단을 헛짚은 언니가 어쿠, 탄성을 질렀다.

내가 마지막으로 읽었던 책은 리처드 버튼 판『아라비안 나이트』였다. 왕비와 검둥이 노예의 성애 장면은 아무것도 보이지 않는 어둠 속에서 매일 낮밤 눈앞에 선명하게 펼쳐졌다. "왕비가 '이리 와요, 사이드!'라고 부르자 흉측스러운 몰골을 한 덩치 큰 검둥이 하나가 흰 눈알을 뒤룩거리고 군침을 흘리면서 달려 나온다. 검둥이는 요란스럽게 왕비의 입술을 빨고는 단춧구멍에 단추를 채우듯 왕비의 다리를 감아 땅에 넘어뜨린다." 종로서적의 모서리에서 나는 달뜬 숨을 내쉬었다. 혹시 누구에게라도 들킬까 고개도 들지 못했다. 열여섯 겨울이었다. 그리고 몇 개월 뒤에 나는 아무것도 볼 수 없게 되었다. 아무것도 볼 수 없게 된 그 순간, 새로운 세상에 막 눈을 뜨는 참이었다. 내 앞을 스쳐 지나가는 모든 것들이 단춧구멍과 단추로만 보이던 시절이었다. 나는 한참 뒤에야 종로서적의 소식을 들었다. 종로서적은 2002년에 문을 닫았다. 필경 계단을 오르내리는 것이 귀찮아 다른 대형 서점들로 옮겨 간 사람들 때문이었을 것이다.

정인 언니가 복도 안쪽에 손전등을 비추었다. 사층 복도 안쪽에 어머니가 머물던 사장실이 있었다. 언니가 웃었다. "어머, 저게 뭐야? 기억나니? 그 인형! 안녕하십니까, 한국에 오신 것을 환영합니다. 그게 아직도 저기에 있네."

잠시 뒤에 어둠 저편에서 손전등이 나와 우리를 비추었다. 눈이 부신지 언니가 재빨리 손바닥으로 얼굴을 가렸다. 손전등 불빛이 점점 가까이 다가왔다. 손전등 불빛이 사라지고 그 뒤에서 얼굴 형상이 떴다. "잘 있었냐? 할멈?" 누구냐고 물을 필요도 없었다. 나를 '할멈'이라고 부르는 사람은 단 한 사람, 은영 언니뿐이었다. "야, 안은영!" 정인 언니가 소리쳤다. 은영 언니가 못마땅하다는 듯 대꾸했다. "야, 서정인! 다른 데 다 놔두고 하필 이런 고철 덩어리에서 만나야 되냐?" 투덜대는 건 여전했다.

정인 언니는 얼마 전부터 식구들을 불러 모으기 시작했다. 그 사건 이후로 식구들은 뿔뿔이 흩어졌다. 정인 언니가 은영 언니의 뒤를 살폈다. "혼자야?" 가볍고 콩콩대는 발짝 소리가 복도에 울렸다. 누군가는 우리를 향해 뛰어왔다. 이런 집단이 있었고 아이들이 있었다고 하면 많은 사람들은 우리들의 이름이 1호, 4호, 이런 식일 거라고 생각한다. 우리들에게도 이름이 있다. 우리들은 기계가 아니다. 엄마의 이름은 정화, 였다.

정인 언니가 손전등으로 얼굴들을 일일이 확인하며 이름을 불렀다. "김보라, 서다회, 김준희, 김보람……"

다 내가 아는 얼굴들이었다.

2

영화배우 겸 가수로 한창 전성기를 구가하는 김준의 소속 기획사 앞으로 한 통의 편지가 배달되었다. 편지의 발신인란에는 주홍 글자로 알파벳 A가 커다랗지만 흐릿하게 숨은 점처럼 박혀 있었다. 어느 단체나 기업체의 로고타이프 같아 보였다. 그런 로고 밑에는 응당 그 로고가 무엇을 뜻하는지 밝혀두고 있는 법이다. 하지만 그 주홍 글자 아래에는 주소나 전화번호는커녕 그 글자가 무엇을 뜻하는지 어림짐작할 수 있는 그 어떤 실마리도 남아 있지 않았다. 그에 비하면 수신인란에는 기획사의 주소가 빌딩의 번지수와 이름, 층수와 호실까지 정확히 기재되어 있는 데다 김준의 이름이 다른 글씨들보다 도드라지게 보이도록 조금 크고 굵은 글꼴로 타이핑되어 있었다. 그것은 어떤 내용증명우편보다 위력 있어 보였다.

전국 각지는 물론이고 가까운 일본과 대만, 중국에서 매일 라면한 상자가량의 편지들이 쇄도했다. 인터넷의 팬 카페에 몇 줄의 메시지를 남기는 걸로는 성이 차지 않는 듯했다. 많은 여자들이 김준을 생각하면서 수천 마리의 종이학을 접고 들쭉날쭉 올이 성긴 목도리를 뜬다. 기획사의 사무 보조인 최 군은 책상 위에 두 발을 걸쳐놓은 채 책상과 바닥에 쌓인 편지와 선물 꾸러미들을 나른한 눈으로 훑어보았다. 빠듯한 스케줄 때문에 김준이 그 편지들을 다 읽을 수는 없었다. 최 군이 해야 할 잡다한 일 가운데는 그 편지들의 처리도 들어 있었다. 김준이 꼭 읽어야 할 편지와 읽지 않아도 될 편지가 라면 박스 두 개로 나뉘었다.

기획사의 긴 복도에는 기획사 소속 연예인들의 패널이 걸려 있었다. 대부분이 김준의 사진이었다. 구릿빛 상체를 드러내고 입가에 약간의 피를 묻힌 채 양미간에 주름을 잡고 어딘가를 쏘아보고 있는 김준, 금박 단추가 달린 유명 디자이너의 양복을 입고 우수에 찬 얼굴로 마이크를 잡고 있는 김준, 대학 신입생처럼 더플코트와 면바지, 랜드로바 차림으로 무테안경까지 걸친 김준…… 분장과 조명, 연출이 만들어낸 실제와는 다른 이미지라는 것을 염두에 둔다 해도 썩 괜찮은 얼굴이었다.

맞춤한 듯한 질 좋은 편지 봉투는 만화 캐릭터나 소녀 취향 일색인 편지들 속에서 단박에 눈에 띄었다. 편지 봉투는 얄팍했다. 최 군은 편지를 라면 박스로 던지는 대신 김준의 책상에 올려두었다.

김준은 오후 두시가 되어서야 슬리퍼를 질질 끌며 사무실에 나타났다. 화장을 하지 않아 잡티가 조금 눈에 띄고 손질하지 않은 머리카락이 뒤통수에 납작 눌려 있었지만 헐렁헐렁한 셔츠 아래의 강단 있는 몸매까지 숨길 수는 없었다. 김준이 눈짓하자 최 군이 물 한 컵을 들고 왔다.

"에이?" 최 군이 건넨 물로 입안을 헹궈내면서 김준은 책상 위에 얹힌 봉투의 주홍 글자를 소리 내 읽었다.

"혹시나 해서 안 버렸어요. 클럽 이름 같지는 않고."

"그런 데서 이런 편지 봉투에까지 들일 돈이 있겠어? 푼돈이나 아껴보자고 눅눅한 땅콩도 눈속임으로 내오는 판인데. 스포츠센터 같은 데도 아닌 것 같고. 대체 이 에이는 뭐야?"

"형이 모른다면 이상하잖아요. 여길 봐요. 여기 이렇게 형 이름이 타이핑되어 있는 걸 보면 분명 형은 여기 회원 중 한 명일거라구요. 왜 이런 데선 회원 주소를 입력해두었다가 초청장을 보낼 때 주소를 한 번에 쫙 뽑아내잖아요."

기획사에서도 그런 방법을 쓴다. 팬클럽 회원의 명단과 연락처가 담긴 파일이 따로 있어 콘서트같이 팬들을 동원할 일이 있을 때 편지를 보내기도 한다. 편지에는 단체 메일에서는 볼 수 없는 성의 같은 게 있다. 팬들 한 분 한 분을 우리 기획사는 소중하게 여기고 있다는 느낌을 받게 한다.

"에이? 에이라."

얼핏 떠오르는 클럽이나 친구들 가운데서 알파벳 A로 시작되는 이름들을 기억해내려 애썼다. 몇몇의 A들이 떠올랐지만 이런 편지를 보낼 만한 사람들이 아니었다.

"에이, 에이로 시작하는 게 뭐가 있더라?"

최 군이 준비나 하고 있었던 것처럼 김준의 말끝을 재빨리 낚아챘다.

"에인젤의 에이."

"천사? 천사는 아니야. 그런 이름이라면 금방 기억했을 거라고. 그런 덴 몰라. 그런 별명을 가진 친구도 없고."

"그렇담 유능? 에이블, 있잖아요?"

"그것도 아냐. 암튼 기분 나빠."

이상하게도 이런 편지들을 받게 되면 맨 먼저 의심하게 되는 것이 이런저런 관계로 얽힌 여자들이었다. 게임이 끝난 뒤에도 텅 빈 운동장을 떠나지 않으려는 여자들이 종종 있다. 후끈한 땀 냄새와 사람들의 열기, 경기장을 가득 메웠던 환호성이 환청처럼 귓가에 윙윙거린다. 어떻게 캐냈는지 사적 용도로 쓰는 휴대폰의 번호를 알아내 전화를 걸어오기도 한다. 그런 여자들에게 김준은 예의를 갖추어 대답했다. "전화 잘못하셨습니다." 김준은 라면 박스까지의 거리를 가늠한 뒤 봉투를 던져 넣었다. 편지는 포물선을 그으며 정확히 버릴 박스 안으로 떨어졌다.

직원들이 하나, 둘 들어오면서 사무실 안은 다시 북적대기 시작했다. 협찬받은 의상을 한 무더기 찾아 들고 김준의 코디네이터가 사무실 안으로 들어섰다. 회초리처럼 깡마르고 작은 여자였다. 최 군이 반색하며 손가락으로 그 여자를 가리켰다.

"형! 안은영, 안은영요. 에이."

안은영은 자기 몸집의 두 배는 됨직한 옷가지들을 털썩 작업대 위에 내려놓자마자 곧바로 일에 빠져들었다. 재킷을 펼쳐놓고 달려 있는 단추들을 다 떼어낸 뒤 새로 구입한 커다랗고 반짝이는 단추로 바꿔 달았다. 김준은 눈인사도 없이 일에 열심인 안은영을 새삼스럽다는 듯 내려다보았다. 생각보다 A로 시작되는 것들이 많았다. 재빠르게 단추를 바꿔 단 안은영이 앞니 두 개로 능숙하게 실을 끊어내면서 그제야 김준을 올려다봤다. 김준은 다른 건 다 좋은데 제발 이빨 다 빠진 노파처럼 잇몸으로 씹듯 실만 좀 씹지 말아달라면서 얼굴을 찡그렸다.

안은영의 일솜씨는 남자인 김준이 봐도 놀랄 정도였다. 소속사를 바꾸면서부터 안은영을 알았으니 같이 일한 지도 햇수로 삼 년째였다. 김준이 아는 안은영은 이런 편지를 보낼 만큼 낭만적인 여자가 아니었다. 말수가 적었지만 꼭 해야 할 말은 그 자리에서 해야 직성이 풀리는 여자였다. 그런 여자가 할 말을 마음에 담고 있다가 빨라야 이삼 일 뒤에나 뜻이 전달될 편지를 썼을 리는 없었다. 그런 확신이 들면서도 문득 자신이 안은영에 대해 알고 있는 것이 생각보다 많지 않다는 걸 깨달았다. 그가 알고 있는 것이라곤 안은영이 입학 경쟁률이 꽤 높은 K대 의상학과 출신이라는 것과 패션 회사의 디자인실과 잡지사의 패션 담당 에디터를 잠깐 거친 이력 정도가 고작이었다.

은영 언니는 이로 끊어낸 실오라기를 질겅거리면서 바늘에 실을 단번에 꿰었다. 단추만 바꿔 달았을 뿐인데 재킷은 순식간에 전혀 다른 느낌의 옷으로 탈바꿈했다. 협찬사에서 알면 싫은 소리를 할 테지만 별 수 없었다. 돌려줄 때 원래의 단추로 바꿔놓으면 감쪽같을 것이다.

일찌감치 은영 언니를 서울로 올려 보낸 어머니의 생각은 틀리지 않았다. 무작정 가출해서 매번 생각지도 못했던 곳에서 붙들려 돌아오곤 했던 언니는 마치 서울이 그 목적지이기라도 했던 듯 하루아침에 그 버릇을 버렸다. 언니는 한밤중에 청량리역에 떨어졌다. 그 시간에도 역사 안은 꽤 많은 사람들로 복작거렸다. 형광등 불빛 아래 사람들의 얼굴은 하나같이 졸리고 피곤해 보였다. 경박하게 점멸하는 네온사인의 빛과 대로를 쏜살같이 달려가는 자동차들의 소음, 잡히지 않고 도망치려면 그때가 기회라는 것을 어린 은영 언니는 알고 있었다. 하지만 은영 언니는 도망치지 않았다. 오히려 언니는 걸음이 빠른 총무 아저씨의 뒤를 바싹 따라붙으려 종종걸음 쳤다.

납품일이 다가오면 공장의 작업장에는 밤늦도록 불이 켜져 있었다. 공예 공장은 신신양회와는 백팔십도 달랐다. 발파 소리와 사내들의 거친 욕지거리, 복도에 울리던 밑창 두터운 작업화 소리, 한꺼번에 터져 사람을 놀래키던 사내들의 웃음소리로 왁자지껄하던 시멘트 공장과는 달리 공예 공장의 작업장은 토끼우리처럼 고요했다. 얼마나 고요했던지 그 넓은 작업장 한구석에 누군가 켜놓은 라디오 소리가 작업장 다른 쪽 끝에까지 다 들릴 정도였다. 자신이 좋아하는 가수의 노래가 나오면 이모들은 인형 속눈썹을 붙이다 말고 잠깐 사선으로 고개를 돌리고는 풀을 뜯어먹는 토끼처럼 입을 오물거리면서 노랫말을 따라 불렀다.

신신양회에서도 그렇고 공예 공장에서도 그렇고 아이들은 숟가락을 들 힘이 생기면 제 몫의 일을 했다. 자기가 잔 이불을 개키는 것에서 시작해서 자신보다 어린 동생들을 씻기고 숙제를 봐주었다. 공부를 하는 중에도 짬짬이 공장 일을 도왔다. 어머니 말처럼 노동은 신성한 것이었다. 공장의 식구들은 하나도 빠짐없이 일을 했고 그 누구도 불평하지 않았다. 식사 때면 조무래기들도 고사리 같은 두 손을 모으고 한 끼 식사를 내려준 신에게 감사의 기도를 했다.

작업장을 드나들면서 청소나 돕고 인형 옷이나 입히던 우리와는 달리 은영 언니는 얼마 되지 않아 맨 마지막 공정인 불량품을 추려내는 일을 거들게 되었다. 척 한 번 보았을 뿐인데 어느 부분이 불량인지 대번에 알아맞혔다. 십 년 일한 이모들도 혀를 내둘렀다. 추려진 불량품들은 수정 과정을 거치거나 폐기되었다. 은영 언니는 가끔 불량 인형들을 기숙사로 가지고 와서 동생들에게 나눠주었다. 속눈썹이 떨어졌거나 팔이 거꾸로 달리거나 음성 칩이 고장 난 인형들이 아이들의 머리맡을 장식했다. 벨을 누르면 인형은 꼭 같은 부분에서 말을 씹었다. "안녕하십니까 한국에 오신 것을 환영, 환영, 환영, 환영……."

훨씬 나중에야 은영 언니는 자신이 그토록 신신양회를 싫어했던 데는 미관을 전혀 고려하지 않은 깡통 같은 건물도 한몫했을지 모른다고 말했다. 은영 언니는 아름답고 추한 것에 대한 감각이 남달랐다. 게다가 신신양회를 드나들던 사내들은 하나같이 거칠고 거리낌이라곤 없었다. 한여름이면 땀에 젖은 사내들은 곧잘 공장 뒤꼍에 있는 수돗가에서 훌러덩 옷을 벗고 찬물을 끼얹곤 했다. 대형 화물차가 드나드는 정문에서 벗어나 있다고는 해도 그곳 역시 사람들의 발길이 끊이지 않는 곳이었다. 차가운 물이 몸에 닿을 때마다 사내들은 "어이쿠, 어이쿠 시원하다!" 과장되게 탄성을 질렀다. 평퍼짐한 엉덩이와 불룩한 허릿살, 별안간 사내가 뒤돌아섰다. 탄력 없는 몸과는 달리 미역처럼 윤기가 흐르는 거웃이 적나라하게 드러났다. 그곳은 원시림처럼 푸르렀고 젊고 아름다웠다. 그런데 그 묘한 조화 때문에 사내의 몸은 더욱 이물스럽게 느껴졌다. 기겁을 한 은영 언니는 두 번 다시 그쪽으로 지나다니지 않았을 뿐 아니라 나중에는 아예 공장 근처에 얼씬도 하지 않으려 했다. 처음 본 남자의 몸이 무서워서가 아니었다. 단지 추했기 때문이었다.

우리가 신신양회를 복구하기 시작했을 때 은영 언니가 제일 먼저 한 것도 사일로와 소성로에 색을 입히고 그림을 그려 넣는 일이었다. 감람나무 이파리를 문 비둘기는 공장에서 한참 떨어진 국도에서도 한눈에 띄었다. 민둥산처럼 삭막한 석회암을 배경으로 불쑥 솟아 있던 흉물스럽기만 한 공장 건물이 파스텔 색조의 새로운 건물로 다시 태어나는 것을 물론 나는 내 눈으로 볼 수 없었다. 하지만 충분히 상상할 수 있었다. 우리들은 사일로 주변에 빙 둘러서서 감람나무 이파리를 물고 우리에게로 날아온 비둘기를 한참이나 올려다보았다. 나는 앞으로 태어날 우리의 아이들이 어릴 적 행사 때면 언니들과 내가 그랬던 것처럼 손에 손을 잡고 사일로 주변을 빙 둘러서는 모습을 볼 수 있었다.

공예 공장에서 불량품을 가려내던 그 솜씨로 안은영은 김준의 체형과 얼굴에서 약점을 콕콕 집어냈을 뿐 아니라 분장과 의상으로 그 단점들을 보완했다. 김준이 옷을 잘 입는 연예인에게 주는 '베스트드레서상'을 받게 된 것도 안은영과 함께 일한 그해부터였다. 스태프 가운데에서도 특히나 김준과 안은영은 함께 지내는 시간이 많았다. 이 일은 기다림의 연속이었다. 촬영으로 밤을 새우는 일도 허다했다. 자신의 촬영분을 기다리다가 밴 안에서 깜빡 잠이 들 때도 있었다. 불편한 잠에서 깨어 보면 김준의 두 다리가 맞은 편에 앉은 안은영의 다리와 자연스럽게 얽혀 있곤 했다. 잠에서 깨고 나서야 김준은 짧은 잠 내내 자신을 불편하게 했던 게 바로 안은영의 깡마른 다리라는 것을 알아챘다. 무릎은 허벅지와 종아리를 이어놓은 커다란 나사못 같았고 살집이라곤 없는 정강이는 각목처럼 딱딱하기만 했다.

협찬받은 옷을 피팅할 때면 자연스럽게 안은영의 손이 김준의 다리와 어깨, 가슴에 슬쩍슬쩍 와 닿았다. 분장을 할 때면 숨결이 고스란히 느껴질 만큼 안은영의 얼굴이 코앞에 다가와 있기도 했다. 안은영은 건강했고 건강한 몸속을 거쳐 나오는 숨결은 악취 하나 없이 신선했다. 비좁은 밴 안에서 허겁지겁 요기를 하다 이마와 뺨이 스치는 일도 다반사였다. 우동 한 그릇에 머리를 맞대고 같이 먹기도 했다. 하지만 맹세하건대 김준은 안은영을 한 번도 여자로 느낀 적이 없었다. 로드 매니저인 박은 물론이고 사무 보조인 최 군까지 모두 한결같았다. 안은영이 어디 여자냐는 거였다. 누구는 허수아비라고도 했고 누구는 인형이라고도 했다. 허수아비와 인형의 공통점은 성기가 없다는 것이다. 그러니 두 겹이거나 혹은 세 겹의 얇은 천으로 가려진, 두 다리가 만나는 계곡에서는 아무런 메아리도 울려 나오지 않는 것이다. 김준은 안은영을 통해 새로운 부류의 여자들이 있다는 것을 알게 되었다. 아이러니하게도 바로 그 점 때문에 김준과 안은영은 급속도로 가까워졌다. 자신의 매니저인 박에게도 드러내지 않던 속마음을 김준은 안은영에게 슬쩍슬쩍 털어놓기도 했다.

스케줄에 맞춰 부랴부랴 사무실을 빠져나가다가 문득 스쳐가는 생각 때문에 김준은 멈춰 섰다. 주홍 글자. 편지 봉투에 새겨진 A에만 신경이 쏠려 그 글자의 색을 그제야 주목하게 된 것이다. 『주홍 글자』. 중고등학교 시절 필독서 가운데 하나였지만 웬만한 남자애들이 그랬던 것처럼 김준 또한 세계 명작 따위에는 관심이 없었다. 김준이 『주홍 글자』의 내용을 알게 된 것도 책이 아닌 영화를 통해서였다. 그때 목사 역을 맡았던 배우가 누구였더라. 이름이 혀끝에서 맴돌았지만 좀처럼 떠오르지 않았다. 유리구슬처럼 파란 눈이 인상적이었던 여배우는 시종일관 검고 긴 단조로운 모양의 드레스를 입고 있었는데 드레스 앞가슴에 새겨진 것이 바로 주홍 글자, A였다.

편지 봉투에 새겨진 주홍 글자 A. 아무래도 누군가의 악의 섞인 장난 같았다. 가끔 욕설이 담긴 팬레터를 보내오는 이도 있었다. 입에도 담을 수 없는 악성 댓글들이 하루에도 수십 개가 넘게 달리곤 했다. 정성스레 포장한 상자를 풀어보면 빈 음료수 캔 하나가 덜렁 들어 있기도 했다. 머리가 텅 빈 깡통이라는 말이었다. 시간이 흐르면서 그 모든 것들에 무뎌졌다. 하지만 이 편지는 느낌이 달랐다. 김준은 분주히 움직이는 직원들 사이에서 최 군을 찾았다. 최 군은 구부정하게 서서 느릿느릿 복사를 하는 중이었다. 김준이 목소리를 높였다. "야, 그 에이가 뭐였더라? 주홍 글자에 나오는 에이!"

최 군은 김준의 말을 듣지 못한 모양이었다. 발로 복사기를 툭툭 걷어차며 지나가는 신인 여자 배우를 훑어보느라 정신이 없었다. 의상을 들고 김준을 따라 나오던 안은영이 무심히 대꾸했다. 옷더미에 가려 얼굴이 보이지도 않았다. "아마 간통일걸?"

역시 안은영이었다. 다른 때였더라면 안은영의 어깨에 팔이라도 두르면서 호들갑을 떨었을 것이다. 하지만 이번엔 달랐다. 누군지 모르지만 자신의 과거를 소상히 꿰고 있는 사람의 소행이 분명했다. 주홍 글자 A, 단 한 글자만으로도 그가 이렇듯 긴장하게 되리라는 것을 알고 있는 이가 분명했다. 편지를 버리지 말아야 했을까. 김준은 다시 최 군을 부르려다 말았다. 기다리자. 만약 목적이 있는 편지라면 또 올 것이다.

방송국 분장실에서 김준은 의상을 갈아입었다. 안은영이 머리를 손질하는 동안 깜빡깜빡 노루잠을 잤다. 이성욱은 안은영이 김준의 흰 재킷 어깨에 견장을 달 무렵 나타났다. 이번 의상의 컨셉은 제복이었다. 여자들이 제복 입은 남자들에 호감을 갖는다는 안은영의 예상은 딱 들어맞았다. 얼마 지나지 않아 거리에서 김준의 옷을 입은 남자들을 보게 될 것이다.

라이벌이라는 말은 그저 인기를 위해 만들어진 말일 뿐이고 김준과 이성욱, 둘은 사이가 나쁜 편은 아니었다. 혹시 이성욱도 그 편지를 받지 않았을까. 하지만 김준은 이성욱에게 주홍 글자 A가 적힌 편지에 대해 이야기를 꺼내려다 말았다. 사이가 나쁘지는 않지만 그렇다고 시시콜콜한 이야기를 나눌 만한 사이도 아니었다. 게다가 그깟 편지 하나에 신경을 쓰는 모습을 보여 자칫 상대방에게 의심의 여지를 줄 수도 있었다. 이왕 말을 꺼내려는 김이어서 "요즘 신곡 괜찮던데?"라는 겉치레 말을 건넸다. 이성욱 쪽에서도 "저번 영화 좋았어요"라는 별 뜻 없는 말로 응수했다.

김준처럼 우리는 별것 아닌 자존심 때문에 되돌릴 수 없는 일들을 당하게 될 수도 있다. 그때 김준이 그 편지에 대해 이성욱에게 털어놨더라면 그는 이성욱으로부터 뜻하지 않은 대답을 들었을 것이다. 이성욱 또한 반년쯤 전에 그 편지를 받았다는 것을. 편지를 읽지 않고 버린 김준과는 달리 그는 편지의 내용을 소상히 알고 있었다. 편지에 적힌 허무맹랑한 제의가 누군가의 장난이 아니라는 것도 짐작하고 있었다. 사실 편지는 길지도 않아 금방 읽을 수 있었다. 새로 생긴 연예 기획사인가? 하지만 단지 그 일만을 하는 곳이라고도 단정 지을 수 없었다. 대체 어느 기획사가 소속 연예인들의 마음의 평화와 안정에 대해 신경을 쓴단 말인가. 단지 그들을 물건 취급 하지 않는다면 다행이었다. 이성욱도 김준과 비슷한 경로를 거쳤다. 솔로로 데뷔하기 전까지만 해도 그는 열두 명이 한 팀인 남녀 혼성 그룹의 일원이었다. 존재감도 없이 백댄서처럼 춤을 추었다. 나중에 그룹이 해체되었을 때 그를 부르는 기획사는 없었다. 하루도 쉬지 않고 이리저리 불려 다녔지만 그에게 남겨진 건 푼돈뿐이었다. 그에게 편지를 보낸 A는 작지만 조직적인 체계를 갖춘 단체라는 확신이 들게 했다. 그들이 구체적으로 무슨 일을 하는지 알 수 없지만 그들이 그에게 제시한 조건은 누구라도 혹할 만한 것이었다. 사실 이성욱도 살짝 그 제의에 마음이 흔들렸다. 박수와 환호 속에 있었지만 바로 내일 일도 알 수 없는 것이 이 세계였다. 편지의 한 구절 '가족'이라고 쓰인 부분에서는 위로를 받았다. 편지를 보낸 이는 무엇보다도 살벌한 이 세계의 생리에 대해 잘 알고 있었다. 화면에 나타나지 않는 부분들. 방송국의 넓은 공개홀, 화려한 세트장 뒤편에 숨겨진 지저분한 도구들과 전선줄들에 대해서도 알았다. 이성욱을 망설이게 한 건 지나친 트레이드 금액도 아니었다. 뭐랄까 이 집단에서는 포교의 냄새가 났다. 편지 어디에도 '주님'이나 '메시아', '왕국' 같은 표현이 없을 뿐이었다.

공개홀 주변에는 방청권을 받은 학생들이 방송 몇 시간 전부터 몰려와 북새통을 이뤘다. 가끔 순서를 기다리다가 따분해져서 대기실 밖으로 나가 담배를 피워 물라치면 진작부터 그 주변을 기웃거리고 있던 여학생들이 김준을 발견하고 소리를 질러댔다. 김준은 미소를 지으며 그들에게 살짝 손을 들어 올렸다. 여기저기서 또 환호성이 쏟아졌다. 웃고 있었지만 김준은 이 환호성이 오래가지 않으리라는 것을 잘 알고 있었다. 대중은 변덕스러웠다. 여학생들이 우르르 누군가에게 뛰어가며 소리를 질러댔다. 이제 막 얼굴이 알려지기 시작한 신인 가수였다. 스무 살도 되지 않은 그는 김준이 보기에도 젊고 아름다웠다. 본능적으로 김준은 긴장했다. 입가에 경련이 일었다. 서른을 넘긴 지 두 해가 지났다. 언제까지 십여 년 전의 '아이돌' 이미지로 버틸 수는 없었다. 하지만 이 환호를 등지고 이 세계를 미련 없이 떠날 수 있을지도 확신할 수 없었다. 십 년이나 이십 년 뒤, 어쩌면 자신도 선배들과 비슷한 길을 걷고 있을는지 모른다. 단역이라도 얻으려 이 근처를 얼씬대는, 자신이 그토록 질색하던 선배들처럼 말이다.

생방송으로 진행되는 음악 순위 프로그램이 끝난 뒤에도 김준은 스케줄대로 이동해야 했다. 빡빡한 일정에 떠밀려 옮겨 다니는 동안 조금씩 가중된 피곤만큼 주홍 글자 A에 대해서는 예민해졌다. 치렁치렁했던 검은 원피스, 간통에 대한 대가는 끔찍했다. 사람들은 그녀에게 지울 수 없는 낙인을 찍는다. 여주인공은 물론 그녀의 딸까지도 긴 시간 사람들의 냉대와 괄시 속에서 살아간다. 17세기 미국의 청교도 사회가 배경이었다. 수 세기가 지난 지금의 여자들은 그 A로부터 자유로운가.

세 들어 살던 처녀가 바람이 났다. 상대가 유부남이었던 모양인지 어느 날 서너 명의 여자들이 들이닥쳐 삽시간에 처녀의 방을 쑥대밭으로 만들었다. 머리채를 잡힌 처녀가 골목까지 끌려 나왔다. 웬 소동인가 싶어 골목으로 나온 엄마들은 금방 상황을 알아차렸다. 여자 중의 하나가 모여 선 엄마들을 향해 처녀의 죄상을 낱낱이 까발렸다.

처녀를 그 골목에서 떠나게 한 건 여자들의 폭행이나 사랑하는 사람과의 이별이 아니라 동네 엄마들이었다. 김준은 그때 같은 여자들이 어떻게 한 여자를 따돌리고 등을 떠미는지 똑똑히 보았다. 여자들이 돌아간 뒤 처녀는 부서지고 깨진 세간 사이에 앉아 헝클어진 머리를 빗었다. 처녀는 울지도 못했다. 빗살에 뭉텅뭉텅 빠져 나오던 처녀의 검은 머리칼이 김준의 머릿속에 선명하게 남아 있다. 불과 십 년도 채 되지 않은 일이었다. 17세기 청교도 시절의 주홍 글자 A와 별반 다를 바 없었다.

요사이 여자 선배 하나도 곤욕을 치르고 있었다. 재기까지는 아무래도 긴 시간이 걸릴 것이다. 재기를 할 무렵이면 이미 그녀는 한참 나이가 들어 더 이상 여주인공 역할을 맡을 수 없게 될 것이 뻔했다. 이렇게 될 줄 알았던 걸까, 그녀는 입버릇처럼 말하곤 했다. 조연이라도 좋으니 좋아하는 연기를 하며 늙어가고 싶다고. 그때쯤이면 그녀의 바람이 이루어지게 될까. 김준은 고개를 저었다. 수십 년 뒤에 그녀가 다시 활동하게 된다 해도 사람들은 그녀의 이름 대신 대번 오래전 스캔들을 떠올리게 될 것이다. A는 영원히 지워지지 않을 낙인이었다.

저녁은 영화 촬영장으로 이동하는 동안 밴 안에서 김밥으로 때웠다. 김밥은 말아놓은 지 좀 된 듯했다. 속에 넣은 생오이에서 배어 나온 물기로 밥알이 축축했고 따로 돌았다. 평상시라면 억지로라도 먹어두었을 것이다. 생목이 치밀었다. 몇 개 집어 먹다가 젓가락을 꽂은 채로 뚜껑을 덮고 노란 고무줄을 둘렀다. 딱, 하는 고무줄 소리에 안은영이 김준을 바라보았다. '왜 그만 먹으려구?' 안은영이 눈짓으로 물었다. 김준은 대답 대신 도시락을 좌석 밑으로 밀어 넣었다. 보온병의 커피를 따라주면서 안은영이 김준의 안색을 살폈다.

밴 안이 시큼한 단무지와 김밥 냄새로 꽉 찼다. 김준은 차창을 내렸다가 도로 올렸다. 손가락 한 마디만큼 열린 창밖으로 도시의 스카이라인이 펼쳐졌다. 주홍 글자 A가 천사를 뜻하든 유능을 뜻하든 간통을 뜻하든 자신과는 아무런 상관이 없다는 생각이 들었다. 자신은 물론 천사 같은 남자와는 거리가 멀었지만 간통 같은 일로 어리석게 꼬리를 잡히는 사람도 아니다. 하지만 지금은 사람들의 시선이 성가셔서 차의 창문 하나 시원스럽게 열지 못하는 소심한 남자일 뿐이었다. 편지의 내용을 확인하지 않은 건 백번 잘한 일이었다. 안은영이 건넨 커피 또한 미지근하게 식어 있었다.

하지만 그날로부터 채 일 년도 되지 않아 자신이 불안스레 손바닥을 비벼대면서 최영주에게 속을 털어놓게 되리라는 것을 김준은 까마득히 알지 못했다. 그날 김준이 그 편지를 뜯어보았다면 상황은 어떻게 달라졌을까.

물론 김준이 아니라 우리의 상황을 말하는 것이다.

엄마와 이모들은 같은 해에 네 명의 아이들을 낳았다. 여자 셋에 남자 하나였다. 언니인 서정인과 안은영, 김준희 그리고 기태영이었다. 1982년에는 봄부터 겨울까지 사시사철 부엌에서 미역국이 부글부글 끓었다. 젊은 산모들은 아기에게 먹이고도 늘 젖이 남아돌았다. 산모들은 젖이 불어 가슴께에 젖 얼룩을 묻히고 다녔다.

졸지에 엄마들을 잃은 우리는 우왕좌왕 갈피를 잡지 못했다. "정신 차렷! 난 그 나이 때 아기를 낳았어!" 이모들이 살아 있었다면 우리 등짝을 냅다 후려갈겼을 테지만 이모들은 이미 이 세상에 없었다. 혼비백산한 아이들은 간신히 제 혈육을 챙겼다. 가장 나이가 많은 아이들이라 봐야 대학교 삼사 학년, 스물세 살의 네 아이들이었다. 구심점이 될 만한 사람이 없었다. 같은 해 태어난 네 명의 아이들 가운데서도 기태영은 가장 여렸다. 그림자 같은 아이였다. 나는 네 살 위인 기태영을 한 번도 오빠라고 부른 적이 없었다. 가족들은 뿔뿔이 흩어졌다. 나는 정인 언니를 따라 서울 변두리의 이곳저곳으로 옮겨 다녔다. 어영부영하는 사이 은영 언니와의 연락도 끊기고 말았다.

창립 42주년 기념 행사 개최

다 모여라 손에 손잡고

사일로는 넓고 아이들은 부족해

　명함 크기의 이 광고는 이 주일 간격으로 석 달 동안 신문에 실렸다. 생활 광고란은 개인의 생일 축하는 물론 구애와 청혼, 기념사업회의 정기 총회 등 갖가지 사연들로 차고 넘쳤다. 보통 사람들의 눈길을 끌 만한 광고는 아니었지만 신신양회 아이들이라면 두 눈이 번쩍 뜨일 광고였다. 기태영도 단박에 그 광고를 알아보았다. 해마다 창립 기념일이 되면 신신양회의 아이들은 한복을 입고 신신의 상징인 오래된 사일로 주변을 둘러서서 손에 손을 잡았다. 신신의 아이들이라면 따로 밝히지 않아도 창립 기념일을 제 생일처럼 외우고 있었다.

　만나기로 한 날에는 폭우가 쏟아졌다. 정인 언니와 내가 공장에 들어섰을 때는 몸을 운신하기 힘들 만큼 비에 흠씬 젖어 있었다. 신신의 상징이었던 낡은 사일로의 밑동에는 커다란 구멍이 뚫려 있었다. 그곳에 남아 있던 시멘트도 진작 누군가 퍼 날랐다. '쥐새끼' 같은 놈들의 소행이었다. 사십여 년의 역사가 이렇듯 단숨에 무너질 수 있다는 것에 나는 놀랐고 분노했다. 어둠 속에서 손전등이 나와 우리를 비췄다. "잘 있었냐, 할멈?" 나를 할멈이라고 부르는 사람은 이 세상에 단 한 사람, 은영 언니뿐이었다. "다른 데 다 놔두고 하필 이런 고철 덩어리에서 만나야 되냐?" 툴툴대는 건 여전했다.

정인 언니가 손전등으로 얼굴을 확인하며 이름을 불렀다. 김보라, 서다희, 김준희, 김보람…… 그때 어둠 속에 숨어서 나오지 않은 또 한 사람이 있었다. 바로 기태영이었다. 그날로부터 이 년 뒤 어느 날 기태영이 우리들 앞에 나타났다. 그리고 불쑥 한마디 했다. "신신을 되찾았어."

신신양회의 대추나무집에서 그랬던 것처럼 서울의 공예 공장에서 그랬던 것처럼 우리들은 얼마 가지 않아 한집에 살게 되었다. 엄마들이 모두 죽은 우리에게 추억을 공유할 수 있는 사람은 신신양회 식구들뿐이었다. 엄마와 이모들이 그 어떤 가족들보다 강한 유대감으로 묶여 있었듯이 우리에게도 그것은 당연한 일이었다. 어린 시절로 돌아간 듯했다. 우리는 밤마다 한방에 누워 어린 시절을 떠올리며 깔깔거렸고 엄마들을 생각하며 눈물 흘렸다. 웃음이 그치지 않았고 울음도 그치지 않았다.

우리들은 바뀌었지만 사회의 편견은 여전했다. 고만고만한 여자들끼리 모여 산다는 소문이 순식간에 아파트 단지에 떠돌았다. 아버지로 보이는 남자는 눈 씻고 찾을 수 없는데 아기 울음소리가 들린다고도 했다. 매일 아침이면 독특한 분위기를 풍기는 처녀들이 커다란 가방을 들고 집에서 우르르 나와 뿔뿔이 흩어졌다가 저녁이면 다시 모여든다고 했다. 다단계 판매의 거점이라는 소문이 돌았다가 다시 신생 종교의 포교자들이라는 소문이 꼬리에 꼬리를 물었다.

가가호호 집을 방문해서 자신들의 신앙이 담긴 작은 책자들을 나눠주는 여자들이 단지를 돈 날에는 느닷없이 경비원이 방문했다. 깊은 밤이건 이른 아침이건 상관없었다. 성큼성큼 문을 밀치고 거실까지 들어온 경비원은 무언가 비밀을 캐내려는 것처럼 재빠르게 집 안을 훑었다.

"알지? 단지 내 포교 활동은 곤란해. 민원이 자꾸 들어와. 혹세무민이라고 펄쩍 뛰는 주민도 많아. 나도 중간에서 곤란해." 경비원은 말부터 놓고 보았다.

식구가 다 모여 있을 시간이었기 때문에 거실에도 방에도 동생들이 많았다. 그는 할 말을 다 마친 뒤에도 바로 돌아가지 않고 미적거렸다. 방과 거실에 서 있거나 앉아 있는 우리들을 하나하나 훑어보았다. 안방에서 침을 흘리며 아기가 아장아장 걸어 나왔을 때는 아예 질겁을 한 얼굴이 되었다. 그는 뭔가 개운치 않다는 듯 고개를 저었다.

"식구가 너무 많아. 물론 한 집에 몇 명이 살아야 한다는 정원 같은 건 없지만 말야. 이 많은 식구들을 이 고층까지 나르느라고 에레베타가 죙일 그렇게 중뿔나게 움직여댔구먼. 이거이거 곤란해."

용돈이라도 하라고 봉투를 찔러주는 정인 언니와는 달리 은영 언니는 우리를 삐딱하게 보는 인간들이 대체 누구냐고 호수를 대라고 소리부터 질러댔다. 동생들이 우르르 몰려와 은영 언니를 떼어 말렸다. 경비원은 혀를 차면서 고개를 절레절레 흔들었다.

"새파랗게 젊은 게 말야. 말세야, 말세……." 대거리를 할 가치조차 없다는 눈빛이었다. 그는 기가 질린다는 듯 우리들을 돌아다보았다. "종말이라니…… 지금이 어떤 세상인데 말야. 철 좀 들어. 이 아가씨들아."

엘리베이터에서 만난 사람들은 호기심에 찬 눈초리로 우리를 훑어보곤 했다. 등 뒤에서 그들이 수군대는 것도 느낄 수 있었다. 학교에서 돌아오는 동생들에게 대놓고 "뭐 하는 집이냐?"고 묻기도 했다. 바로 옆집에 사는 사람이 죽어 몇 달 동안 방치되고 있어도 알지 못하는 곳이 아파트라지만 타인에 대한 경계 또한 철저한 곳이 바로 아파트였다. 가장 참을 수 없는 것은 어린 동생들을 쳐다보는 남자들의 끈적대는 눈빛이었다. 동생들을 함부로 대하는 건 참을 수 없었다.

이모들에게 삼촌이 있었던 것처럼 우리들에게도 무거운 쌀가마니를 옮겨주던 삼촌 같은 남자가 필요했다. 광고를 내고 신신의 아이들이 하나, 둘 모이기 시작하면서 남자애들 몇몇과도 소식이 닿았지만 그 애들은 우리들의 제안을 거절했다. 그 애들은 '평범'하게 살고 싶다고 말했다. 그 바람에 은영 언니처럼 같이 살던 동기간과도 별안간 떨어져 사는 경우가 생겼다.

어느 날 벨이 울려 나가보니 현관 앞에 기태영이 서 있었다. 또래인 정인 언니도 한눈에 기태영을 알아보지 못했다. "정말 태영이야? 정말 그 기태영이야?" 정인 언니가 몇 번이나 확인할 만큼 기태영은 변해 있었다. 우리가 헤어진 지 오 년 만이었다. 기태영이

왔다는 소리에 놀라 나도 모르게 "누구? 그 기태영?" 소리치고 말았다. 어느새 거실에 들어와 있었는지 기태영이 조용히 웃었다. "죽어도 오빠라곤 안 하지."

기태영을 '오빠'라고 부르지 않고 뒤를 딱 잘라먹은 채 "기태영"이라고 부른다고 나무라는 엄마 옆에서 대놓고 화도 내지 못하는 태영 이모를 보면 늘 미안했지만 이상하게도 '태영 오빠'라는 말이 입에서 떨어지지 않았다.

기태영은 삼촌이 그랬던 것처럼 아기를 안아 들었다. 우리들의 첫아기였다. 어떻게 아기를 안아야 하는지 몰라 당황하는 그 모습에 아기 엄마인 보람 언니도 웃고 집에 있던 동생들도 다들 웃었다. 어설프게 아기를 안은 기태영은 아기의 얼굴을 가만히 내려다보기만 했다. 그사이 무슨 일이 있었는지, 아기 아빠는 누구인지, 보람 언니에게 캐묻지 않았다. 삼촌도 그랬다. 삼촌도 우리들을 안아주었다. 삼촌이 그랬던 것처럼 기태영도 우리 아이들에게 자전거 타는 법을 가르쳐줄 것이다.

기태영은 아침에 출근했다가 저녁 무렵 퇴근한 사람처럼 자연스럽게 우리와 합류했다. 퇴근하거나 수업을 마친 식구들이 다 귀가하자 집 안은 한바탕 소동이 벌어졌다. 오랜만에 동갑인 넷이 모였다. 환호성과 야유가 뒤섞였다. 정작 기태영은 담담했다. 좌중이 조용해지자 기태영이 한마디 내뱉었다. "신신을 되찾았어."

사람들이 죽고 공장이 풍비박산 났으니 공장도 채권자들의 손에 넘어갔으리라 우리들 모두 진작 체념했다. 하지만 공장의 명의는 여전히 어머니 앞으로 되어 있었고 상속자들을 기다리고 있다고 했다. 그 상속자들이 다름 아닌 우리들이라는 소식에 집 안에는 다시 한 번 소동이 벌어졌다. 약간의 절차가 남아 있지만 조만간 다해결하겠노라고 말하는 기태영은 확신에 차 있었다.

음악 순위 프로그램이 끝난 뒤, 김준은 곧바로 광고 촬영 현장으로 향했다. 신사동의 한 모델하우스에서 밤샘 작업이 있을 예정이었다. 방송국 주차장에 세워둔 밴으로 가는 동안 우르르 몰려든 팬들 때문에 단추 하나가 뜯겨져 나간 모양이었다. 안은영이 뜯겨 나간 단추 자리를 보면서 투덜거렸다.

"이번만 해도 벌써 몇 번쩬지 몰라. 한두 해 가지고 있다가 언제 그랬냐는 듯이 버려버리고 말 거면서 왜들 뜯어 가는지. 나중엔 누구 거였는지도 잊어버릴 거면서."

밴 앞으로 우르르 몰려든 팬들 때문에 앞으로 나갈 수도 없었다. 예전과는 달리 사오십대 아주머니들도 눈에 많이 띄었다. 카메라를 들고 있다가 김준의 모습을 재빠르게 화면에 담고는 좋아라 경중경중 뛰는 모습이 십대 여자애들과 다르지 않았다. 핸들을 잡은 박이 익살스럽게 클랙슨을 눌렀다. 빵빵 빵 빵빵. 2002년 월드컵 유치 이후로 누구에게나 익숙한 음이었다. 어떤 경우에도 팬들을 화나게 해선 안 되었다. 그건 김준보다도 소속사 스태프가 더 잘 알았다. 박은 천천히 전진하면서 그들이 자진해서 길을 터줄 때까지 기다렸다. 안이 보이지 않도록 짙게 선팅된 차창을 두드리는 소녀도 있었고 숨이 넘어갈 듯 '오빠'를 외쳐대는 소녀도 있었다. 방송국 주차장에서 생각보다 시간을 지체한 밴이 속도를 높여 방송국을 벗어날 때까지도 여학생 한 무리가 밴 뒤를 쫓아왔다.

밴 바닥은 먹고 채 치우지 못한 빈 종이 도시락과 음료수 캔들이 널려 지저분했다. 밴은 강변북로를 타고 달렸다. 핸들을 잡고 있던 박이 사이드 미러를 힐끗거리면서 짧게 브레이크를 밟아댔다. 그 바람에 등받이에 기대앉아 졸고 있던 김준이 눈을 떴다. 룸미러 속에서 김준과 박의 눈이 마주쳤다.

"뭐야? 벌써부터 밀리는 거야? 제시간에 댈 수 있어?"

"뒤 좀 봐. 소프트탑 컨버터블."

김준은 다시 등받이에 풀썩 기대앉으면서 눈을 꾹 감았다.

"난 또 뭐라구. 요즘 컨버터블이 어디 한두 대야? 촌스럽게."

룸미러 속에서 박이 누런 이를 드러내며 히죽댔다.

"운전자가 여자고 방송국에서부터 우릴 쭉 따라오고 있었다면 말이 좀 달라지지."

어느새 잠이 싹 달아났다. 잠시 잊었던 주홍 글자 A가 떠올랐다. 그 편지를 받은 뒤로 김준은 우편물을 꼼꼼히 챙겼다. 혹시나 사무실을 비웠을 때 챙기지 않고 버릴까 봐 최 군에게도 신신당부해두었다. 하지만 아직까지 편지는 오지 않았다. 김준은 창가의 안은영을 비켜내고 창밖을 내다보았다. "남자들이란……." 안은영이 고개를 절레절레 흔들면서 자리를 내주었다. 과연 옆 차선에서 노란색 스포츠카 한 대가 김준이 탄 밴을 바싹 따라붙고 있었다. 김준은 운전석으로 바싹 얼굴을 들이댔다.

"형, 좀 속도를 내봐."

"오케이."

박이 액셀을 꾹 눌러 밟으면서 옆 차선으로 재빨리 끼어들기를 했다. 노란색 스포츠카도 재빨리 차선을 바꿔 김준의 밴 뒤를 따라 붙었다. 능숙한 운전 솜씨였다. 김준의 밴을 뒤따라오고 있는 것이 분명해졌다. 사이드 미러로 뒤차의 운전석을 넘어다보던 박이 휘파람을 불었다.

"단추나 슬쩍 떼 가는 애들하곤 차원이 다른데?"

"뭐야?"

"에이야, 에이 플러스."

김준과 박 사이에 오가는 농담이었다. 그들의 일과 가운데 삼분의 이가 기다리는 일이라고 해도 과언은 아니었다. 졸거나 뭘 먹지 않으면 길 가는 여자들의 다리나 얼굴을 감상하며 시간을 죽였다. 박이 에이 플러스라면 그건 정말 대단하다는 것이다. 방송국을 드나들면서 여자 연예인들의 미모에 익숙해질 대로 익숙해진 박이었다.

"나도 좀 보여줘."

박이 속도를 낮추자 노란 스포츠카는 다시 옆 차선으로 벗어났다. 스포츠카가 속력을 내면서 김준이 탄 밴을 스쳐 앞서 나갔다. 스쳐 지나치는 그 잠깐 동안 김준은 핸들을 쥐고 있는 여자의 옆얼굴을 똑똑하게 볼 수 있었다. 엿가락처럼 늘어진 여자의 얼굴이 지나쳐 사라진 뒤에도 김준의 머릿속에는 선명하게 그녀 얼굴이 남아 있었다. 누굴 닮았다. 약간 양미간을 찡그린 저 여자의 얼굴. 어디서 본 적이 있는데. 김준은 약간 초조해졌다. "형, 다시 따라잡아 봐." 하지만 밴은 이미 속도가 한참 떨어진 뒤였다. 박이 차창을 내리고 밖으로 고개를 뺐다. 퇴근 시간이었다. 한강을 건너려는 차들이 꼬리를 물고 길게 늘어서 있었다. 차창을 올리면서 박이 말했다.

"걱정하지 마라. 쫓아올 정도면 언젠 널 또 찾아오겠지. 하지만 조심해라. 저런 여잔 단추 하나 떼어가는 걸로 만족하지 않을 테니까."

"대체 누구지?"

양미간을 찡그린 얼굴이 누군가를 분명히 닮았다. 정체된 차들 속에서 밴은 꼼짝하지 못했다. 생각날 듯 날 듯 좀처럼 떠오르지 않았다. 어느 순간 김준이 무릎을 탁 쳤다. 그 여자를 닮은 얼굴이 드디어 떠올랐다. 바로 최영주였다.

평일 오전의 카페는 한산했다. 차 한 잔을 건성으로 시켜놓고 밀린 리포트를 작성하느라 테이블 가득 책과 복사물들을 펼쳐놓은 학생들이 몇 눈에 띄었다. 김준과 최영주는 유리창을 따라 난 자리에 나란히 앉았다.

김준이 최영주를 찾은 것은 김준이 주홍 글자 A가 보낸 편지를 받은 날로부터 채 일 년이 되기 전이었다. 그는 여전히 인기 정상에 서 있었고 텔레비전에서는 건강하고 밝은 사람처럼 웃었다. 하지만 최영주 앞에 앉은 김준은 하루아침에 인기가 몰락한 사람처럼 불안해 보였다. 약물중독이 아닌가 하는 의심이 들 정도였다. 애당초 그날의 만남은 김준이 새로 맡은 영화의 취재차 이루어졌다. 김준과 최영주는 배우와 기자로서의 관계 훨씬 이전부터 알고 지낸 사이였다. 김준이 아닌 김태수였을 때부터이니 시간을 따지는 것이 성가실 정도였다. 김준은 그가 주인공을 맡았던 영화와 드라마 속에서 웬만한 역경을 다 만나보았지만 영화 속과는 달리 현실 상황은 극복이 잘 되지 않는 모양이었다. 친구와 차를 마시는 동안에도 그는 타인의 시선에서 자유롭지 못했다. 사람들이 알아볼 것을 의식해서인지 챙 넓은 야구 모자를 코 위까지 눌러쓰고 있었다.

김준은 탁자 위에 올려둔 손을 한시도 가만히 두지 못했다. 괜히 커피 잔을 건드려 달그락 소리를 내거나 탁자를 두들기거나 추운 듯이 손바닥을 비벼댔다. 그러다 갑자기 최영주의 얼굴을 뚫어지게 바라보더니 말문을 열었다. 그의 턱 밑으로 최영주가 녹음기를 들이댔다.

"너 혹시 널 닮은 여자, 만난 적 없냐?"

자신을 닮은 여자라면야 몇 있었다. 김준이 허겁지겁 토를 달았다.

"네 가족 말고 말야. 네 어머니나 누나, 여동생 말고."

김준은 식탁에 놓여 있던 녹음기를 손으로 가리켰다. 최영주가 녹음기를 껐다.

유리창에 붙은 카페 이름의 한글 자모 사이사이로 대학의 정문이 내려다보였다. 김준은 아무런 연고가 없는 이곳을 약속 장소로 정했다. 매니저가 운전하는 밴까지 마다하고 택시를 타고 이곳까지 왔다. 오전의 카페 안에는 버터와 빵 탄 냄새가 가득했다. 간간이 카페 자동문이 열리고 학생들이 들어섰다. 찬바람이 등에 와 닿을 때마다 김준은 매번 문 쪽으로 상체를 돌리고 모자챙 속에 가려진 눈으로 상대방과 눈도장을 찍었다. 누군가를 찾고 있는 것이 분명했다. 최영주는 그 누군가가 자신을 닮았다는 그 여자일 거라고 확신했다.

김준은 소갈증이 들린 사람처럼 자꾸 물을 들이켰다. 아르바이트 학생이 몇 번이나 빈 잔에 물을 채워주었다. 김준의 그런 행동은 다른 사람들의 신경을 끌 만했고 잠시 후 카페에 앉아 있던 손님들 대부분이 김준의 존재에 대해 알게 되었다. "정말 김준이네." "어머, 어디? 어디야?" 카페 안이 잠깐 웅성댔다. 김준과 다니다 보면 종종 겪게 되는 일들이었다. 그러면서도 그런 쑥덕거림에 익숙해지지 못하고 매번 불쾌해지는 쪽은 김준이 아니라 최영주였다. 자신도 모르게 인상을 쓴 모양이었다. 김준이 바로 그 표정을 지적했다.

"그래, 지금 그 모습이야. 인상을 쓸 때 퍼뜩 스쳐가는 그 표정이 똑같았어. 무언가 골똘히 생각할 때의 표정도 그렇고. 난 도저히 그런 표정이 안 만들어지거든."

김준과 대면하고 녹음기를 끄면서부터 최영주는 쭉 그런 표정을 짓고 있었을 것이다. 의식을 하고 얼굴을 펴려 했지만 이미 이마엔 굵은 주름 자국이 파인 후였다. 집 안의 내력이랄 것까지는 없지만 이맛살을 찌푸릴 때의 독특한 표정이 닮은 사람들이 몇 있었다. 그것은 아마도 친가 쪽 영향이 아닌가 싶었다. 사촌들 중에도 몇이 이런 이맛살을 가지고 있었다.

이런 이맛살은 할아버지가 되면 점점 더 굵고 깊게 자리를 잡아 나중에는 그 주름 사이에 종이를 끼울 수도 있을 지경에 이른다. 아버지에게는 그런 버릇이 나타나지 않았지만 한 대를 걸러 최영주에게 나타났다. 이마에 주름을 잡을 때면 왼쪽 눈썹이 살짝 틀어 올라간다. 그런 습관 때문에 학교에 다닐 때는 곧잘 선배들로부터 호출을 당했다. 그들은 조인트를 까면서 눈을 부라렸다. "이게 누굴 꼬나보고 있어?"

역시 친가 쪽 영향이라고밖에는 확신할 수 없는데 가족 중에서 유일하게 최영주만 목이 약했다. 편도선염으로 한 사 년 고생하다가 어쩔 수 없이 비대해져서 사그라지지 않는 편도선을 제거하는 수술을 받았다. 하지만 편도선염이 사라진 첫 겨울에는 후두염으로 며칠 고열에 시달렸다. 성인이 되었지만 날씨만 쌀쌀해지면 목에서부터 증상이 나타났다. 이곳저곳 병원을 바꿔 진찰을 받아보았지만 전문의들도 딱히 병명이라고 할 만한 것을 찾아내지 못했다. 트로키제제를 물고 사는 수밖에는 없었다. 그러다 보니 환절기만 되면 차 바닥에는 알약을 빼먹고 버린 약 포장지가 널려 있곤 했다.

아버지 대신 참석한 묘사(墓祀)의 뒷자리에서 우연히 증조모에 대한 이야기를 전해 들었다. 증조모는 평생을 고질병으로 고생했는데 그게 바로 목병이었다는 것이다. 한 번도 본 적이 없는 증조모의 병을 자신이 물려받았을지도 모른다는 말을 들었을 때는 놀라지 않을 수 없었다. 마치 귀신에게서 감기라도 옮은 듯한 느낌이었다. 이제 목병이 도지기 시작하는 계절이었다. 마른 모래를 뿌려 놓은 것처럼 목 안이 깔깔해지고 침을 삼키는 것이 거북해지면 자신의 목을 누르고 있는 증조모의 마르고 거친 나뭇가지 같은 손이 느껴져 선득해지고는 했다. 내림이란 참 무서운 것이다. 그것은 실뜨개와 같아 한 코 한 코가 다른 코들과 연결되어 있다. 그러나 지금 자신의 앞에 앉아 있는 건장한 젊은이에게서는 나무랄 데 없는 좋은 형질들만 발현되어 있었다.

"너랑 똑같았어. 너 내 눈 믿지? 특히 여자에 있어서는."

김준은 커피 잔의 가장자리에 입만 갖다 대곤 떼었다. 최영주도 아직까지 친척들 가운데서 독특한 이맛살을 가진 여자는 본 적이 없었다. 이맛살로 종이를 집어 올릴 수 있는 여자가 있다니, 자신도 한 번 그 여자를 보고 싶었다. 마음에 걸리는 것이라면 김준의 눈썰미였다. 김준의 눈썰미를 믿기 때문에 혹시 숨겨놓은 이복동생일지도 모른다는 김준의 말이 우스갯소리로 넘겨지지가 않았다.

담 하나를 사이에 두고 자란 두 사람은 나란히 같은 초등학교에 입학했고 어느 해 겨울방학에는 한 시간 간격으로 포경수술을 받았다. 포경수술을 한 자리가 쓸려 통증이 가라앉기를 기다리는 동안에는 그 부위에 요구르트 병을 뒤집어 씌웠는데 그 병 또한 같은 회사 제품이었다. 그럴 정도로 서로의 집안 사정에 대해 속속들이 잘 알고 있었다.

비슷한 점이 한두 가지가 아니었으므로 김준과 최영주가 동시에 한 여자애를 좋아하게 된 것은 그리 특이하달 수도 없는 일이었다. 김준과 최영주는 똑같은 학습지로 공부하고 똑같은 회사의 우유를 먹듯이 오랫동안 그 여자애를 공유했다. 여자애의 집은 김준과 최영주의 집 바로 건너편에 대칭 구조로 놓여 있었다. 그들보다 한 학년 위였다. 사춘기가 지나면서 여자애는 늘 땅만 바라보고 걸었다.

그날 김준과 최영주는 길가에 선 채 이런저런 이야기를 나누고 있었다. 고등학교 일학년 남학생의 고민이란 기껏해야 다른 학생에 비해 유난히 적은 털 정도였다. 대학 진학보다도 더 시급한 사안이었다. 그들의 대화 사이로 잡음이 끼어들었다. 플라스틱 슬리퍼를 끄는 소리였다. 남자아이들이 기대선 곳은 그 여자애네 집의 담이었고 김준과 최영주 사이에는 길가로 난 목욕탕 창이 끼어 있었다. 마당으로 통한 목욕탕 문이 벌컥 열리더니 여자애가 목욕탕 안으로 들어섰다. 창문이 활짝 열려 있었는데 여자애는 문을 닫을 생각조차 하지 않았다. 여자애는 한 손에 들린 스테인리스 국그릇과 숟갈을 내팽개치듯 던져놓았다. 그러고는 서슴없이 치마를 들추고 엉덩이를 까고 앉았다. 타일 바닥 위로 좔좔 쏟아져 내린 액체에서 김이 났다. 여자애는 길게 오줌을 누었다. 남자애들이 서서 그 장면을 다 보고 있다는 것을 눈치채지 못한 듯 아무렇지도 않게 일어섰다. 손바닥만 한 꽃무늬 속옷이 허벅지쯤에 걸쳐 있었다. 속옷의 고무 밴드가 여자애의 뱃살에 가 닿으면서 찰싹 소리가 났다. 뺨이라도 맞은 듯이 화들짝 놀라면서 최영주가 목욕탕 창문으로부터 한 발짝 떨어졌다.

잠시 후 여자애의 슬리퍼 소리가 목욕탕 밖으로 사라졌다. 집 안쪽에서 여자애가 신경질적으로 소리 질렀다. "엄마, 된장 단지는 어디 있어요?" 뒤늦게 김준이 낄낄대기 시작했다.

그렇게 해서 여자애에 대한 신비감은 깨져버렸다. 여자애와는 버스 정류장이나 집으로 오는 골목길, 버스 안에서 수시로 마주쳤다. 여자애와 시선이 마주칠까 전전긍긍했던 최영주와는 달리 아무것도 모르는 것이 분명한 여자애는 여전히 새침하기만 했다. 하지만 김준은 예전과는 다르게 여자애의 등에 대고 휘파람을 불었다. 그럴 때마다 여자애는 뒤돌아보지 않은 채 잠깐 걸음을 멈췄다.

최영주의 집 거실에서는 여자애네 옥상이 올려다보였다. 시험이 끝나 일찍 돌아온 어느 날 오후였다. 늦햇살이 마루에 가득했다. 수학 해법을 펼쳐 들었다. 그러다 마루문에 기대앉아 잠깐 졸았던 모양이었다. 무릎에 얹어둔 해법책이 떨어지면서 눈을 떴다. 책을 주워 들다 우연히 여자애네 집의 옥상으로 눈이 갔다. 옥상의 쇠난간에 두 팔을 고인 채 누군가 가만히 하늘을 올려다보고 있었다. 여자애였다. 여자애는 최영주와 눈이 마주치자 그제야 팔을 내리고 양은 대야를 들어 올렸다. 밀린 빨래를 했는지 양은 대야가 빨래로 넘쳤다. 여자애는 느릿느릿 빨래를 널기 시작했다. 빨래에 주름이 잡히지 않도록 옥상의 쇠 난간 밖으로 팔을 내밀어 소리 나게 빨래를 털어댔다. 그러고는 빨랫줄에 빨래를 널고 양끝에 집게를 물렸다. 빨래를 집기 위해 상체를 구부릴 때마다 치마가 달려 올라가고 엉덩이가 보일락 말락 했다. 무릎까지 오는 면으로 된 치마를 입고 있었지만 햇살 때문에 속이 다 비쳤다. 한 십여 분 되었을까. 여자애가 빨래를 다 널고 텅 빈 양은 대야를 허리에 끼고 옥상을 내려갈 때까지 최영주는 몽롱한 상태에 빠져 있었다. 여자애가 신은 앞이 막힌 슬리퍼가 물에 젖었는지 여자애가 계단을 내려간 후에도 압축기 같은 슬리퍼 소리가 한참 이어졌다. 그날 해가 드는 따뜻한 마루에 기대앉아 최영주는 처음으로 수음을 했다. 수학 해법책 아래에서였다. 해법책에 끈적끈적한 것이 튀었다. 최영주는 해법책에 구멍이 날 때까지 손으로 문질러댔다. 한 차례 격정이 물러가자 허탈감에 이어 죄책감과 수치스러움이 밀려왔다.

최영주가 겨드랑이와 샅, 종아리에 난 털 가닥을 세고 있을 때 이미 그런 것을 걱정할 필요가 없어진 김준은 다른 길로 방향을 틀었다. 김준은 더 이상 함께 요구르트를 먹던 때의 김준이 아니었다. 여자애는 고등학교 삼학년이 되고 김준과 최영주는 이학년이 되었다. 골목길에서 그 여자애와 마주쳤을 때 골목 끝으로 피하며 자리를 내준 최영주와는 달리 김준은 그 여자애의 이름을 불렀다. 그것도 성을 뺀 이름을 휘파람 불듯 나직이 불렀다. 여자애는 김준의 목소리를 한 번에 알아듣고 조금의 멈칫거림도 없어 재빨리 고개를 돌려 남자애들을 바라보았다. 그러고는 가방을 들지 않은 한 손을 조심스럽게 흔들었다. 언제 그들이 그렇게 가까워진 것일까. 지난 몇 개월 사이 둘 사이에 무슨 일이 있었던 것이 확실했다. 두 사람은 함께 골목을 다 점령하고 나란히 집까지 걸었다. 김준과 여자애는 작은 소리로 이야기를 주고받았다. 여자애는 흰 이를 드러내고 웃기까지 했다. 김준에 대한 질투심 때문에 그들의 대화는 최영주의 귀에 하나도 들어오지 않았다. 셋은 여자애의 집 앞에서 헤어졌다. 여자애가 집으로 들어가고 문이 닫히는 것을 확인한 김준이 최영주의 머리통을 냅다 내리쳤다. "자식, ……좋아하냐?" 좀 전 골목길에서 여자애와 나란히 걸을 때와는 전혀 다른 태도였다. 김준은 마치 그 여자애의 이름을 입에 올리는 것조차 싫다는 듯이 턱으로 그 애가 사라진 문을 가리켰다. 김준이 목소리를 낮췄다.

"얌마, 조심해. 걘 선수야."

"그걸 어떻게 알아?"

김준이 책가방을 겨드랑이에 끼우면서 한쪽 다리를 건들댔다.

"선수는 선수를 알아보는 법이거든."

김준을 알고 나서 처음으로 김준을 늘씬 패주고 싶어졌다. 부처의 눈에는 부처만 보이듯 개의 눈에 들어오는 것은 죄다 개처럼 보이는 법이라고 쏘아주고 싶었다. 김태수, 너는 개다. 하지만 주먹은커녕 말 한마디도 하지 못했다. 우유부단함. 그것 또한 집안 남자들의 내력이라면 내력 가운데 하나였다. 말발이 서지 않는다는 걸 눈치챘는지 김준이 앞니 사이로 침을 찍 뱉었다.

"왕자님. 넌 다 좋은데 너무 순진한 게 탈이라구."

왕자님이라고 비아냥대는 소리는 더 듣기 싫었다. 대문을 밀치고 집으로 들어서는 최영주의 뒤에 대고 김준이 느닷없는 제의를 해왔다.

"너 그 소문이 사실인지 아닌지 한번 볼래?"

그딴 자식과는 더 이상 말을 섞고 싶지 않았다.

김준을 밀쳐내고 소리 나게 대문을 닫았다. 대문 너머에서 김준의 목소리가 건너왔다.

"야, 넌 뭘 걸 거냐? 난 걔가 그렇고 그런 애라는 데 뭐든지 건다."

내키지는 않았지만 김준의 집으로 갔다. 대문까지 돌아가는 것도 귀찮아 곧장 담을 넘었다. 김준의 누나가 한심하다는 듯 고개를 저었다. 김준은 방바닥에 배를 깔고 엎드려 만화를 보고 있다가 최영주를 보고 휘파람을 불었다.

"만약 내가 이기면 디카 내게 넘겨. 내가 지면 넌 쟤 가져."

김준이 '쟤'라고 부른 김준의 누나가 마당을 부산히 오가고 있었다. 김준이 낄낄대다가 마당 쪽으로 소리를 질렀다.

"걔 놀러 온다고 했니?"

누나 쪽에서도 목소리가 고울 리 없었다.

"네깟 게 무슨 상관이야. 넌 니 친구한테나 신경 써, 이 자식아."

김준이 주먹 쥔 손으로 방바닥을 내리쳤다.

"저 계집애가."

김준의 누나도 호락호락하지 않았다.

"계집애? 계집애가 뭘 어쨌길래?"

말이 두 살 터울이지 개월 수로는 열다섯 달밖에 차이가 나지 않았다. 김준은 누나를 향해 눈을 부라리면서 부엌으로 최영주를 밀어 넣었다. 부엌 한쪽에 지하실로 통하는 출입구가 나 있었다. 둘은 몸을 숙이고 지하실의 작은 문 안으로 들어갔다. 빛이 들지 않는 어두컴컴한 지하실 한쪽 벽에 이십여 년 전 쌓아둔 연탄의 흔적이 그대로 남아 있었다. 한동안 불을 때지 않았던 아궁이 쪽에서 눅눅한 냄새가 났다. 김준이 지하실 중앙에 매달린 백열등을 켰다. 먼지를 잔뜩 뒤집어쓴 잡동사니들이 드러났다.

김준이 잡동사니 사이에 숨겨둔 담배를 꺼내 물었다. 김준이 건넨 담배를 엄지와 검지로 넘겨받아 한 모금 깊이 빤 최영주가 담배를 다시 건넸다. 필터가 침으로 축축했다. 각자 담배 한 대씩 따로 피우면 될 것을 그때는 그런 식이었다. 담배를 나눠 피우면서 한 십 분 시간을 죽였다. 김준의 집 구조도 최영주의 집과 똑같았다. 지하실 천장이 바로 마루였다. 마루가 끝나는 곳에서 현관이 이어지고 그 틈새에 직사각형의 길쭉한 환기구가 나 있었다. 대문 소리가 나고 슬리퍼 끌리는 소리가 마당 안으로 들어서자 김준이 재빨리 백열등을 껐다. 지하실 천장이 김준 누나의 몸무게만큼 쿵쾅거렸다. 김준이 나직하게 욕설을 내뱉었다. 돼지. 곧이어 환기구로 김준 누나의 종아리가 나타났다. 누나는 마루 끝에 걸터앉아 다리를 흔들어댔다.

"어쩐 일이니? 니가 우리 집엘 다 놀러 오구?"

"언니도 참. 책도 빌리고 수다도 떨고 겸사겸사."

"공부는 잘돼가?"

여자애의 목소리였다. 김준이 손가락으로 환기구를 찔러댔다. 지하실은 캄캄했고 그 때문에 직사각형 창은 훨씬 더 밝았다. 살찐 김준 누나의 종아리 옆으로 여자애의 두 다리가 나타났다. 여자애가 신발을 벗었다. 마루에 올라서기 위해 여자애가 한쪽 다리를 마루 위로 올려놓았다. 여자애의 치맛속으로 햇빛이 비쳐들었다. 정오의 햇빛이 그 속에서 올챙이처럼 다글거렸다. 여자애는 그런 자세로 잠시 서 있었다. 다른 한 발이 마루 위로 올라서자 김준이 소곤거렸다. "잘 봤냐? 저 계집앤 선수라니까, 선수." 김준이 낮은 웃음을 흘렸다. 나쁜 새끼. 욕지기와 함께 최영주의 얼굴이 후끈 달아올랐다. 지하실 밖으로 뛰쳐나가려는 최영주의 팔을 김준이 잡았다.

"야, 죽고 싶어? 누나한테 들켰단 진짜 골치 아파진다구."

여자애들이 돌아다니는지 천장의 마룻장이 계속 버걱거렸다. 여자애들의 높은 웃음소리도 간간이 섞였다. 발소리가 울리더니 여자애의 다리가 다시 환기구에 나타났다. 환기구를 올려다보고 있던 김준이 웃기 시작했다. 찰싹 달라붙은 여자애의 속옷 아래에 글씨가 쓰여 있었다. '바보들'. 방금 전까지도 여자애의 허벅지는 깨끗했다. 여자애는 지하실에 숨어 있는 남자애들의 존재를 진작 알고 있었던 것이 분명했다. 김준의 웃음소리가 새 나간 모양이었다. 천장이 요란하게 울리더니 또 다른 다리가 나타났다. 환기구에 김준 누나의 커다란 얼굴이 들이찼다. 누나의 눈이 최영주의 눈과 마주쳤다. 커다래진 눈이 이미 모든 상황을 파악한 듯했다. 누나가 비명을 질렀다. "이 새끼들! 너희 같은 새끼들은 가만두지 않을 거야!"

둘은 꿈지럭대면서 마당으로 나와 섰다. 김준 누나가 삿대질을 하면서 고함을 질러댔다. 여자애는 보이지 않았다. 허겁지겁 쫓기듯 대문을 나서는 최영주의 등 뒤로 김준이 소리쳤다.

"디카. 그건 이제 내 거다!"

김준의 부모님이 돌아오는 소리는 최영주의 방에서도 들을 수 있었다. 골목 안으로 들어온 자동차의 엔진이 꺼지고 저음으로 틀어둔 찬송가가 새어 나왔다. 김준의 누나가 맨발로 마당까지 뛰어나가 대문을 밀치고 들어오는 부모님에게 호들갑을 떨었다. 누나는 점심때의 그 일을 '지하실 사건'으로 부르고 있었다. 이제 내일이면 '지하실 사건'의 전말이 이 골목 안에 파다하게 퍼질 것이다. 그럼 그 여자애는 어떻게 되는 것일까. 부모님에게 꾸중 들을 일보다 여자애의 걱정이 앞섰다. 하지만 노심초사했던 그 일은 김준 어머니의 말 한마디로 맥이 빠져버리고 말았다. 김준의 어머니는 낮지만 힘 있는 목소리로 누나를 꾸짖었다. "다 큰 계집애가 어디서 큰 소리야. 조용히 하지 못해." 그 일은 전적으로 행실이 조신하지 못한 그 여자애의 탓으로 돌려졌다. 우연히 지하실에 가 있던 김준과 최영주는 뜻하지 않은 주님의 시험에 든 것이라고 했다. 김준은 마치 베드로라도 된 듯 떠들어댔다.

"난 아무것도 안 봤어요. 눈을 그냥 꾹 감아버렸으니까요. 솔직히 시험에 들긴 했어요. 누군가 자꾸 눈을 떠보라고 하는 것 같았죠. 하지만 절대로 눈을 뜨지 않았다구요."

대학교 일학년이던 누나는 무서울 것이 없었다. 바락바락 어머니에게 대들었다. 왜 태수 역성만 드느냐고, 아들이라 편애하는 거냐고. 저렇게 오냐오냐 했다간 태수는 '인간 말종'이 되고 말 거란 부분에서 그예 어머니에게 뺨까지 맞았다. 누나는 마당에 주저앉아 소리 내 울었다. 그러는 엄마는 여자 아니고 뭐냐고. 그날 누나의 울음소리가 아직도 최영주의 귀에 쟁쟁하다.

시간의 차이는 있었지만 남자애들은 차례로 그 골목을 떴다. 애지중지하던 디지털카메라는 김준의 것이 되었다. 버스 정류장에서 제 것인 양 디지털카메라를 가져가면서 김준이 사건의 전말에 대해 털어놓았다. 그날 일요일 아침에 김준은 여자애가 공부하고 있던 독서실 앞으로 여자애를 찾아갔다. 긴 말이 필요 없었다고 했다. 여자애는 선뜻 김준의 제의를 승낙했다. 점심을 사달라거나 미팅을 주선해달라거나, 그 어떤 조건도 달지 않았다고 했다. 김준이 갑자기 정색하고는 혼잣말처럼 중얼거렸다. "역시 그 계집앤 프로라니까. 프로 중의 프로."

지금 김준의 모습에서 그때의 호기란 찾아볼 수가 없었다. 대체 김준에게 무슨 일이 있었던 것일까. 김준은 아르바이트 학생에게 자신이 찾고 있는 여자의 인상착의에 대해 설명하는 중이었다. "그

러니까 칠 개월 전쯤인가, 나랑 같이 여기 몇 번 들렀었는데 말이
죠. 생머리가 어깨까지 내려오고 눈동자가 검었죠. 인상을 쓸 때면
이마에 이렇게 주름이. 아, 그렇지. 얠 닮았는데요."

　얼굴에 홍조를 띠고 최영주를 빤히 내려다보던 아르바이트 학생
은 수줍게 고개를 흔들었다.

　"잘 모르겠어요. 전 여기 온 지 얼마 안 되고, 이런 데 애들은 수
시로 바뀌거든요."

　김준은 제 누나의 예언처럼 인간 망종이 되지는 않았다. 그 모든
것이 다 김준 부모의 기도 덕분이라고 최영주는 생각했다. 그런데
지금 천하의 김준이 기껏 여자 문제로 애를 끓이고 있었다. 인상을
쓸 때면 자신을 닮기도 하다는 그 여자. 대체 그 여자와 김준 사이
에 어떤 사건이 있었던 것일까. 이렇듯 김준의 목을 죄고 있는 그
여자, 슬슬 호기심이 생기기 시작했다. 이제 그 기도의 효력도 다
끝이 났는가. 김준이 스스로 입을 열 때까지 조용히 기다리는 수밖
에 없었다.

　여자가 사라진 뒤에야 김준은 자신이 그 여자에 대해 알고 있는
것이 전혀 없다는 것을 깨달았다. 그런데 왜 그 여자와 있는 동안
에는 그 여자에 대해 속속들이 다 알고 있다고 착각을 했던 것일
까. 김준은 여자의 어디에 점이 있는지도 알았다. 여자의 몸 구석
구석 익숙했다. 어느 날 밤 불현듯 잠에서 깼을 때 김준은 옆에서
잠든 여자를 한참 내려다보았다. 그러다 불쑥 그런 생각이 들었다.
이 여자가 깨어나지 못한다면, 이 잠에서 영영 깨어나지 못한다면.

누구에게 그 사실을 알려야 할까.

여자와 몇 번 이곳에 들렀지만 여자 쪽에서 김준을 피하고 있는 거라면 여자는 진작 이곳에도 발길을 끊었을 것이다. 만약 여자 혼자 들러 커피를 사 갔다 하더라도 종업원이 기억하지 못할 가능성이 컸다. 대개의 경우 사람들은 김준에 대한 강한 인상 때문에 그와 동행한 사람들에게는 별 관심을 쏟지 않았다. 주홍 글자 A로부터의 편지가 더 이상 오지 않았다는 것에도 신경이 쓰였다. 불현듯 매니저인 박의 말이 고양이 발톱처럼 머릿속을 할퀴고 지나갔다. "조심해라. 저런 여잔 단추 하나 떼어가지고 가지는 않을 테니까."

그렇다면 대체 그 여자는 내게서 무엇을 떼어 간 것일까. 윗옷을 벗고 몸 이곳저곳을 거울에 비춰보았다. 크고 작은 상처가 몇 개 눈에 띄긴 했지만 그것은 이 땅에서 고등학교를 나온 남자애들이라면 훈장처럼 몇 개씩 붙이고 있는 상처였다. 액션이 많은 영화를 찍으면서 덧붙여진 상처들도 많았다. 그것만 감안한다면 정말 군살 하나 없는 단단한 육체였다. 김준이 잠든 사이에 그 여자가 김준의 장기(臟器) 하나를 슬쩍 떼어갔으리라는 생각은 억측이었다. 김준은 터벅터벅 제자리로 돌아와 앉았다. 여전히 무엇인가 빠져 달아난 것처럼 허전했다. 정체를 알 수 없는 그것은 마치 여자애들이 떼어 달아난 단추 때문에 코트 사이로 스며드는 겨울바람처럼 시렸다.

촬영 하나가 펑크 나지 않았다면 그날 김준은 그곳에 들르지 않았을 것이다. 두툼한 문을 밀치자 안에 갇혀 있던 음악 소리가 밀려 나왔다. 초저녁이라 손님은 거의 없었다. 방금 영업을 시작했는지 바닥엔 물걸레 자국이 채 마르지 않았다. 키가 크고 마른 여자가 긴 두 팔을 천천히 흔들면서 춤을 추고 있다가 김준을 알아보고 보일 듯 말 듯 고개를 숙였다. 별다른 장식이 없는 넓은 홀 안에 띄엄띄엄 테이블과 의자가 놓여 있었다. 이쪽에서 좀 큰 소리로 이야기를 한다 해도 절대 옆의 좌석에까지 넘어가지 않는다. 반면 칸막이는 되어 있지 않아서 고개만 들면 다른 좌석에 앉은 이들의 얼굴을 볼 수 있다.

밤 열한시가 지나자 홀은 빈자리 없이 손님들로 꽉 찼다. 처음 들어왔을 땐 좀 썰렁한 듯했지만 이젠 더워서 겉옷을 벗어야 했다. 손님 대부분이 김준과 같은 연예인이거나 유학생, 전도유망한 대기업의 사원, 월급에 구애받지 않는 프리랜서 들이었다. 연예인이라고 수군대거나 호들갑을 떠는 이들이 없었다. 이곳에서라면 다른 사람의 시선을 의식하지 않고 마음 편히 술을 마실 수 있었다. 자연스럽게 다른 팀과 합석하고 마음만 맞으면 자연스럽게 짝을 지어 어딘가로 헤어졌다.

손님들은 한눈에도 세련된 옷차림을 하고 있다. 결코 요란스럽다는 느낌을 주지 않는다. 여자들이 지나간 뒤에는 청결함이 느껴지는 향수 냄새가 오래 남았다. 음악도 시끄럽지 않았다. 번쩍거리는 조명도 없었다. 눈이 편할 만큼 조도가 낮았지만 사람 얼굴을 분간 못 할 만큼 어두운 건 아니었다. 무대가 따로 없었다. 술을 마시다가 춤을 추고 싶으면 자리에서 나와 춤을 추었다. 자리에 앉아 상체만 흔들기도 했다. 사람들은 칵테일 잔이나 맥주병을 들고 자연스럽게 다른 테이블로 옮겨 다니면서 이야기를 나누었다. 화제가 맞으면 열띤 토론이 벌어지기도 했다. 물론 술에 취해 비틀대는 이도 한둘은 눈에 띄었다. 금발의 외국인 여자가 한국 남자에게 양팔을 벌리면서 화를 내고 있었다. 어디에서나 이런 일들이 있게 마련이다.

바텐더 앞에 앉은 한 여자가 눈에 띄었다. 키 높은 바 의자 위에 등을 세우고 걸터앉은 여자는 앞에 놓인 칵테일 잔을 가만히 들여다보고 있었다. 바에 혼자 앉아 있다는 것은 동행이 없다는 걸 뜻했다. 여자는 왼손목에 찬 손목시계를 들여다보았다. 순간 여자의 이마에 살짝 주름이 졌다. 노란색 컨버터블, 바로 그 여자였다.

반쯤 마시다 만 맥주병을 들고 여자에게로 갔다. 후배 몇이 그를 알아보고 살짝 고개 숙여 인사했다. "오빠!" 누군가 뒤에서 긴 팔로 김준의 목을 휘감았다. 예전에 한 번 만난 적 있는 아가씨였다. 아가씨와는 좋은 기억이 있지만 오늘 밤엔 얽히기 싫었다. "오, 희선?" 아가씨의 입가에서 웃음이 사라졌다. 자신의 이름 하나 기억하지 못하는 남자를 어떤 여자가 좋아할까. 아가씨는 어깨를 으쓱 올렸다 내리고는 동행이 있는 자리로 가 앉았다.

바 의자에 방금까지 앉아 있던 여자가 온데간데없이 사라졌다. 바텐더가 입도 대지 않은 칵테일 잔을 치우는 중이었다. 김준은 부랴부랴 홀 안을 훑었다. 방금 누군가 나간 듯 클럽의 두툼한 문이 천천히 닫히고 있었다. 재빨리 뒤를 쫓았다. 지상으로 올라가는 나선형 계단 위쪽에서 또각거리는 구두 굽 소리가 울렸다. 김준은 계단을 향해 소리쳤다.

"벌써 가는 겁니까?"

구두 굽 소리가 멈췄다.

"날 만나러 왔던 거 아닙니까?"

잠시 사이를 두고 계단 난간 사이로 얼굴 하나가 나타나 물끄러미 김준의 얼굴을 내려다보았다. 여자의 입술이 달싹한 것 같았지만 무슨 말인지 김준에게까지 들리지는 않았다. 여자는 다시 계단을 올라가기 시작했다. 김준은 전력 질주로 계단을 뛰어 올라갔다.

김준은 건물 주차장에서 여자를 따라잡았다.

"이렇게 만났는데 그냥 가다니 말이나 됩니까? 언젠 차로 날 따라오기까지 해놓구선 말이죠."

김준을 올려다보느라 여자의 이마에 주름이 잡혔다. 오랫동안 봐온 친숙한 얼굴이 바로 코 아래서 자신을 올려다보고 있었다. 여자는 예뻤지만 이 정도 외모의 여자는 클럽 안에 쌔고 쌨다. 하지만 처음 만나면서도 이렇듯 마음이 놓이는 여자는 흔치 않을 것이다. 매니저 박이 누누이 말하는 대로 남자의 단추 하나라도 떼어가야 직성이 풀리는 것이 요즘 여자들이다.

"날 알고 있죠? 그죠?" 김준이 다그치듯 물었다.

"김준. 본명 김태수. 서른에서 서른두 살 즈음. S대 경영학과 졸업. 영화배우 겸 가수. 두 번의 부상(負傷), 네 번의 스캔들."

김준이 휘파람을 불어 여자의 말을 끊었다.

"됐어요. 됐어. 나에 대해 상당히 많은 걸 알고 있네요."

여자가 핏 웃었다. "인터넷에서 다 알려줘요." 최영주를 닮았지만 최영주처럼 진지하지만은 않다. 속을 잘 알 수 없는 최영주와는 다르다. 이 여자, 재미있다.

"그건 그렇고 왜 날 만나려는 겁니까? 오늘도 날 미행했나요?"

여자는 긍정인지 부정인지 파악되지 않는 가벼운 한숨을 내쉬었다.

"편지에 적힌 그대로예요."

"편지? 무슨 편지?"

김준을 올려다보고 있던 여자가 눈을 동그랗게 떴다. 그 표정이 익살맞았다.

"아, 편질 읽지 않았군요. 별도의 연락을 주지 않으셔서 우린 재고의 뜻으로 생각했죠. 그래서 편지에 적었던 대로 우리가 김준 씨를 찾아온 거지요. 안 읽으셨다니 모르시겠지만, 편지에 그렇게 밝혔지요. 방해가 되지 않는 한에서 우리의 뜻을 전달하겠다구요. 편지로는 다 이해하기 힘드셨을 테니까요."

"소속사로 배달되는 편지만 해도 하루에 라면 한 박스가 넘어요. 편지만 읽어도 하루가 모자랄 판이죠. 그런데 이거 알아요? 당신은 내 불알친구랑 너무 닮았어요. 지금 그렇게 인상을 쓰고 있으면 더. 그 자식, 우리 엄마보다도 나에 대해 더 잘 알아요."

김준은 최영주를 떠올렸다. 삼십 년 가까이 최영주는 김준 옆에 있었다.

"그런데 웃기는 게 뭔 줄 알아요? 지금은 그 자식이 제일 어렵단 겁니다. 만약 심기라도 건드려 그 자식이 입이라도 뻥긋하는 날엔, 난 아마 이렇게 땅에 발을 붙이고 서 있을 수 없을 겁니다. 농담입니다, 농담. 아무튼 그래요. 내가 혹시 실수라도 해서 그 자식이 내 곁을 떠나면 어떡하나. 그 자식을 볼 때마다 그런 생각을 가끔 해보고는 했죠. 어디, 이 자식이랑 닮은 여자 하나 없나?"

생면부지의 여자 앞에서 말이 많아지고 있었다. 방금 여자가 말한 '우리'가 누구인지 생각해볼 겨를도 없었다. 여자가 입을 벌리려 했지만 이번에도 김준이 말을 채갔다.

"그 자식 여동생요? 말도 마세요. 오히려 거기가 여동생이라고 하면 사람들이 믿을 겁니다. 그 자식만 빼놓고 그 집안 여자들은 다들 외탁을 했거든요. 기골이 장대하죠. 내가 왜 거길 기억하고 있었는지 알아요? 내가 기억력이 좋아서? 천만에요. 순식간에 지나쳤지만 거기가 그 자식을 너무나 빼닮았기 때문이죠. 그렇게 인상을 쓰고 있을 때면 더."

김준이 여자의 양미간에 검지를 댔다. 파인 주름이 감쪽같이 사라졌다.

"아, 그 친구분이 누군지 나도 보고 싶네요."

"그래요? 그럼 지금이라도 갈까요?"

김준의 너스레에 여자가 소리 내 웃었다.

"나중에요. 나중에 볼일이 있겠죠. 아까 말씀드렸지만 지금은 우리의 일을 찬찬히 설명드리고 싶어요."

김준은 불콰해진 얼굴을 여자에게 바짝 들이댔다. 여자는 여느 여자들처럼 멈칫거리지도 않고 뒤로 한 걸음 물러서지도 않은 채 빤히 김준의 얼굴을 바라보았다. 여자의 얼굴을 보느라 김준의 눈동자가 중앙으로 몰렸다. 여자가 다시 웃었다.

"여기 이렇게 서서 이야기하기는 좀 그렇구요. 좀 조용한 곳으로 갈까요?" 목소리는 작았지만 우물거림이 없었다.

시동을 걸고 주차장을 빠져나가자마자 여자는 시 외곽 쪽으로 방향을 틀었다. 운전이 능숙했다. 그건 스포츠카를 몰고 다니는 것만 봐도 짐작할 수 있는 바였다.

"걱정하지 마세요. 내일 촬영이 있다는 거 알고 있어요. 그나저나 매니저에게 전화라도 한 통 넣어야 하는 건 아닌가요? 말없이 사라진 걸 알면 걱정할 텐데요."

박은 김준이 클럽에 간 걸 알고 있었다. 클럽에 갈 때마다 김준이 종종 여자들과 사라지곤 한다는 것도 알고 있었다. 하지만 김준은 고분고분 여자의 말을 따랐다. 김준이 박과 통화하는 사이 여자는 신호가 막 바뀌는 사거리를 조금의 지체도 없이 속도 높여 지나쳤다.

"그런데 정말 내 뒤를 미행했나 보네. 스케줄까지 꿰고 있는 걸 보면. 그런 걸 신문 가십난이나 인터넷에서 알았을 리는 없고. 그럼 모레 내가 뭘 하는지도 알겠네? 내가 좋아하는 음식은? 내가 좋아하는 커피는?"

농담이었을 뿐인데 여자는 턱짓으로 자동차 뒷좌석을 가리켰다.

모양이 다른 몇 개의 쿠션과 음료수 페트병, 잡지들이 어지럽게 놓인 사이에 다이어리가 끼어 있었다. 김준은 다이어리를 집기 위해 팔을 늘였다. 손끝에 플라스틱 캡슐 포장지가 만져졌다.

"어디가 아픈 거예요?"

여자가 웃는 듯 마는 듯 입을 벌리려다 말았다.

"이상하게 환절기만 되면 목이 깔깔해져요."

"혹시 모래가 섞인 나물이나 밥을 씹을 때처럼 목이 지분거리지 않나요?"

전방을 주시하고 있던 여자의 시선이 잠깐 동안 김준의 얼굴에 머물렀다.

"어머, 그럼 김준 씨도? 이상하네, 그런 증세가 있다고는 안 했는데."

김준은 계속 증상을 알아맞혔다.

"병원에도 가봤는데 아무 이상이 없다고 했겠죠? 그런데도 해마다 그런 증상이 반복되죠. 빨아먹는 저 약이 없음 아마 계속 고양이처럼 갸릉대는 소리를 내고 있을 거구요?"

여자가 고개를 끄덕였다.

"정말 그 자식하고 닮아도 너무 닮았네. 이거 우연이라고 하기엔 정말 이상한데. 그 자식, 아까 거기를 쏙 빼닮았다는 자식 말예요. 그 자식도 이맘때면 이런 걸 달고 살더라구요."

"정말요? 그럼 아직 밝혀지지 않은 증후군 아닐까요? 매연, 보존료나 합성 착색료를 쓴 음식이나 스트레스 등이 요인일 수 있겠구요. 지금으로선 나와 같은 사람들이 많아지길 바라는 수밖에 없어요. 장사가 된다 싶으면 제약 회사들이 몰려들고 앞다퉈 약들을 생산해내겠죠." 여자가 고개를 흔들었다. "하지만 우리가 지향하는 건 그런 게 아니에요. 우리는 소수의 낮고 작은 목소리에 더 귀를 기울여요." 그럴 땐 진지한 최영주의 모습과 똑같았다.

김준은 여자에게 다이어리를 건넸다. 여자가 핸들을 잡지 않은 한 손으로 다이어리를 넘겼다. 다이어리 칸칸이 깨알 같은 글씨로 빼곡했다.

"설마 거기 개미떼처럼 적힌 게 전부 나의 일거수일투족과 관련된 건 아니겠죠?"

"물론요. 한 이십 퍼센트쯤. 나머진 우리 일과 관련된 것들이죠."

"이거 장난이 아닌데? 정말 내 뒤를 캐고 다닌 모양이네?" 말은 그렇게 했지만 여자가 스토커나 정신이상자일 거란 의심은 조금도 들지 않았다. 어디로 가는 건지도 묻지 않았다. 여자가 말했던 것처럼 어디 조용한 곳으로 가고 싶었다. 가서 돌아오고 싶지 않았다.

김준은 등받이에 몸을 묻은 채 운전 중인 여자의 옆얼굴을 바라보았다. 따뜻한 바람이 무릎께를 간질였다. 양털을 깔아둔 좌석은 푹신했다. 좀처럼 숙면을 취할 시간이 없었다. 몸이 십 센티미터쯤 아래로 가라앉는 듯했다. 잠에 빠져들면서 김준은 여자가 트로키제제가 든 캡슐을 따는 소리를 들었다. 바람 소리가 났다. 가운데 구멍이 난 그 약을 혀끝에 대고 여자가 휘파람을 불고 있었다. 자꾸 바람이 샜다. 잘할 때까지. 김준은 잠에 빠져들면서 피식 웃었다.

카페를 나온 김준과 최영주는 무작정 걸었다. 김준은 그 뒤로 여자와 몇 번 더 만났다. 관계가 좀더 이어졌더라면 분명 기자 중 누군가가 낌새를 챘을 수도 있었다. 잠깐 차를 세워두고 여자가 편의점에 간 사이, 김준이 여자의 다이어리를 본 적이 있었다. 지난 넉달 정도의 페이지가 김준과 관련된 일들로 채워져 있었다. 우연인 듯 여자가 연락을 끊은 그달부터 다이어리엔 김준에 관한 것이 아무것도 적혀 있지 않았다. 김준은 생각나는 대로 빈칸에 자신의 일정을 써 넣었다. 하지만 여자에게서 연락은 오지 않았다. 다른 여자들처럼 무언가를 요구했다면 오히려 마음이 놓였을 것이다. 짜릿했던 추억이 사라지자 겁이 나기 시작했다. 알다시피 이 세계에서 가장 경계해야 할 것이 소문이었다. 어쩌면 여자의 배후에 거대한 조직이 버티고 있을지도 모른다는 데 생각이 미쳤다. 짧은 만남을 빌미로 무리한 계약 조건을 내세울 수도 있다. 여자 입으로 종종 말하지 않았던가. '우리'라고.

엎친 데 덮친 격으로 안은영이 돌연 회사를 그만두었다. 좀 쉬고 싶다는 이야기를 김준에게 직접 하지도 않았다. 고민이 있었다면 들어줄 용의도 있었다. 매일 그렇게 같이 있었는데 말했으면 당연히 들어주었을 것이다. 다음 날부터 김준의 코디는 다른 사람으로 바뀌었다. 김준이 몇 번 전화했지만 전화는 연결조차 되지 않았다. 하루에도 십수 번 연락을 주고받던 전화가 무용지물이 되었다. 일을 그만두고 휴식차 안은영이 해외에 나갔다는 이야기를 최 군에게 전해 들었다. 최 군에게도 할 이야기를 자신에게는 하지 않았다는 사실이 서운했다. 어디로 갔냐고 물어보지도 않았다. 그제야 김준은 안은영에게도 너무 많은 속마음을 내비쳤다는 걸 깨달았다. 비슷한 시기에 사라진 두 여자. 그리고 김준은 그 두 여자에 대해 생각보다 아는 것이 너무 없었다.

청바지 주머니에 양손을 찔러 넣고 어깨를 구부정하게 굽히고 걷는 건 참 오랜만이었다. 마치 구겨 신은 것처럼 신발도 질질 끌면서 걸었다. 그땐 왜 지나다니는 사람들 눈살 찌푸리는 일만 골라 했는지 모르겠다. 지나가는 누군가가 제발 어깨라도 좀 쳐라, 벼르고 별렀다. 간신히 참고 있었다. 분노였는지 욕망이었는지 그건 잘 모르겠다. 건들건들 걸으면서 고개만 돌려 괜히 침을 뱉곤 했다. 그 시절이 떠오르자 자연스럽게 골목의 한 살 연상이던 그 여자애도 떠올랐다.

김준에게 말하지 않았지만 최영주는 그 여자애를 그 뒤로 한 번 만났다. 대학 식당에서였다. 같은 대학에 다니고 있다는 사실도 놀라웠지만 지난 이 년 반 한 대학에 다니면서 한 번도 마주치지 않았다는 것도 놀라웠다.

그들은 마주 앉아 밥을 먹었다. 여자애가 최영주를 물끄러미 바라보았다. "여전하네. 얼굴 붉어지는 거." 대번에 반말이었지만 기분이 나쁘지는 않았다. 그들은 밥 먹는 일에 열중했다. 안 보는 척했지만 최영주는 다 큰 여자애가 반찬에 섞인 양파를 골라내고 있다는 걸 알아챘다. 남의 눈에 편식하는 게 띌까 봐 여자애는 요령껏 양파 외의 것만 골라 먹었다. 자신의 치맛속을 남자애들이 보고 있을 줄 알면서도 허벅지에 '바보들'이라는 글씨를 써 넣었던 바로 그 여자애의 모습과는 겹쳐지지 않았다. 결국 식판에는 양파만 남았다. "좋아해?" 느닷없는 여자애의 말에 최영주는 하마터면 숟가락을 떨어뜨릴 뻔했다. 이 초쯤 뒤에야 여자애가 말한 게 바로 최영주의 식판 옆에 놓여 있던 카프카의 『성』을 말한다는 것을 알았다. 그들 사이에서 '카프카'가 남은 식사 시간을 어색하지 않게 해주었다. 밥을 먹고 빈 식판을 들고 식당 밖으로 나와 수저를 물이 담긴 큰 스테인리스 통에 넣었다. 퐁퐁퐁. 두 벌의 수저가 수포를 일으키면서 스테인리스 바닥으로 가라앉는 걸 지켜보았다. 차례대로 식판을 레일 위에 올려놓았다. 그들은 이번에도 자신들의 식판이 돌돌돌 레일 위를 굴러 안이 보이지 않는 주방으로 사라지는 것을 지켜보았다. 그리고 그걸로 끝이었다. 그 둘은 식당 밖으로 나왔고 자연스럽게 헤어졌다. 헤어지기 전 여자애가 풋 웃음을 터뜨렸다. "생각났다, 네 별명. 왕자님."

한동안 최영주는 학교의 식당을 얼씬거렸다. 열두시에서 두시까지 점심시간 내내 식당에 죽치고 앉아 기다린 적도 있었다. 하지만 지난 이 년 반 동안 단 한 번도 마주치지 않은 것처럼 여자애와는 두 번 다시 만날 수 없었다.

김준과 최영주는 대학가의 삼겹살집에 앉아 소주를 마셨다. 앉아 있던 손님들이 수군댔고 옆 가게에서까지 사람들이 찾아와 김준을 보고 갔다. 김준이 최영주의 잔에 소주를 따랐다. "좋아했냐?" 이번에도 최영주는 김준의 말을 한 번에 알아듣지 못했다.

"아까부터 생각한 거 알아, 골목에 그 기집애……." 최영주는 대답 대신 씩 웃고 말았다. 이 자식은 늘 이 모양이다. 속을 좀처럼 알 수가 없다. 그 여자와는 정말 다르다.

둘은 새벽까지 자리를 옮겨 가면서 술을 마셨다. 철거에 들어간 듯 낡아빠진 식당의 주인 할머니는 김준이 누군지도 알지 못했다. 술 취한 최영주가 "할머니 정말 이 자식 몰라요? 김준이요, 그 김준!"이라고 소리 질러도 멍한 표정만 지었다.

택시가 떠나려는데 김준이 소리쳤다. "얌마, 너 진짜 믿었냐? 난 그 기집애랑은 아무 관계 없어. 그냥 그 기집애가 무서웠다고. 내 거시기를 잘라갈까 봐. 원한다면 알아볼게. 누나랑 같은 학교였으니까 알자면 알 수 있을 거다."

김준이 태운 택시가 시야에서 멀어진 뒤에야 최영주는 알았다. 자신은 지금껏 그 여자애가 자신과 같은 학교에 다녔다고 알고 있었다. 그럼 그 여자앤 그날 그 식당에 왜 왔던 것일까. 고등학교 이학년 때나 대학교 삼학년 때나 서른을 넘긴 지금이나 자신은 변하지 않았다. 바보 천치였다.

정인 언니의 배는 점점 더 불룩해졌다. 몸의 변화는 놀라웠다. 언니는 종종 전신 거울 앞에 서서 자신의 배를 비춰보곤 했다. 언니는 마치 임신해본 사람처럼 자연스럽게 굴었다. 가끔 아기를 가져서 좋아하는 운전을 할 수 없게 되었다고 투덜댔다. 배가 나오면서 엉덩이와 허벅지에도 군살이 붙었다. 뱃속의 아기가 처음 발길질을 했을 때 우리는 둘 다 놀라 탄성을 질렀다. 나는 보이지 않았으므로 볼 수 있었다. 꿈틀꿈틀하는 그 생명을. 내가 엄마 뱃속에 있었을 때 어린 언니는 종종 엄마의 배 위에 입을 대고 소곤댔다. "어서 나와. 아가야. 빨리 보고 싶어." 엄마는 언니를 꼭 안아주며 웃었다. "좀더 기다려야 해." 언니를 처음 만났을 때 나는 단번에 언니를 알아보았다. 목소리로 알 수 있었다. 이 아기도 내 목소리를 기억할 것이다. 나는 언니의 배를 손바닥으로 쓰다듬으면서 말했다. "어서 나와. 빨리 보고 싶어. 내 조카." 나는 느낌으로 이 아이가 남자라는 것을 알았다.

정인 언니가 신문에 우리를 알릴 만한 작은 광고를 내고 우리가 쇠락한 신신양회에 모여 이런저런 이야기를 나누며 밤을 새우던 날로부터 육 년이 흘렀다. 어머니와 함께 죽은 엄마와 이모들과 달리 공예 공장의 많은 이모들과 삼촌, 할머니들은 아무것도 몰랐다. 그들은 대부분 노동력의 대가로 따뜻한 잠자리와 식사, 안전한 울타리를 얻었다고만 생각했다. 신신양회 사건에 가장 크게 놀란 것은 그들이었다. 그들은 자신들이 몸담고 있는 곳에 대해서도 몰랐다는 사실에 자신들이 눈뜬장님이었다는 사실에 놀랐다.

우리는 기태영이 마련해둔 집으로 이사했다. 서울과 신신양회의 딱 중간쯤에 있었다. 동생들이 서울로 통학하기에도 편했고 기태영과 우리들이 신신양회에 들를 때도 편했다. 기태영이 돌아왔고 신신양회를 되찾았다는 소식에 몇몇 남자애들의 마음이 움직였지만 그 애들은 아직까지 관망만 하고 있었다. 그 애들은 하늘이 무너겨도 결코 쓰러지지 않을 거라 믿었던 신신의 몰락을 보았다. 그 애들은 자신들의 엄마가 어떻게 죽었는지 알고 있었고 눈으로 그 모습을 똑똑히 보았다.

우리에게는 젊은 피가 필요했다. 젊고 명석하며 정신적으로 육체적으로 건강한 새로운 식구가 필요했다. 어머니가 교육을 강조했기 때문에 우리들은 다 교육을 받았다. 엄마나 이모들처럼 공장의 식당일이나 도맡아 할 이유가 없었다. 필요하다면 우리는 우리의 전공을 살려 그 분야에서 열심히 일할 수도 있었다. 이왕이면 영향력이 있는 사람이면 더 좋겠다고 생각했다. 대신 그들에게 우리는 그들이 찾을 수 없었던 평화를 준다. '안식'이라는 말은 종교적이어서 쓰지 않았다. 언제 추락할지 몰라 전전긍긍하는 속박으로부터 벗어나 마음의 평화를 얻을 수 있도록 해줄 것이다. 물론 물질적인 지원도 아끼지 않는다.

뜻밖에 은영 언니가 정인 언니와 나의 계획에 대해 마지막까지 반대했다. 이모들은 젊었고 밤 외출이 잦았다. 은영 언니는 제 엄마가 자기만 혼자 두고 다른 남자를 찾아 외출하던 때의 기억을 잊지 못했다. 은영 언니는 자신의 엄마가 그대로 나가 다시는 돌아오지 않을 것 같아 두려웠다. 작고 못생긴 데다 퉁명스럽기까지 한 자신을 엄마가 좋아할 리 없다고 생각했다. 이모들은 물이 흘러가듯 새로운 사랑이 오면 받아들였다. 그리고 사랑이 떠나가면 미련을 두지 않았다. 밤 외출을 할 일이 있을 때면 자연스럽게 다른 이모들이 남겨진 아이들을 돌봐주었다.

은영 언니가 우연히 지방의 편의점 앞에 놓인 인형 뽑기 기계 앞을 지나지 않았더라면 우리의 이야기는 시작되지 않았을지도 모른다. 은영 언니는 양복 차림의 젊은 남자가 인형 뽑기 기계 앞에서 무언가를 뽑기 위해 애를 쓰는 모습을 보았다. 점심시간이 지났다는 것을 안 남자가 부랴부랴 은행 쪽으로 뛰어간 뒤에야 은영 언니는 커다란 유리상자로 다가갔다. 수없이 지나쳤지만 이렇게 가까이 다가가기는 처음이었다. 조악하고 엉성한 봉제 인형들과 이름을 알 수 없는 위스키병 등 온갖 잡동사니들 속에서 언니는 한눈에 그 인형을 알아보았다. 한눈에 색채 불량이라는 것도 알아냈다. 공예 공장의 관광 상품이었던 그 인형들이었다. 누군가 그 공예 공장을 인수했고 누군가 불량품들을 빼내 싼값에 팔아넘기는 모양이었다. 어머니는 불량품들이 밖으로 새 나가지 않도록 철저히 단속했다. 은영 언니는 동전을 넣고 기계를 작동시켰다. 갈고리를 제대로 작동시킬 수도 없었다. 두 시간이나 넘게 기계 앞에 서 있고서야 가까스로 작은 봉제 인형 하나를 들어 올릴 수 있었지만 출구 쪽으로 옮기기도 전에 떨어뜨리고야 말았다. 좀처럼 그 인형을 꺼내기가 힘들다는 것을 알자 은영 언니는 울었다. 인형 뽑기 앞에서 울고 있는 작은 여자를 사람들이 쳐다보며 지나갔다. 은영 언니는 신신양회를 도망쳤던 수많은 날들을 떠올렸다. 두 눈으로 똑똑히 보았던 엄마의 마지막 모습도 떠올렸다. "이 쪼그만 머릿속에 뭐가 들었는지 모르겠어요"라고 하던 엄마의 말이 떠오를 때면 죽은 엄마인데도 서운해서 대들고 싶어졌다. 언니의 울음소리는 더 커졌다. 이대로 있으면 우리는 결국 사생아로밖에 남을 수 없었다. 태어나면서부터 어쩔 수 없이 짊어져야 하는 그 편견에서 결코 벗어날 수 없었다. 은영 언니는 혼자서 밤새 먼 곳까지 걸어갔던 그 모습, 두 주먹을 불끈 쥔 채 집으로 돌아왔다. 그러고는 뜬금없이 한마디만 했다. "나는 아름다운 게 좋아!"

어느 날 나는 텔레비전 속의 한 남자를 지목했다. 노래 순위 프로그램이었다. 그의 노랫소리에서 자신감과 불안감이 읽혔다. 나는 손가락으로 그 남자를 가리켰다. 언니와 동생들이 우르르 텔레비전 앞으로 모여들었다. 우리에겐 기태영 말고도 남자들이 필요했다. 건강하고 현명한 남자들. 우리는 엄마와 이모들과는 달랐기에 사랑도 다르게 할 것이다. 사과를 우걱거리면서 한발 늦게 다가와 슬쩍 텔레비전을 본 은영 언니가 툭 내뱉었다. "그런데 머리 모양이 왜 저래?" 그의 인사말은 사람들의 환호성에 묻혔다. 키는 백팔십 센티미터에 가까운 장신일 듯했다. 키가 그렇게 큰 남자가 두려워하는 것이 무엇일까 나는 그것이 궁금했다. 그가 바로 김준이었다.

신문사 뒷골목은 해장국으로 유명했다. 해장국 한 그릇을 주문한 최영주가 탁자에 놓여 있던 신문을 집어 들었다. 1면이 김준과 관련된 기사였다. 십오 킬로그램이나 감량한 김준은 인간의 이중적인 면모를 가진 사이코 역할을 훌륭히 해냈다. 최영주는 이제 김준이 연기의 전환점을 맞았다고 생각했다. 크리스마스를 같이 지

내고 싶은 연예인으로는 더 이상 뽑히지 못할 테지만 이제 그는 진정한 연기자로 늙어갈 것이다. 다른 탁자에서 양념통을 집어 오다 문득 몇 자리 건너에 앉아 있는 여자를 보았다. 해장국을 잘 먹게 생긴 얼굴이라는 게 따로 없겠지만 그 여자는 정말 해장국집과 어울리지 않았다. 그런데도 여자는 커다란 깍두기를 우걱대면서 열심히 해장국을 먹었다. 여자 곁에 앉은 동행들이 잘 먹는다면서 웃을 정도였다. 최영주와 시선이 마주치자 여자의 이마에 주름이 잡혔다. 여자는 순간적으로 놀랐고 당황한 듯 시선을 다른 곳으로 돌렸다. 잠시 뒤에 여자가 고개를 돌리고 다시 최영주를 바라보았다.

긴 시간과 설명 없이 알 수 있었다. 그냥 알아졌다. 김준이 말하던 그 여자가, 틀림없었다. 놀라 멍해진 최영주와는 달리 여자는 당돌하다 싶을 만큼 오랫동안 최영주를 바라보았다. 여자의 둥글고 검은 눈은 다채로웠다. 놀라움과 황당함 그리고 그리움, 다정함이 섞인 눈동자가 오래 최영주에게 머물렀다. 식사를 다 마친 여자가 일어섰다. 여자의 왕성한 식욕은 바로 그 배 때문이었다. 산달이 가까워진 듯했다. 코트의 단추를 꼼꼼히 여민 여자는 가게 문으로 가다 잠깐 고개를 돌려 최영주를 보았다. 그러더니 고개를 깊숙이 숙였다가 들었다.

허겁지겁 그 여자 뒤를 따라 나갔지만 인파 속에 묻혀 여자의 모습은 찾을 수 없었다.

최영주는 그 사실을 김준에게 말하지 않았다. 여자가 네게서 빼앗아간 것이 한 찻숟갈의 정액이라고 말하지 않았다. 세월이 흐른

후 김준은 서울 한복판에서 자신과 제 친구를 적당히 닮은 젊은이와 만날지도 모른다. 물론 알아보지 못하고 스쳐 지나갈 것이다.

김준 앞으로 배달되었다던 편지. 주홍 글자 A는 혹시 아마조네스의 A였을까. 종족을 불리기 위해 자신의 딸들을 많은 남자들에게 선물로 보냈다던 아마조네스 부족처럼 자신을 닮은 여자 역시 스스로 김준의 선물이 된 건 아닐까. 전설 속 부족인 아마조네스는 아들을 낳으면 남자들에게 돌려보내고 딸을 낳으면 자신들이 키웠다고 한다. 아이 아버지에게는 대신 푸른 보석을 보냈다고 한다. 푸른 보석과도 같은 여자들. 최영주는 고개를 저으면서 웃었다. 그것은 그저 전설일 뿐이다.

아무튼 다음 묘사에 참석하면 찬찬히 친척들의 얼굴을 살펴볼 것이라 최영주는 생각했다. 또 모르지 않는가.

그럴 때 그의 이마에는 정인 언니와도 똑같은 굵은 주름이 잡혔다.

3

우리는 '운명'이 인도하는 길을 따라 걷는 것,
'운명'이 정해준 길을 걸어야 한다.
어떤 곳에서 죽을 운명이라면
다른 곳에서 죽는 법은 없다.

신신양회로 들어가는 트럭 안에서 나는 이 대목을 떠올렸다. 『아라비안 나이트』. 내가 눈으로 읽은 마지막 책이었다. 열여섯의 겨울, 나는 종로서적의 외국소설 코너에 쭈그리고 앉아서 끝나지 않을 것처럼 이어지던 길고 긴 이야기를 읽었다. 2002년에 종로서적은 문을 닫았다. 우연히도 앞이 보이지 않게 된 것과 비슷한 시기였다. 그 자리엔 국내 프랜차이즈의 햄버거 가게가 들어섰다고 했다. 서울 어디에서도 더 이상 종로서적을 찾을 수 없다는 생각을 하면 좀 추워진다. 내 추억에 딱 그것만 한 폐허가 생긴 느낌이다. 폐허엔 바람이 분다. 그해는 내가 마지막으로 거울 속의 나를 본 해이기도 하다. 거울 속의 나를 기억하고 있다. 내가 평생 가지고 갈 얼굴이다. 나는 늙지도 않는다.

맨눈으로 책을 읽던 그날처럼 토씨 하나 틀리지 않고 전문을 다 외우겠는데 정작 누가 읊조린 시였는지는 떠오르지 않는다. 암캐 두 마리를 묶어놓고 들볶다가 별안간 끌어안고 울면서 입을 맞추던 여자였는지 수염을 다 깎이고 한쪽 눈알마저 뽑힌 탁발승이었는지 아니면 그 둘 다 아닌 다른 사람이었는지 기억나지 않지만 분명한 건 그게 우리의 사연이 되지는 않으리라는 것이다. 엄마는 운명 따위 믿지 않았다. "그딴 건 개나 물어가라지!" 지금도 엄마의 목소리가 들리는 듯하다.

천하룻밤. 아내의 부정(不貞)에 분노한 샤푸리야르 왕은 성 안의 모든 처녀들을 하나씩 아내로 맞아 하룻밤을 같이 보내고는 이튿날 죽여버린다. 세헤라자데는 목숨을 부지하기 위해 매일 밤 왕에게 이야기를 들려준다. "내일 밤 하려는 이야기에 비하면 오늘 밤 이야기는 아무것도 아니랍니다." 세헤라자데의 이야기는 늘 왕의 호기심이 절정에 달했을 때 끝이 난다. 세헤라자데가 믿은 것은 시간의 힘이고 이야기의 힘이었을 것이다. 엄마는 말했다. "속상한 일이 있더라도 걱정하지는 마, 시간이 다 해결해줄 테니까." 하지만 엄마의 말은 틀렸다. 그 공포스럽던 날로부터 수많은 날들이 흘렀지만 눈만 감으면 바로 어제 일처럼 선연히 되살아나곤 한다. 나는 시간의 힘을 믿지 않는다. 하지만 나는 이야기의 힘을 믿는다.

나는 그날 일을 쓰고 또 썼다. 경찰이 도착했을 때까지도 나는 엄마를 안고 있었다. 여름이었지만 엄마의 몸은 무섭게 빠른 속도로 경직되기 시작했다. 순식간에 죽음의 냄새를 맡은 파리 떼가 까맣게 몰려들었다. 비좁은 다락방이 파리 떼의 날갯짓 소리로 시끄러웠다. 그것들이 구멍을 찾는다는 것도 알았다. 나는 파리 떼가 엄마 몸에 알을 슬지 못하도록 연신 파리 떼를 내쫓느라고 나중엔 울지도 못했다. 저벅저벅, 군홧발 소리가 가까이 다가왔다. 잠시 후 다락방 위로 앳된 경찰의 얼굴이 쑥 올라왔다. 전조등처럼 사방을 훑어본 경찰이 짧게 탄성을 질렀다. 반쯤 언 그가 겨우 다락으로 올라섰다. 키 낮은 다락방에서 제대로 허리를 펼 수도 없었다. 그는 마른침을 삼켰다. 지금까지 살아오면서 눈앞에 펼쳐진 광경 같은 건 한 번도 본 적이 없었다. 앞으로도 두 번 다시 볼 수 없을 거라 확신했다. 켜켜이 쌓아올려진 시신들을 보았다. 몇 걸음 떨어진 곳에 또 시신들이 있었다. 그 시신들로부터 조금 떨어진 곳에 있는 남자의 시신도 보았다. 그러다 나를 발견했다. 그는 나도 시신일 거라고 생각했다. 파리 떼를 쫓느라 내가 두 팔을 휘적대자 너무 놀란 나머지 엉덩방아를 찧고 말았다. 그는 소리도 지르지 못했다.

그는 동료 경찰들이 다락에 올라설 때까지 얼이 빠진 채 그 자리에 앉아 있었다. 내게서 엄마를 떼어낸 건 다른 경찰들이었다. 경찰 몇이 내 주변을 에워쌌다. 나는 엄마를 뺏기지 않으려 발버둥 쳤다. 앞이 보이지 않는 내 두 눈은 불안하게 허공에서 흔들렸다. 나는 궁지에 몰린 짐승처럼 몸을 도사리고 발톱을 세웠다. 누가 손을 뻗을라치면 재빠르게 발길질로 제지했다. 현장 감식반도 속속 도착해서 다락방 여기저기서 카메라 플래시가 터졌다. 혼이 쏙 빠졌다. 그때를 놓치지 않고 누군가 달려들어 내 팔을 뒤에서 꺾었다. 그리고 그들이 내게서 엄마를 들어냈다. 나는 내가 아는 욕이란 욕은 모두 퍼부어댔다. 그들을 저주했다. 분이 풀리지 않아 그들의 아이들과 앞으로 태어날 자손들에게도 저주를 퍼부었다. 나는 사지를 바둥거리다가 거품을 물고 기절했다.

맨 처음에는 단 한 줄밖에 쓰지 못했다.

"오늘 엄마가 죽었다."

뜨거운 눈물이 흘러내렸다. 눈물은 짜디짰다. 뺨이 쓰라리고 갈라진 입술이 타들어가듯 아팠다.

경찰에게서 나를 인계받은 건 정인 언니와 은영 언니였다. 처음에 나는 언니들도 몰라봤다. 내 몸에 손을 대려는 이들을 할퀴고 침을 뱉었다. 언니들의 목과 뺨에 손톱자국이 났다. 언니들은 엄마들이 죽은 것에 울었고 내가 살아남았다는 사실에 웃었다.

문장은 또 다른 문장을 만들었다. 공포에 질려 생각나지 않던 그날 일들이 하나둘씩 되살아나기 시작했다. 우리는 며칠 그 다락방에서 숨어 지냈다. 밤이 깊어지면 이모들 중 하나가 식당으로 내려가서 주먹밥을 만들어 올라왔다. 다락방은 무더웠다. 나는 더위에 지쳐 수없이 잠들고 깨어났다. 시간을 알 수 없었다. 그리고 다시 눈을 떴을 때 내 옆에 있던 엄마가 사라졌다. 인기척이라곤 느껴지지 않았다. 숨을 죽이자 다락 한쪽에서 누군가 조용조용 움직이고 있는 것이 느껴졌다. 둔탁한 소리가 나고 잠시 뒤에 무언가 무거운 자루 같은 것이 바닥에서 질질 끌렸다.

그날 다락방에는 나를 포함해 스물다섯 명이 남아 있었다. 코앞에서 자신들의 자매가 죽어나가는데 그 누구도 말리려 하지 않았다. 우는 사람도 없었다. 도망치려는 사람도 없었다. 무언가 감당할 수 없는 엄청난 힘에 이모들은 체념을 했던 것 같다. 대체 그곳에서 무슨 일이 있었던 걸까. 엄마는 운명을 믿지 않았다. 내가 발짝을 떼어놓는 것이 바로 운명이라고 했다. 내 운명은 내가 스스로 만든다는 말이었다. 나는 허풍이나 과장이 섞이지 않도록 때때로 글을 멈춰야 했다.

나는 글이 살아 저 혼자 내달리려 한다는 것을 느꼈다. 막연히, 이런 게 글의 생명력일지도 모른다는 생각이 들었다. 글은 내 손끝에서 나오는 것이 아니었다. 어느 순간 글은 제 스스로 역동성을 가지고 움직이며 수많은 사건과 이야기들을 꾸며냈다. 글이 술술 잘 풀리면 풀릴수록 나는 일부러 글쓰기를 멈췄다.

엄마와 이모들을 따라 다락방으로 피신할 때까지만 해도 나는 우리를 쫓는 것이 사채업자들일 거라고 짐작했다. 그즈음 어머니는 만 삼천 톤급의 사일로를 증축할 계획이었다. 백억 원대의 공사비가 드는 큰 사업이었다. 그중 반 이상의 자금을 조달했다는 사실을 나는 어머니의 전화 통화를 들어 알고 있었다. 하루에도 몇 번씩 전화를 건 사채업자들은 갖은 협박으로 어머니의 숨통을 죄었다. 잠시 잠깐 경찰이 우리를 쫓고 있을지도 모른다고 생각하기도 했다. 우리를 취재하던 기자가 어느 날 행방불명되었다. 그가 어렵게 취재한 기삿거리도 그와 함께 사라졌다. 그들은 몰릴 대로 몰려 더 이상 갈 곳 없는 다락방으로 내몰렸다. 다락방에 앉아서도 이모들은 소리 죽여 웃고 노래를 불렀다. 누군가 노래를 시작하면 누군가 화음을 넣기도 했다. 어머니는 이모들을 내버려두었다. 우리와 떨어진 곳에 혼자 앉은 어머니는 공장장을 불러 귓속말을 나누기도 하고 어딘가로 전화를 걸기도 했다.

엄마와 이모들은 저항하지 않았다. 경찰은 모든 시신들에서 저항의 흔적을 발견할 수 없었다고 발표했다. 이모들답지 않았다. 이모들은 공장을 드나드는 거친 사내들을 상대했다. 하고 싶은 말이 있을 땐 상대가 누구든 두 눈을 똑바로 뜨고 올려다보았다. 죽음이 코앞에 있었더라도 이모들이라면 대들고 보았을 것이다. 엄마 성깔이라면 죽을 때 죽더라도 순순히 물러서지 않았을 것이다.

이모들은 모두 사십대로 그 나이대의 여자들이 그렇듯 이따금 운명이란 말을 입에 올리곤 했다. 이모들은 많이 배우지 못했다. 운명이란 말은 주로 남자와의 연애 이야기에나 등장했다. 한 남자와의 '운명적인 만남'에 대해 수다를 떨곤 했지만 현실에서 남자들과 만나고 헤어지는 것은 순전히 이모들의 의지였다.

이모들은 그날, 그곳을 자신들이 죽을 시간, 장소라고 믿었던 것 같다. 엄마는 죽으면서도 내게 안녕,이라는 짧은 인사말 한마디 하지 않았다.

글을 쓸 때마다 나는 수없이 그해 팔월, 무덥던 여름날의 다락방으로 가서 엄마와 이모들 틈에 앉아 있다. 땀에 젖은 옷이 찰싹 달라붙었다. 우리들은 씻지도 못했다. 비좁은 다락방이 지독한 냄새로 꽉 찬다. 삼촌은 어디에 있었더라. 삼촌은 늘 그랬던 것처럼 이모들로부터 조금 떨어진 곳에 앉아 있었을 것이다. 글을 쓰고 있자면 걷잡을 수 없는 분노가 치밀어 오르기도 했다. 그런 상황이 되기 전에 미리 손쓸 수는 없었던 것일까. 대명천지에 어떻게 그런 일이 일어날 수 있었을까. 언론은 광신도들의 집단히스테리라고 보도했다. 자발적 타살이라고 했다. 분노가 가시고 나면 그다음에는 자괴감이 몰려왔다. 나만 살아남았다. 나는 그 일을 막지 못했다. 난 제 코앞도 보지 못하는 무기력한 봉사일 뿐이었다. 몇 년 뒤에 불쑥 나타난 기태영의 빈정거림이 아니었더라도 난 숱하게 내가 남자애였더라면 어땠을까 생각하고 또 생각했다. 내가 열아홉 살의 혈기왕성한 남자애였더라면, 그랬다면 난 충분히 삼촌을 막을 수 있었을 것이다. 그때 내겐 그럴 힘이 없었다. 어느 날 사무실에 단둘이 남게 되었을 때 기태영이 혼잣말처럼 중얼거리는 걸 똑똑히 들었다.

"내가 거기 있었다면 난 내 엄마가 그렇게 죽도록 놔두지는 않았을 거다. 무슨 수를 써서라도 그 일만은 막았을 거다."

기태영은 우리와 함께하지 않았던 지난 오 년에 대해서는 입을 다물었다. 우르르 공장으로 몰려온 취재진의 플래시 세례를 피해 공장 창고에 숨어 있던 심약한 남자애가 더는 아니었다. 비슷한 시기에 태어나 같은 국민학교에 나란히 입학하고 대학까지 같이 다닌 동갑내기 세 언니들도 한 번에 몰라볼 정도였다. 살이 붙고 몸집이 단단해지면서 싱겁게 보이는 데 한몫하던 큰 키가 돋보이기 시작했다. 언니들은 그동안 무슨 일이 있었는지 짓궂게 꼬치꼬치 캐물었다. 어떻게 신신양회의 상속에 대해 꿰뚫고 있었는지, 신신의 복구 자금은 어디에서 나온 건지, 궁금한 것이 한둘이 아니었다. 기태영은 여전히 말수가 적었다. 말수가 적은 사람을 다그쳐 입을 열게 하는 일은 여간 피곤한 것이 아니었다. 성질 급한 은영 언니가 제일 먼저 두 손 들었다. "구렁이 꿩 잡아먹은 것처럼 아무 말 안 하는 걸로 봐서 그 기태영이 맞긴 맞다"고 했다.

나는 기태영을 '그림자' 같은 애라고 생각했다. 세수를 하다 세숫대야에 대추가 떨어지면 옴마야, 매번 소리치던 나와는 달리 기태영은 딸꾹질하듯 움찔 놀랐다가 잠자코 대추가 떨어진 하늘을 한참 동안이나 올려다보곤 했다. 그 뒷모습이 신신양회에서의 기태영을 떠올릴 때면 맨 처음 떠오르는 그림이다. 그런 기태영이 내게 먼저 말을 걸어온 적이 있었다. 사람의 기억력은 몇 살 때까지 거슬러 올라갈 수 있느냐고 물었다. "세 살? 다섯 살?" 하루 종일 책만 팠으니 너는 알 거 아니냐고 했다. 그러면서 우물우물 아빠를 봤다고 말했다. 아빠의 얼굴을 기억하고 있다고 했다. "태영아!"라고 아빠가 이름을 불러주었다고 했다. 태어나던 순간을 기억한다고 떠벌리고 다니던 나도 기태영의 말을 믿지 않았다. 거짓말 좀 작작하라고 언니들이 나한테 그러듯 나도 네 살 위인 기태영의 머리통을 치고 보았다. 기태영은 적어도 내가 태어나던 순간부터 쭉 우리와 함께 살았다. 기태영이 아빠를 만났다면 우리가 그 사실을 몰랐을 리 없다. 아니면 태영 이모가 사귀었던 아저씨를 아빠로 착각하고 있는지도 몰랐다.

대추나무집은 늘 아이들 재잘대는 소리와 이모들의 웃음소리로 가득했다. 우리가 이모들의 이야기에 귀 기울일 때 기태영이 어디에 앉아 있었는지 잘 모르겠다. 우리 곁에서 멀리 떨어진 곳에 있지는 않았을 것이다. 아이들 중 나이가 가장 많은 축에 끼기도 했지만 단체로 움직일 때면 이모들은 기태영을 따로 챙기지 않았다. 누군가 문득 "태영이 어디 갔지?"라고 물으면 이모들은 새삼스럽게 별걸 다 묻는다는 식으로 "여기 어디 있겠지, 껌딱지처럼" 하고 말했다. 하지만 기태영은 껌딱지가 아니었다. 껌딱지는 신발 밑창에 붙어 성가시게 하지만 기태영은 제 엄마도 한번 성가시게 하지 않는 아이였다. 나는 기태영을 그림자라고 불렀다. 늘 붙어 다니지만 전혀 성가시지 않는 그림자.

어머니는 기태영을 볼 때마다 늘 같은 말을 했다. "태영아, 어깨 펴라. 사내답게." 기태영은 한 번에 어깨를 다 펴지도 못했다. 조금 펴고 어머니의 눈치를 살폈다. "그렇지, 그렇게!" 어머니가 자리를 뜨면 다시 어깨를 움츠렸다. 늘 배앓이를 하는 아이처럼 굴었다.

또래의 여자아이들에게도 늘 밀렸다. 어쩌다 은영 언니가 윽박지르기라도 하면 양처럼 가느다란 목소리로 울었다. 어머니가 늘 "사내답게"라고 말했지만 사내가 뭔지 기태영이 어떻게 알았겠는가. 삼촌 빼고 주위에 남자라곤 없었다. 삼촌은 신신의 아이들 모두에게 친절했지만 공장에서도 대추나무집에서도 늘 바빴고 기태영이 상대하기에는 나이가 너무 많았다.

기태영은 가끔씩 엄마나 이모를 찾으러 신신양회에 갈 일이 있었다. 집과는 달리 시멘트 공장은 남자들의 세계였다. 이곳에 내 아버지가 있을지도 모른다는 막연한 생각이 들었다. 가슴이 두근거렸다. 기억 속의 아빠를 닮은 사람이 있는지 찾아보려 했지만 작업복에 작업모를 쓴 남자들은 모두 비슷해 보였다. 키가 큰 사람, 키가 작은 사람, 뚱뚱한 사람, 마른 사람, 온갖 생김새의 남자들이 모여 우글대고 있었지만 기억 속의 그 얼굴은 찾을 수 없었다. 어떻게 보면 그 많은 남자들의 얼굴이 기억 속의 그 얼굴과 닮은 듯도 하고 생판 다른 사람처럼 보이기도 했다. 아버지 쪽에서 자신을 알아볼 수 있겠다 싶어 퇴근길 정문 옆에 한참 서 있기도 했다. 화물 트럭이 꼬리를 물고 사라졌다. 사복으로 갈아입은 공장 직원들이 삼삼오오 읍내 쪽으로 몰려갔다. 대부분의 남자들은 기태영을 본척만척했다. "여기 애냐?" 간혹 물어오는 남자들이 있긴 했다. 그 남자들의 얼굴은 기태영이 기억하고 있는 그 얼굴이 아니었다. 그렇게 서 있다 보면 어머니를 태운 자동차와 맞닥뜨리곤 했다. 창문이 열리고 어머니의 작고 검은 얼굴이 나왔다. "태영아, 어깨 펴고."

국민학교를 졸업하고 중학교에 진학하게 되면 신신의 아이들은 공예 공장이 있는 서울로 거처를 옮겼다. 국민학교를 떠난다는 것에 미련은 없었다. 신신과 아무 관련이 없는 읍내의 몇몇 아이들이 뒤에서 수군대는 것을 알고 있었다. 힘센 남자애들이 자신을 건드리지 않는 이유가 신신양회라는 든든한 백 때문이라는 것도 알았다. 서울로 올라가게 되면 사정은 백팔십도 달라질 것이다. '신신양회집 아이들'이라는 호칭은 이제 끝이었다.

집에서 어린 동생들이나 돌보던 국민학교 때와는 달리 서울에서는 일손이 달릴 때면 공장에 나가 일을 해야 했다. 돌이켜 생각해도 공예 공장은 남자아이들에게 흥미로운 곳은 아니었다. 본드를 바른 속눈썹을 핀셋으로 집어 들면 손이 떨렸다. 조심한다고 하는데도 눈썹이 붙을 자리에서 매번 빗나갔다. 오학년 때 서울로 올라와 좀더 일찍 자리를 잡은 안은영은 대놓고 작업반장 행세를 했다. 느낌이 이상해서 돌아보면 아니나 다를까 안은영이 실눈을 뜨고 지켜보고 있었다.

기태영은 시멘트 공장에서 일하는 자신을 상상했다. 안전모에 작업복, 안전 부츠를 신고 스위치를 올리는 자신의 모습을. 지축을 울리는 굉음과 함께 멀리 떨어진 곳에 엎드린 자신에게까지 자디잔 돌멩이들이 날아와 떨어진다. 뽀얗게 피어오르는 먼지가 사라지면 방금 전과는 달라진 광산의 모습이 드러난다. 기태영은 소리 없이 웃었다. 공상에 빠져 멍하니 앉아 있는 기태영을 재촉하는 것도 안은영이었다. 그제야 정신을 차리고 보면 눈썹이 또 애먼 자리에 가 붙어 있기 일쑤였다. 허겁지겁 떼어내 보지만 거무스레한 본드 자국을 없앨 도리가 없다. "이게 안 돼?" 안은영이 기태영의 눈앞에서 인형 눈썹 붙이는 작업을 시연해 보인다. 백발백중이다. "참 이상해, 이게 왜 안 돼? 응?" 기태영이 잘못 붙인 인형의 눈썹 수정은 늘 안은영이 했고 수정이 불가능한 것은 숙소의 동생들 차지가 되었다. 안은영은 투덜대면서도 늦게까지 작업장에 남아 있었다. 가출을 밥 먹듯이 하고 어머니에게까지 꼬박꼬박 말대꾸를 하던 안은영에게 저런 면도 다 있었나, 신기했다. 시간이 흘러도 숙련이 되지 않았다. 어느 날 안은영이 기태영을 향해 검지 하나를 까딱 움직였다. 그 뒤로 기태영의 일은 상품 포장으로 바뀌었다.

대추나무집에서나 서울 공예 공장에서나 기태영의 주변은 늘 여자들로 북적였다. 그런데 하루아침에 그들 모두 떠났다. 엄마도 이모들도 어머니도 모두 죽었다. 그 사건이 텔레비전 뉴스와 신문을 도배하다시피 했다. 삼촌이 이모들을 죽이고 자살했다고 했다. 광신도들의 집단히스테리라고 했다.

허겁지겁 대추나무집 아이들이 사건 현장으로 내려갔지만 엄마를 볼 수 없었다. 수사 라인이 쳐진 공장은 아예 접근할 수도 없었다. 우르르 몰려든 방송국의 카메라가 경황없이 허둥대는 사람들의 모습을 찍어 갔다. 그들은 그들의 잣대로 우리를 평가했다. 평화롭던 공예 공장의 작업장은 한순간에 노동 착취 현장으로 전락했다. 의지가지없는 불쌍한 여자들을 데려다가 임금 한 푼 주지 않고 노동력을 착취했다. 공장 곳곳에 붙은 구시대적인 준수 사항도 방송을 탔다. 숨조차 제대로 쉴 수 없는 엄격한 규율이 지배한 집단으로 비춰졌다. 탈퇴도 쉽지 않았을 것이고 규율을 지키지 않은 신도들에게는 폭행도 가해졌을 거라는 추측성 보도도 나갔다. 어느 방송사의 보도이건 보도의 마지막 장면은 공예 공장의 제품들을 비추는 걸로 끝이 났다. 아무런 걱정 없이 웃고 있는 인형들이 천천히 허리 굽혀 인사를 했다.

공장 식구들은 뿔뿔이 흩어졌다. 나중에는 대추나무집 아이들만 남았다. 사람들이 빠진 텅 빈 기숙사는 썰렁했다. 주인이 빠뜨리고 간 소지품들이 방마다 떨어져 있었다. 기태영이 언제 사라졌는지 기억하는 사람은 없었다. 장례를 치르고 반쯤 얼이 빠진 우리는 기태영이 그림자처럼 우리 곁에 있으리라고 생각했다. 다들 제 한 몸 건사하기에도 바빴다. 어느 날 정인 언니가 생각난 듯 물었다. "기태영, 본 사람?" 기태영이 오래전부터 보이지 않았다고 누군가 말해주었다. 숙소에는 기태영이 잘못 만든 불량 인형들만 나뒹굴고 있었다.

종적이 묘연했지만 그래도 우리는 기태영이 우리 주변 어딘가에 있을 거란 믿음을 버리지 않았다. 단지 지금은 해가 우리 정수리 위에 떠 있을 뿐이라는 생각이었다. 그럴 때 그림자는 잠깐 숨는다.

기태영은 생활 광고 속의 그 메시지를 단번에 알아봤다. 이모들이 다 죽고 난 지금 이런 광고를 낼 만한 사람은 서정인 아니면 안은영일 것이다. 드디어 시작되었다.

창립 사십이 주년이 되던 날 신신양회에 가장 먼저 도착한 것도 기태영이었다. 기태영은 공장의 구조를 한눈에 꿰고 있었다. 눈 감고도 어떤 방이든 찾아갈 수 있을 정도였다. 신신양회집 아이라서가 아니었다. 가끔 어머니의 사무실과 엄마와 이모들이 있는 식당에만 와보았달 뿐 어릴 적에는 감히 작업장 내부로 들어설 엄두는 내지 못했다. 사건이 잠잠해진 뒤부터 기태영은 신신양회를 숱하게 드나들었다. 신신양회는 아버지를 찾을 수 있는 유일한 열쇠였다. 검은 그림자들이 숨어 들어와 사일로에 구멍을 내고 시멘트를 훔쳐가는 것도 다 지켜보았다. 책상이나 의자는 물론 복사 용지와 필기구 같은 비품에도 손을 댔다. 훔쳐갈 것이 없어지자 이번에는 어디에서 왔는지 알 수 없는 트럭들이 와서 폐기물을 몰래 버리고 도망쳤다. 급기야 공장은 짐승들의 아지트가 되었다. 기태영만이 그곳을 드나드는 유일한 사람이었다.

아이들은 진작부터 기태영이 없어진 줄 알고 있었지만 기태영은 장례식을 치르고 가족들이 제 길을 찾아 뿔뿔이 흩어지는 것을 다 지켜보았다. 죽은 사람은 죽어서 산 사람은 살아 두 발로 속속 신신을 떠났다. 텅 빈 공장에 혼자 남았다. 1962년 어머니는 시발 자동차를 타고 이곳으로 들어왔다. 기억하는 사람이 없었지만 젖먹이 아이를 안고 있었다. 어머니와 엄마, 이모들이 언제부터 인연을 맺게 되었는지부터 조사해야 했다. 공장의 역사를 쫓아 올라가다 보면 무언가 단서를 잡을 수 있을 것이다. 어둠 속에서 플래시 불빛에 의지해 자료들을 찾았다. 쥐들이 설설 기어 다니다가 불빛에 놀라 줄행랑을 쳤다. 어머니의 사무실 서랍 속에서 단서가 될 만한 것은 찾을 수 없었다. 당연했다. 어머니가 그런 비밀을 그냥 두었을 리 없었다.

어쩌다 아버지를 입에 올릴 때면 엄마는 '아버지'라고도 하지 않았다. 늘 그 뒤에 '따위'란 말을 붙였다. 아버지 문제에 관한 한 엄마는 모질었다. 아예 싹을 도려내자는 심사였을 것이다. "너한테 아버지 따위 애초부터 없었다." 어린 마음에도 엄마가 아버지를 사랑하지 않았다는 걸 짐작할 수 있었다. 그다음엔 추궁하는 듯한 엄마의 끈적끈적한 눈길이 따라왔다. '왜 엄마만으로 부족하니?'

기태영은 아버지와 함께 있었던 그날을 기억했다. 길어야 십여 분이었을 것이다. 차를 타고 온 아버지는 잠깐 차에서 내렸고 놀고 있던 아이들 틈에서 기태영을 찾았다. 아버지는 기태영을 내려다보았다. "네가 태영이냐?"라고 물어보았다. 그게 다였다.

1982년 그해 엄마와 이모들은 앞서거니 뒤서거니 네 명의 아이들을 낳았다. 이모들이 둘러앉아 이런저런 이야기를 주고받을 때면 기태영도 늘 그 자리에 있었다. 자꾸 이야기에 끼어들어 참견하고 웃어대는 여자애들과는 달리 그림자처럼 조용히 들었을 뿐이다. 엄마가 공장을 드나들던 트럭 운전수와 연애를 했던 것도 알았다. 이모들도 다 그랬다. 관계는 오래가지 못했다. 연애에 관한 한 이모들은 자유로웠고 시시콜콜한 이야기까지 다 늘어놓았다. 그런데 이상하게도 엄마와 이모들은 자신은 물론이고 그해 태어난 다

른 세 아이의 아버지에 관해서만은 일절 말하지 않았다. 내 아버지
는 누구인가.

기태영은 아이들을 기다렸다. 어두워지면서 빗방울이 떨어졌다.
툴툴대며 안은영이 도착했다. 가장 늦게 서정인과 할멈이 흠뻑 비
에 젖은 채로 계단을 올라왔다. 기태영은 어둠 속에 몸을 숨겼다.

기태영은 왜 그날 우리 앞에 나타나지 않았던 걸까. 기태영은 우
리들이 만나서 끌어안고 울고 웃는 것을 다 지켜보았다. 기태영은
숨어서 이 모든 것을 기억 속에 담아두려는 듯 우리가 나눈 이야기
를 곰곰이 되씹었다. 신신양회의 소유가 여전히 어머니 앞으로 되
어 있다는 것은 어떻게 알았고 우리가 모여 살고 있던 아파트는 어
떻게 알고 찾아왔던 것일까. 우리와 함께하지 않았던 오 년 동안
기태영에게는 무슨 일이 있었던 것일까.

사십여 년 전 어머니는 이 길을 시발 자동차로 들어왔다. 며칠
전 내린 폭우가 마을을 휩쓴 뒤였다. 떠내려가지 않은 초가집 몇
채가 드문드문 놓인 마을은 온통 붉은 진흙탕이었다. 강둑은 무너
졌고 밭과 논은 물에 잠겼다. 길과 강과 논밭의 경계가 없어졌다.
시꺼멓게 햇빛에 탄 사내들이 흙을 채운 자루를 지고 날라 무너진
강둑에 쌓고 있었다. 토사가 많이 밀려온 곳은 허벅지까지 빠지기
도 했다. 한 발을 간신히 빼내면 이번엔 반대편 발이 빠졌다. 일은
더디기만 했다. 비가 그친 지 사흘째에야 물이 빠지고 조금씩 땅이
드러났다. 여자들은 부지런히 손을 움직여 휩쓸려가지 않고 남은

벼와 고춧단을 일으켜 세웠다.

마을 어귀로 자동차가 들어섰다. 사람들은 허리를 펴고 눈으로 자동차를 좇았다. 말로만 듣던 자동차였다. 자동차를 가까이에서 보려 뛰어간 아이들의 옷에 자동차 바퀴에서 튄 붉은 흙이 묻었다. 공장 부지에 차가 멈춰 섰다. 차문이 열리고 어머니가 내려섰다. 발이 진탕 속에 빠졌다. 가까스로 발을 들어 올렸지만 발에서 벗겨진 신발이 흙 속에 박혔다. 열 살짜리 계집아이 신발처럼 아주 작은 구두였다.

신신양회는 오래전에 가동을 멈추었지만 마을 사람들은 그 영향에서 벗어나지 못했다. 전쟁 직후 마을의 근현대화 과정이 신신양회와 맞물려 있어 서로 떼려야 뗄 수 없는 관계였다. 신신양회는 지역 향토 기업으로 성장했다. 마을 어디에서나 고개만 들면 흉물스러운 철골 구조물이 눈에 들어왔다. 화물차가 꼬리를 물고 드나들고 하루에도 수차례 발파 소리가 울리고 왁자지껄 남자들의 웃음소리가 떠나지 않던 전성기 때도 시멘트 공장이란 원래 보기 좋은 외관을 갖춘 건축물은 아니었다.

사고가 터지고 공장에 남아 있던 몇몇 직원들도 철수했다. 정문은 굳게 잠겼고 여름 한철 내린 비로 정문의 쇠사슬과 자물쇠가 녹슬었다. 1400도의 고열로 벌겋게 달궈졌던 소성로도 차갑게 식어 쥐들이 돌아다녔다. 냉각기와 사일로의 페인트칠이 벗겨지자 붉은 녹이 슬고 숭숭 구멍이 뚫렸다. 사람들이 숨어들어 시멘트를 훔치고 집기들을 집어 날랐다. 공장은 먼 도로를 지나치던 차들의 시선을 한눈에 사로잡을 만큼 흉물스러워졌다.

공장의 남자들이 떠나자 남자들을 상대하던 읍의 식당과 술집들도 줄줄이 문을 닫았다. 뜨내기 여자들은 단출한 짐을 꾸려 다른 도시로 떴다. 점심 무렵 느지막이 일어난 여자들이 찾던 목욕탕도 격일제에서 주 1회로 영업 일수를 줄였다가 어느 해 여름 아예 문을 닫았다. 하루 여덟 편이던 버스의 편수도 두 편으로 줄었다. 그런데도 승객 하나 태우지 못하고 출발할 때가 많았다. 한 살이라도 젊은 사람들은 도시로 떠나고 마을에는 거동이 불편한 노인들만이 남았다. 마을은 대낮에도 인적이 뜸했다. 가끔 늙은 개 한 마리가 어슬렁어슬렁 도로를 건널 뿐이었다.

낮이면 공장 앞을 지나던 외지 사람들이 빈 깡통이나 병 같은 쓰레기들을 공장 안에 버리고 지나갔지만 밤이면 그나마 인적도 뚝 끊겼다. 어둠에 묻힌 공장은 달이 뜰 때면 괴괴한 모습을 드러냈다. 깊은 밤 공장 근처를 지나던 술 취한 노인 하나가 공장 쪽에서 여자들의 노랫소리를 들었다고 했다. 노인은 공장의 식당에서 일했던 예쁜 여자들을 떠올리고 웃다가 잠시 뒤 사색이 되었다. 걸음아 나 살려라, 엎어지고 자빠지고 반은 얼이 빠져 도망치는데 노랫소리가 멀어지기는커녕 여자들의 돌림노래가 점점 뒤따라오며 노인의 머리카락을 사정없이 잡아끌더라고 했다.

노인의 허풍과는 달리 그건 사일로가 내는 소리였다. 누군가 사일로의 밑동에 구멍을 내고 시멘트를 훔쳐갔다. 녹슨 곳곳에 크고 작은 구멍이 뚫렸다. 바람이 사일로 구멍 속으로 들어가 길고 긴 사일로 통 속을 두들기고 휘돌며 울리는 소리였다. 구멍 뚫린 사일로는 커다란 피리 같았다.

야음을 틈타 우리가 신신양회로 모여들었던 그날로부터 삼 년 뒤에 우리는 신신양회 정문에 서서 우뚝 솟은 사일로를 올려다보고 있었다. 공장을 늘 고철 덩어리라고 부르던 은영 언니조차 말문이 막혔을 만큼 공장은 거대한 고철 덩어리가 되어 있었다. 볼 수 없었지만 나는 냄새로 대번에 사태를 파악했다. 공장을 지배하고 있는 불운과 패배, 죽음의 냄새. 실제로도 그곳은 무언가가 썩고 있었다.

기태영이 자동차 트렁크를 열고 망치를 찾아 들었다. 철문의 손잡이는 굵은 쇠사슬로 친친 감겨 있었고 그 끝에 커다란 자물쇠가 달려 있었다. 기태영이 망치로 자물쇠를 내려쳤다. 몇 번 치지 않아 사슬이 끊기고 자물쇠가 벌어졌다. 문은 잘 열리지 않았다. 원래 페인트 색이 무엇이었는지도 짐작할 수 없을 만큼 녹이 더께로 슬었다. 우리는 우르르 돌진해서 몸으로 문을 밀쳤다. 한 번, 두 번, 세 번…… 문이 열리는 대신 삭은 부분이 바스라지면서 뒤로 무너졌다. 곳곳에 쓰레기 더미가 쌓여 썩고 야생 짐승들이 활개치고 다닌 공장 안으로 우리는 들어갔다.

그동안 아무도 신신양회를 인수하려 하지 않았다는 것이 내내 마음에 걸렸다. 소유권이 어머니 앞으로 되어 있었다는 기태영의 말만 믿을 수는 없었다. 신신양회는 이 지역의 유일한 포틀랜드시멘트 제조 회사였다. 사십 년 가까이 채굴했지만 아직도 석회석 매장량은 풍부했다. 욕심만 내지 않는다면 앞으로도 수십 년은 너끈히 버틸 수 있었다. 다른 시멘트 공장에 비해 규모는 작은 대신 서울까지 그 어느 곳의 공장보다도 빠른 수송로가 확보되어 있다는 장점이 있었다. 어머니가 살아 있을 때에도 신신을 욕심내던 기업들이 있었다. 인수가 안 된 채 남아 있던 건 역시 아직까지도 원인이 밝혀지지 않은 의문스러운 그 사고 때문이었을까.

우리가 마을에 도착했을 때도 흉흉한 소문만 떠다니고 있었다. 한밤 신신양회에서 들린다는 여자들의 노랫소리는 시작에 불과했다. 전쟁을 겪었던 이곳의 노인들은 사람들이 떼로 죽어나가는 것도 두 눈으로 목격했다. 어느 날 마을 사람들이 좌와 우로 갈렸다. 선 하나를 사이에 두고 일가족도 나눠 앉았다. 그 선 하나가 생사를 갈랐다. 이 땅에서는 무수한 전쟁이 있었고 죽음이 있었다. 폭우에 토사가 쓸려갈 때면 오래전 매장되었던 백골들이 드러나곤 했다. 삶처럼 죽음 또한 자연스러운 일이었다. 그런데 아직도 이 마을을 쥐고 흔드는 건 신신양회를 휩쓴 의문의 죽음이었다.

나는 그 누구보다도 신신양회에 대해 잘 알았다. 아이들은 중학생이 되면 서울의 공예 공장으로 올라갔다. 중학교 진학 때문이었다. 그곳에서 고등학생이 되고 자연스럽게 대학까지 다녔다. 고등학교에 진학하는 대신 나는 공장으로 내려와야 했다. 식당에서 할 일은 없었다. 괜히 일을 돕는다고 들어갔다가 솥과 냄비만 발로 차곤 했다. 나는 주로 어머니의 사무실에서 지냈다. 눈은 보이지 않지만 귀는 활짝 열어두었다. 공장의 간부들이 수시로 드나들고 주기적으로 공예 공장의 주임도 내려와서 사업 경과보고를 했다. 나는 어머니가 어떻게 일을 처리하는지도 귀로 듣고 배웠다. 어머니는 사람들을 다루는 법을 알았다. 종종 '요리한다'라는 표현을 쓰곤 했는데 나는 그 말이 마음에 들지 않았다. 어머니가 처리한 몇몇 일들에 대해서는 반감도 가졌다. 쓰레기 시멘트 파동 때는 어머니가 백번 양보했어야 마땅했다. 결과적으로 그 일로 주민들과 반목하게 되었다. 공장 안으로 쳐들어와서 유리창을 깨부수고 모자상을 내던진 것은 한 식구 같던 마을 주민들이었다. 주민들과의 불화가 계속되는 데다 화물 연대 파업까지 일어났다. 일주일가량의 수송 차질로 공장은 큰 손해를 입었다.

사업에 대해 직접 가르쳐주지는 않았지만 어머니는 일부러 정보를 흘리기도 했다. 회의 때도 사무실 한쪽에 날 앉혀두었다. 아무도 앞이 보이지 않는 어린 여자아이를 신경 쓰지는 않았다. 한번은 지나가는 말처럼 내게 조언을 구하기도 했다. "너라면 어떡하겠니?" 그러더니 내 대답은 기다리지도 않고 웃으면서 고개를 흔들었다. "나도 이젠 늙었나 보다."

그날 어머니가 했던 말은 거짓이었다. "그 앤 그냥 둬. 아무것도 못 봐. 아무것도 몰라. 그냥 둬"라고 말했던 것은 거짓말이었다. 어머니는 나를 살려서 무언가를 알게 하려던 것은 아니었을까.

공장이 재가동되기까지 일 년여의 시간이 흘렀다. 공장 여기저기에 널린 쓰레기를 치우는 일에만 몇 주가 흘러갔다. 쓰레기를 가득 실은 트럭이 하루에도 몇 대씩 공장을 빠져나갔다. 공장 한쪽에 흉물처럼 쌓여 있던 폐타이어들과 비닐들도 치웠다. 우선 '쓰레기 시멘트'라는 오명에서부터 벗어나야 했다. 아침이면 이웃 도시에서 일꾼들을 실은 트럭이 속속 도착했다. 소성로와 사일로에 난 구멍을 때우고 페인트칠을 했다. 한참 가동되지 않은 기계에 기름을 칠하고 조였다. 삭아 못쓰게 된 부분은 아예 잘라버리고 새것으로 교체했다. 공해 방지 시설에도 투자를 아끼지 않았다. 소성기와 냉각기에 세정 집진기와 전기 집진기들을 설치했다. 이젠 시멘트 분진을 청소하기 위해 비를 기다리지 않아도 되었다. 석회석을 파쇄할 때의 소음을 줄이기 위해 소음 방지 공사도 했다. 이 모든 비용은 기태영이 조달했다.

은영 언니는 깡통처럼 밋밋하고 지루하던 공장에 색을 입히고 그림을 그려 넣었다. 더는 자기처럼 자꾸 집을 떠도는 아이들이 나와선 안 된다고 몇 번이나 말했다. 사일로에 감람나무 이파리를 문 비둘기가 자리 잡았다. 뜬금없이 웬 비둘기냐고 물었더니 그냥 비둘기가 떠오르더라고 했다. 공예 공장에서 우리는 매일 성경을 봉독하고 기도를 했다. 툭하면 교회를 빼먹고 헌금을 하는 척하면서 헌금통에서 동전을 슬쩍하던 은영 언니였지만 언니도 어쩔 수 없는 신신의 아이였다.

소성로에도 색을 입히고 아이들이 좋아하는 동물들을 그려 넣었다. 우리는 사일로 앞에 서서 공장을 올려다보았다. 페인트 냄새가 물씬 났다. 볼 수는 없었지만 다 상상할 수 있었다. 노아가 날려 보낸 비둘기가 감람나무 이파리를 물고 돌아오고 있다. 드디어 육지가 발견되었다는 표시였다. 소성로에는 아프리카 사파리가 펼쳐지고 굴뚝은 우주선이 되었다. 우리가 어릴 적 그랬던 것처럼 우리의 아이들이 사일로 주변에 빙 둘러서는 모습도 그려볼 수 있었다.

별안간 옆에서 감격스럽게 공장을 올려다보던 정인 언니가 웃음을 터뜨렸다. 또 다른 굴뚝 위에 은영 언니가 그려놓은 캐릭터 때문이었다. 요즘 아이들이 가장 좋아하는 캐릭터라고 했다. 대체 어떻게 생긴 캐릭터일까. 파란 펭귄이 고글을 썼다고 했다. 고글을 쓴 파란색 펭귄. 고글도 알고 펭귄도 알았지만 고글을 쓴 파란 펭귄은 좀처럼 상상할 수 없었다.

트럭의 행렬이 읍으로 들어섰다. 그때까지도 모자를 푹 눌러쓴 채 앉아 있던 은영 언니가 부스럭거리며 일어나 앉았다. "플래카드가 붙고 난리가 났다."

땅이 키워내는 것을 보면 땅의 상태를 알 수 있다. 신신양회가 가동을 멈추고 더 이상 석회 가루가 집 담장과 방 안으로 날아들지 않았지만 몇 년 동안 나무에는 작고 뒤틀린 열매들만 매달렸다. 이 땅에서 건강한 식물이 자라려면 더 오랜 시간 기다려야 한다는 걸 노인들은 경험으로 알았다. 어쩌면 자신들이 살아 있는 동안에는 튼실한 열매를 못 볼지도 모른다는 생각을 하기도 했다. 재앙은 지금부터라는 불길한 예감에 휩싸이기도 했다. 사십여 년 신신양회 덕분에 잘 먹고 잘 살았다는 것을 알면서도 불길한 마음에 어머니에게 달걀을 던졌다. 하지만 지금은 어떠한가. 진작 신신양회가 사라졌지만 여전히 마을은 신신양회의 망령으로부터 자유롭지 못했다. 우리가 다시 그곳을 찾았을 때 노인들은 거의 체념한 상태였다. 신신양회가 복구된다는 소식에 제일 기뻐한 것도 마을 사람들이었다.

읍내 곳곳에 신신양회의 재건을 반기는 플래카드가 걸려 펄럭였다. 소문은 빨라서 앞다퉈 읍내에 상가들이 들어섰다. 눈앞으로 짧은 읍내 거리가 펼쳐졌다. 한여름 은영 언니 뒤를 따라 이 길을 걸어가기도 했다. 이쯤 내가 다녔던 초등학교가 있었다. 작은 운동장 한가운데 국기 게양대가 있었고 365일 내내 태극기가 바람에 펄럭이고 있었다. 읍내엔 어린아이들이 놀 만한 곳이 없었다. 방학이 되면 우리는 엄마와 이모들을 따라 시까지 나가곤 했다. 영화를 보고 패스트푸드점에서 햄버거를 먹었다. 방과 후면 나는 초등학교 교실 두 개를 터서 만든 도서실에서 살았다. 아무것도 없었기에 내 상상력은 무한히 치달을 수 있었다. 트럭이 우리가 살았던 대추나무집 앞을 스쳐 지날 때 은영 언니도 반색했다. 도시 생활에서 내가 그리워했던 것은 대추나무가 있던 집에서의 삶이었다. 저녁이면 하루 일을 끝낸 엄마들이 돌아오고 부엌에서 맛있는 냄새가 풍겨왔다. 아이들은 엄마의 팔 하나씩을 베고 누워 장난치다 잠이 들곤 했다. 나는 엄마의 겨드랑이에서 나던 시큼털털한 냄새가 좋았다. 그곳에 코를 박고 킁킁거리면 엄마는 나 죽는다며 웃어댔다. 잠의 끝에는 늘 이모들의 소곤거리던 이야기들이 딸려 오곤 했다. 평화로운 날들이었다. 놀랄 일이 하도 없어 겨우 세숫대야에 떨어지던 대추에나 놀라던 곳이었다.

오십 년 전 어머니가 이 길을 시발 자동차로 들어왔던 것처럼 우리도 들어왔다. 그렇게 생각하니 감개무량했다. 그때는 발이 푹푹 빠지는 진흙탕이었지만 지금은 어머니가 포장해놓은 길이었다. 짐을 실은 트럭이 줄을 지어 신신양회로 들어갔다. 몇 대의 자동차가 그 뒤를 따랐다. 자동차에는 우리의 아이들이 타고 있었다. 여자애 셋, 남자애 둘이었다. 손에 손을 잡고 사일로에 둘러서려면 아직도 많은 아이들이 있어야 했다. 이제 시작이다. 우리들은 젊었고 두려울 것이 없었다. 앞서 가던 트럭들이 차례로 기우뚱했다. 과적 차량들 때문에 파인 구덩이였다. 트럭이 신신양회 정문을 통과해 공장 안으로 들어설 때 나는 예전에 그랬던 것처럼 식당 쪽에 대고 외쳤다.

"엄마! 우리가 돌아왔어요!"

개업식 때는 아기들도 왔다. 아기들은 유원지처럼 울긋불긋한 공장 앞에서 신이 나 실룩실룩 엉덩이춤을 추었다. 마을 어른들도 오고 양복을 차려입은 도지사와 국회위원, 공무원들도 참석했다. 저녁까지 술잔이 오갔다. 기태영은 술잔을 들고 노인들 사이를 오갔다. 술 몇 잔에 흥이 오른 노인들이 일어나 덩실덩실 춤을 추었다. 아기들이 고글 쓴 펭귄을 보고 뭐라고 소리쳤지만 나는 그 펭귄의 이름을 알아들을 수가 없었다. 나는 개업식 내내 사일로 꼭대기에 은영 언니가 그려 넣었다는 그 펭귄 모습이 궁금해 미칠 지경이었다.

유원지 같은 공장 외관이 신문에 실리기도 했다. 기자는 '재미있는 발상 전환으로 누구나 꺼리던 시멘트 공장이 누구나 찾고 싶은 공장으로 변신했다'고 썼다. 인근 도시의 학교에서 학생들의 견학이 줄을 이었다. 아이들은 공장이 시야에 나타날 때부터 환호성을 질러댔지만 정작 공장에 도착해서는 김이 샌 듯했다. 왜 유원지에 놀이터가 없냐는 불평이었다. 시멘트가 만들어지는 과정에 흥미를 가지는 아이는 별로 없었다.

열여섯 살까지 내가 본 세상으로 나는 앞으로의 세상 또한 다 그릴 수 있다고 믿었다. 초등학교 도서실에 앉아 내가 보지 못했던 것들도 충분히 상상으로 그리곤 했었으니까. 눈이 보이지 않게 되었을 때 나는 내가 세상의 색깔들을 다 알 수 있다는 것에 감사했다. 색깔만 알고 있으면 그 어떤 물건이든 생명력을 불어넣을 수 있었다. 그런데 고글 쓴 파란 펭귄이라니.

나는 가끔 견학 온 아이들에게로 가서 눈앞에 펼쳐지는 공장에 대해 말해달라고 했다. 어휘력과 묘사력에 따라 눈앞에 펼쳐지는 공장의 모습은 매번 바뀌었다. 잘 나가다가 꼭 그 캐릭터에만 오면 상상력이 끊겼다. 초등학교 저학년이든 중학생이든 캐릭터 설명은 거의 비슷했다. "파란색 펭귄이 고글을 쓰고 있어요", "귀여워요". 단순명쾌한 것일수록 그리기 어려웠다. 나는 어쩌면 우리가 알지 못하는 진실도 이렇게 단순할 수 있다고 생각하게 되었다.

우리들의 일상은 평화로웠다. 아침이면 잠에서 깬 아기들이 콩

콩콩 마루를 뛰어다녔다. "삼춘! 삼춘!" 기태영이 아기들을 차례로 안아주는지 아기들의 웃음소리가 들렸다. 아기들은 기태영을 잘 따랐다. 집 마당의 담장 위로 공장의 사일로와 굴뚝들이 보였다. 감람나무 이파리를 문 비둘기 옆으로 꼬마 펭귄이 날고 있었다. 아기들은 그 펭귄을 올려다보면서 알아들을 수 없는 발음으로 노래를 부르곤 했다.

언제 그랬냐는 듯 마을은 활기에 찼다. 온기가 닿는 곳에 더 이상 비밀스럽고 괴기스러운 이야기는 없었다. 죽은 여자들의 노랫소리를 들었다는 소문도 사라졌다. 나는 매일 아침 기태영과 함께 공장으로 출근했다. 기태영은 시멘트의 '시' 자도 몰랐다. 실컷 시멘트의 '유동성'에 대해 설명하고 있는데 기태영은 기껏 자산을 현금으로 전환할 수 있는 정도를 나타내는 경제학 용어로나 알아들었다. 그런 기태영이 경영을 맡은 것은 자연스러운 일이었다. 신신양회 아이들이라면 자연스럽게 주워섬기는 단어들이 몇 개 있었다. 뜻도 모르면서 우리들이 노래 부르듯 입에 담았던 '크링카'. 일본식 발음에 익숙해 있던 나이 든 직원들로부터 배운 그 말이 '클링커'라는 것도 나중에야 알았다. 시멘트의 원료들이 회전 가마 속에서 작은 입자로 뭉쳐지는 것을 클링커라고 했다. 그러기 위해서는 소성 가마의 온도를 1400도 이상으로 유지시켜야 한다. 시멘트 생산에 가장 큰 비중을 차지하는 부분이었다. 원가를 절감해서 좀 더 낮은 가격으로 더 많은 곳에 납품하려는 욕심에 어머니는 유연탄 대신 폐타이어와 같은 폐기물을 공장 안으로 들이기 시작했다.

과욕이 돌이킬 수 없는 일을 불러오고 말았다.

시멘트의 주요 원료인 석회석은 풍부했다. 다만 소성 과정에 필요한 유연탄은 전량 중국에서 수입해야 했다. 국제 원자재 가격이 상승한 데다 환율의 영향까지 받아 유연탄 가격이 급등했다. 시작부터 쉽지 않은 상황이었다. 믿을 수 있고 숙련된 직원들이 필요했다. 신신양회에 근무했던 직원들을 수소문해서 연락하는 일도 내 몫이었다. 그들은 신신의 그 일을 어제 일처럼 기억했다. 가족을 잃지 않았달 뿐 그 일은 그들에게도 큰 충격이었다. "아저씨!" 예전처럼 나는 그들을 그렇게 불렀다. 그들은 회장실을 드나들던 눈 먼 여자애를 한 번에 기억했다. 눈이 멀기 한참 전, 늘 공장 복도를 뛰어다니며 이 일 저 일 물어보기 좋아하던 예닐곱 살 어린 계집아이의 모습도 기억하고 있었다.

새로운 팀이 꾸려지고 채석장에서 첫 발파가 있던 날, 나는 사무실에 앉아 그 소리를 들었다. 건물이 부르르 떨렸다. 현장에서 첫 발파에 참석했던 기태영과 직원들 몇이 화약 냄새를 묻히고 돌아올 때까지 나는 꼼짝도 하지 않았다.

기태영은 공장을 비우는 날이 많았다. 공장 일 말고도 할 일이 태산이었다. 언니들과 함께 읍을 돌았다. 읍의 조손가정 돕기와 장학금, 학생들의 공장 견학, 자연환경 보호 활동이나 민원 해결 등 신경 쓸 일이 많았다. 가끔 직원들과 기태영 사이에 마찰이 있을 때도 나서야 했다. 이곳에서 잔뼈가 굵은 이들이었다. 시멘트에 대해 잘 알지도 못하는 기태영이 현장에 드나들며 간섭하는 것을 좋아하지 않았다. 기태영이 자꾸 '클링커'라고 혀를 굴리는 것도 거슬렸다. 이들에게 한번 '크링카'는 영원한 '크링카'였다.

일주일에 두 번, 발파를 알리는 사이렌이 울렸다. 폭음 소리와 함께 건물이 흔들렸다. 이렇게 수십 년간 흔들린 건물이 어느 날 폭삭 주저앉을지도 모른다는 생각을 하곤 했는데 전혀 두렵지가 않았다. 발파가 끝나면 깊은 적요의 시간이 일이 분 찾아왔다. 그 순간이면 나는 텅 빈 복도에서 나는 발짝 소리를 들었다. 잰 걸음으로 복도를 오가던 어머니의 굽 낮은 검정 구두 소리였다. 그리고 식당 쪽에서 까르르 소녀들처럼 웃던 이모들의 웃음소리를 듣기도 했다. 나는 여전히 시간의 힘에 대해서는 믿지 않았다.

텅 빈 사무실에 혼자 남으면 글을 썼다. 쓰다 지워버리는 일이 대부분이었지만 늘 이야기의 시작은 이렇게 시작되었다.

"이 냄새다. 밭에 뿌려놓은 분뇨나 웅덩이에 고여 썩어가는 오수 냄새, 풀숲 건너에서 짐승의 사체가 부패하며 내는 냄새, 단맛이 들어가는 과일 향 사이사이로 내 후각은 대번에 이 냄새를 가려냈다. 국도 끝 하늘과 맞닿은 경계선은 낮게 몰려드는 검은 구름으로 어두침침했다. 이 길의 끝에는 공장이 있다. 그곳은 벌써 빗방울이 듣기 시작했을 것이다. 그곳은 나의 고향이다……"

4

나는 은영 언니의 팔에 의지해 행사장 계단을 올라갔다. 사람들이 힐끗거리고 수군대며 지나갔다. '흰 지팡이'를 들지 않았는데도 금방 표시가 나는 것이다.

"뭐라는 거야?"

"뭐긴 뭐래. 불쌍하다는 거지, 아깝다는 거지."

지금까지 주위의 그 누구도 내게 그런 말을 하지 않았다. 하루아침에 앞을 볼 수 없게 되었는데도 엄마와 이모들은 대수롭지 않은 일인 것처럼 굴었다. "아고, 넌 저런 꼴 안 봐서 좋겠다." 그런 말도 스스럼없이 했다. 엄마와 이모들이 식당에 가고 초등학생이던 동생들도 학교에 가고 나면 대추나무집에 나 혼자 남겨졌다. 손바닥 들여다보듯 다 꿰고 있던 집 안인데도 나는 한동안 수도 없이 벽에 부딪혔다. 하도 문턱에 발이 많이 부딪혀서 발톱 하나가 빠지기도 했다. 화장실과 부엌, 다시 방을 찾기 위해 하루 종일 집 안을 헤매 다녔다. 한번은 마당에 나갔다가 수업을 마친 아이들이 올 때까지 집 안에 들어가지 못한 적도 있었다. 하루하루가 끝나지 않을 것처럼 길었다. 한참을 자고 일어났는데도 몇 시간 흐르지 않았다. 조물주가 하늘과 땅이 있으라!라고 명하기 이전의 암흑이었다. 상하도 없고 좌우도 없었다. 누구에게도 내색은 하지 않았지만 난 누군가 내게 불쌍하다고 말해주길 바랐다. 무섭지 않았느냐고 꼭 안아주길 바랐다. 난 위로가 필요했다.

홀은 넓고 높았다. 내 목소리가 울렸다. 넓은 홀 곳곳에 흩어져 삼삼오오 모여선 이들이 담소를 나누고 있었다. 웅성웅성 부유하는 목소리들 사이로 현악 사중주 음악이 낮게 가라앉아 흘렀다. 그렇게 수많은 콘서트에 가고 방송국을 드나든 은영 언니도 좀 흥분한 듯했다. "어, 기태영. 보통 아닌데? 언제 이렇게 다 준비했냐?" 손님들이 속속 도착했다. 얼굴을 알아보고 인사를 나누는 사람도 있었다. 누군가 나서서 사람들을 소개시켜주기도 했다. 홀 한쪽에서 튀긴 음식들 냄새와 매콤달콤한 소스 냄새가 풍겨왔다. 은영 언니가 대강 홀에 대해 설명해주었다.

"가로 세로 육십 미터쯤 되고 왼쪽 벽을 따라 길다란 뷔페 테이블이 차려져 있다. 그 중간쯤에 얼음으로 조각한 독수리 상이 있고. 웬 독수리? 양탄자는 팥죽색이야. 그리고 네 눈 바로 앞 육십 미터 전방에 플래카드가 걸려 있어. 경축 신신양회 오십 주년 기념. 그리고 아무것도 없어. 커다란 홀이다, 이 말씀이지. 어, 저기 기태영이다. 잠깐⋯⋯."

은영 언니가 기태영을 만나러 간 사이에 나는 혼자 남겨졌다. 작년까지만 해도 창립 기념일 행사는 공장 마당에서 치르곤 했다. 마을 잔치였다. 아이들에게 한복을 입히고 우리들도 한복을 입었다. 마을 사람들과 함께 사일로 주변을 빙 둘러설 때는 아이들이 자지러지게 웃어댔다. 어른들도 웃음이 터져 한 번에 원을 만들지도 못했다.

한 발 앞으로 발짝을 떼어보았다. 평상시엔 늘 흰 지팡이를 가지고 다녔다. 지팡이의 색깔 때문에 멀리서도 시각 장애인이라는 표시가 났다. 내가 이 벽 저 벽에 쿵쿵 부딪히고 있을 때 "그래서 어디 집 무너지겠냐?"라며 웃던 이모들과는 달리 어머니는 흰 지팡이를 구해주었다. 머지않아 다시 앞을 볼 수 있는 날이 올 거라고도 했다. 그날부터 나는 걸음마를 배우는 아기처럼 대추나무집 마당 밖으로 걸어 나올 수 있었다. 암흑 속에 비로소 하늘과 땅의 경계가 생겼다.

흰 지팡이를 가지고 다니지 않을 땐 장애물과 부딪히지 않으려 팔을 앞으로 내밀고 걷지만 오늘은 그러고 싶지 않았다. 한껏 차려입은 옷과 머리가 한순간 바보스러워 보일 것이다. 보이지 않으면 다른 감각이 발달한다. 청각과 촉각, 후각 외에도 누군가 내게 다가올 때면 양미간 사이를 바늘로 콕콕 찌르는 느낌이 든다. 그것을 제3의 눈이라고 하는지 모르겠다.

성큼성큼 앞이 보이는 사람처럼 걷다가 몇 걸음 가지 못하고 누군가의 발을 밟고 말았다. 살짝 정강이가 부딪혔을 뿐인데 강단 있는 몸집이라는 것이 느껴졌다. "죄송합니다." 급히 돌아서다가 또 무언가에 부딪히며 중심을 잃었다. 톡 쏘는 알코올이 머리 위로 쏟아졌다. 목이 긴 유리잔들이 떨어지며 깨졌다. 멀리 날아간 장식용 올리브가 누군가의 팔에 맞은 모양이었다. 속상해하는 여자의 말소리가 들려왔다. 당황한 웨이터가 다른 웨이터를 불렀다. 사방에서 몇 명의 웨이터들이 달려오는 소리를 들었다. 그 자리에서 딱 땅속으로 꺼지고만 싶었다. 은영 언니는 사람들 사이를 돌아다니며 음료 서비스를 하는 웨이터들에 대해선 경고하지 않은 것이다.

오랜만에 한껏 차려입은 옷이 더럽혀진 것보다 사람들의 이목이 쏠린 게 더 속상했다. 부풀린 머리가 술에 젖어 푹 꺼지면서 눈앞을 가렸다. 누군가 손을 잡아 일으켜주었다. 축축하고 차가워 깜짝 놀랐다. 비교적 젊은 남자였다. 그가 나를 일으켜 세울 때 숨결과 목덜미에서 좋은 냄새가 났다. 많아봐야 삼십대 중반일 거란 확신이 들었다. 그 남자가 내 어깨에 묻은 술을 털어주었다. 그의 손끝이 내 뺨과 목을 스쳤다. 순간 소스라치게 놀랐다. 나도 모르게 한 걸음 뒤로 물러섰다. 신음 소리를 내지 않으려 이를 앙다물었다. 다급히 주위를 휘둘러보며 언니들 중의 하나를 찾으려 했지만 가까이에 선 사람들이 너무 많았다. 게다가 사람들 모두 날 바라보고 있었다.

그 감촉, 내 목은 축축하고 차가운 그 손을 기억하고 있었다. 한

마리 뱀처럼 그 손가락이 내 목을 움켜쥔 적이 있었다. 분명 그 손이었다. 경찰의 발표처럼 엄마와 이모들을 죽인 건 삼촌이 아니었던가. 그럼 '그'가 우리 속에 또 들어와 있는 것인가. 어머니에게 했던 것처럼 또 우리를 조종할 생각일까. 그 손의 주인공은 대체 누구인가. 기태영은 우리 뒤를 봐주는 사람이 누구인지 일절 말하지 않았다. 제발 떠라, 제3의 눈이여!

나는 그 남자가 줄곧 내 얼굴을 내려다보고 있다는 걸 느꼈다. 나는 애써 웃으면서 그의 얼굴이 있을 허공을 올려다보았다.

"죄송합니다. 나는 앞을 보지 못합니다. 혹시 문이 어디에 있는지 알려주실 수 있으세요?"

그가 내 양 어깨를 두 손으로 잡고 살짝 돌려세웠다. 그러고는 천천히 나를 밀며 앞으로 걸어갔다. 내가 바란 것은 이런 게 아니었다. 내가 바란 것은 평화로움이었다. 우린 대체 얼마만큼이나 발을 넣은 걸까. 그 발을 뺄 수나 있는 걸까. 그가 미는 방향으로 천천히 발을 떼어놓으면서 나는 오래전에 읽었던 책의 한 대목을 떠올렸다. "……어떤 곳에서 죽을 운명이라면 다른 곳에서 죽는 법은 없다."

그렇다, 나는 여기서 죽을 운명이 아니다. 죽더라도 여기는 아닐 거라는 확신이 들었다.

생전 처음 와보는 곳인 데다 부산하게 식장을 들락거리는 사람들 또한 예측 불허였다. 별수 없이 두 팔을 앞으로 조금 내뻗었지만 감지기로서의 역할을 제대로 하지는 못했다. 마음이 조급한 데 비해 행동은 느려터지기만 해서 스텝이 뒤엉켜버렸다. 처음 보행 훈련 때도 이렇지는 않았다. 잘 신지 않는 하이힐도 한몫했다. 축축하고 차가운 남자의 손으로부터 가급적 빨리 벗어나고 싶은 마음뿐이었다. 식장을 벗어나자 남자가 손을 치웠다. 빨리 그에게서 벗어나고만 싶었다. 나는 꼭 앞을 보는 사람처럼 굴었다. 그러다 젊은 여자의 발을 밟았고 황급히 돌아서다 식장 입구에 놓인 축하 화환 가운데 하나를 쓰러뜨릴 뻔했다. 모여 서서 이야기하고 있는 무리 가운데를 지나가는 바람에 그들의 대화를 끊어놓았다. 방향을 바꾸었다가 벽과 계단 난간 등에 사정없이 몸을 부딪혔다. 인정하겠다. 나는 그날 저녁 완전히 방향 감각을 상실했다. 오래전 이미 아무것도 볼 수 없어진 내 두 눈은 허공에서 불안하게 흔들렸다. 눈 흔들림은 시각 장애인들을 눈에 띄게 하는 특성 가운데 하나였지만 지금은 단순히 겁을 집어먹은 탓이었다. 어쩌면 한순간 공포로 내 동공이 확대되는 것을 그 남자에게 들켜버렸을는지도 모른다.

생소한 장소 때문이 아니라 내 근육이 오그라들고 심장박동이 빨라진 것은 모두 공포 때문이었다. 공포가 한 사람을 얼마나 무력화하는지 나는 이미 겪었다. 공포에 빠진 인간은 어처구니없는 실수를 저지른다. 하지만 어쩌면 그 모습이 나를 완전한 당달봉사처럼 보이게 했을 수도 있다. 나는 희끄무레한 안개 속을 더듬더듬 걸어 나가면서 지금의 내 모습을 그려보았다. 나는 눈이 먼 데다

겁에 질려 있었다. 오드리 햅번 주연의 〈어두워질 때까지〉란 영화를 본 적이 있다. 그녀도 지금의 나와 똑같았다. 눈도 멀고 공포에 떨었다. 익숙한 자신의 집 안이었음에도 공포에 몰린 그녀는 생전 처음 와보는 곳인 양 우왕좌왕했다.

기태영에게 이 꼴을 보이는 건 싫었다. 은영 언니는 어디로 간 걸까. 별수 없이 기태영의 눈에라도 띄면 좋을 텐데 그들은 행사 때문에 나 따위는 안중에도 없는 듯했다. 그들은 상기된 표정으로 홀 이곳저곳 인사를 하며 뛰어다니고 있을 것이다. 누군가 다시 내 어깨를 붙잡았고 나는 그 손만으로도 그 남자라는 것을 알았다. 그가 그 자리를 떠나지 않은 채 나를 줄곧 지켜보고 있었다는 것을 깨닫자 나는 정말 놀라 심장이 밖으로 튀어나오는 줄만 알았다. 지금으로선 그가 조종하는 대로 움직이는 수밖에 없었다. 일층으로 내려가는 나선형 계단 앞에 서자 그는 공포에 오그라든 내 팔을 억지로 끌어다가 자신의 팔에 팔짱을 끼게 했다. 빼려 했지만 완력이 느껴졌다. 이길 수 없다면 고분고분한 체라도 해야 했다. 계단을 내려와 푹신푹신한 카펫 위를 걸어갔다. 술 냄새를 풍기며 비틀대는 내 모습이 사람들에게는 영락없는 술주정뱅이쯤으로 비춰진 듯했다. 오가는 사람들이 흘깃거리는 것이 느껴졌다.

딱딱한 대리석으로 바닥의 질감은 바뀌었고 내가 신은 구두굽 소리가 또각또각 울렸다. 대체 왜 여자들은 이런 불편을 자초하는 것일까. 아까부터 두 발은 아예 아무런 감각도 느껴지지 않았다. 한사코 싫다는데도 은영 언니는 내게 하이힐을 신겼다. 너는 어디

하나 볼 데 없지만 억지로 하나 찾는다면 그건 바로 발목이라는 바른 말도 빼먹지 않았다. 잠시 뒤에 나는 꽃 지린내가 물씬 풍기는 곳에 와 있었다. 다소 소란한 호텔 로비와는 좀 떨어진 곳인 듯 외부의 소음이 순식간에 사라졌다. 많은 사람들이 공포에 질리는 순간 차라리 이 모든 것을 보지 않았으면 하고 바라지만 사실 눈에 보이는 공포 따위는 아무것도 아니었다. 소리가 훨씬 더한 공포감을 불러일으키는 법이다. 나는 사실 그대로를 보려 집중했다. 시큼하면서 짭조름한 물비린내가 났다. 가까운 곳에 대형 수족관이 있는 듯했다. 바닥은 돌 원석을 그대로 박은 듯 울퉁불퉁하고 조금 미끄러웠다. 하이힐로 올 곳은 아니었다. 남자는 나를 데리고 조금 더 걸어 나갔다. 직선이었던 길은 완만하게 곡선을 그리며 오른쪽으로, 다시 왼쪽으로 굽어졌다. 획, 얇고 긴 이파리가 얼굴을 할퀴고 지나가기도 했고 부드러운 꽃잎이 복사뼈를 간질이기도 했다. 이곳은 식물원이 분명했다. 바깥보다 좀더 더웠고 몹시 축축했다. 천장에서 들어오는 바람 한 줄기가 시원하게 느껴졌다.

비좁은 대롱을 통과해 위로 솟구쳐 오르는 수십 개의 물줄기가 크지 않은 낙차를 두고 수면 위로 떨어져 내리는 소리가 났다. 비린내는 고인 물에서 나는 듯했다. 물이끼가 낀 듯했다. 그제야 이곳에 들어섰을 때 나던 물비린내는 수족관이 아니라 이곳 분수에서 나던 냄새라는 걸 알아챘다. 그렇게 크지 않은 분수였다. 분수의 모습을 종소리로, 어쩌면 종소리를 분수로 묘사했었을 수도 있는 어릴 적 읽었던 동시 한 구절이 얼핏 떠올랐다. 예상보다 나는 빨리 평정을 되찾았다. 남자는 조금 더 앞으로 걸어갔고 물소리가 바로 코앞으로 다가왔다. 나는 분수 바로 앞에 서 있었다. 분수 난간은 축축했고 분수 밖으로 떨어져 고인 물로 발밑은 철벅거렸다. 물소리가 귓속으로 흘러들었다. 대추나무집, 엄마 옆에 누워 듣던 빗소리 같았다. 플라스틱 루핑에 떨어지는 과장된 빗소리가 듣기 좋았다. 계집아이들처럼 시도 때도 없이 깔깔대던 이모들의 웃음 소리가 떠올랐다. 음탕하고 질펀한 농담들. 아이들 앞이라고 말을 가려서 하는 법이라곤 없었다. 무슨 말 끝엔가 한 이모가 말했다. "그 남잔 요상하게도 내 귀에 공을 들이더라고." 간질간질해서 오 금을 못 펴겠는데 남자가 하도 귀를 빨아대는 바람에 침이 귓속으로 흘러들었다고 했다. 갑자기 물이 들어간 것처럼 한쪽 귀가 멍멍해졌다고. 둘러앉았던 이모들은 하던 일을 멈추고 간지럽다는 듯 에고고, 서로의 어깨를 치고 허리춤을 찔러대면서 낄낄거렸다. 졸졸졸 물소리가 귓속으로 흘러들었다. 온몸이 축축해지는 것 같았다. 은영 언니가 크게 웃거나 소리칠 때면 내 얼굴로 튀어 날아오던 침방울 크기만 한 물방울들이 내 얼굴로 튀었다.

물소리 사이사이 아득하게 자동차 경적 소리가 뒤섞였다. 호텔은 도심 한복판에 있었고 식물원은 자동차들이 많이 다니지 않는 소로와 인접해 있는 듯했다. 인기척을 느낄 수 없었지만 남자가 내 등 뒤에 서 있다는 것을 느낄 수 있었다. 그날도 그는 다락방에서 아무런 인기척도 내지 않은 채 그림자처럼 움직였다. 그가 움직일 때마다 공기의 흐름이 달라졌다. 짙은 화장에 한껏 멋을 낸 옷차

림, 머리에 술까지 끼었어 더 요란스런 얼굴이 되었을 테지만 지금
쯤 그가 나를 알아보았다는 것쯤은 알 수 있었다. 그가 나를 봤던
열아홉 살 때로부터 많은 시간이 흘렀다. 로비를 벗어나 식물원으
로 오는 중간 알 듯 알 듯 떠오르지 않던 내 얼굴을 기억해냈을 것
이다. 그렇다면 그도 내가 자신을 알아보았다는 것을 눈치챘을까.

내 엄마와 이모들을 죽인 철천지원수가 바로 몇 발짝 뒤에 서 있
었다. 그런데 나는 내가 생각해도 놀랄 만큼 태연했다. 반복적으로
뿜어지고 떨어지는 물소리 때문이었을까. 스물네 명의 목숨을 빼
앗고도 저렇듯 살아 뻔뻔하게 고개를 들고 다니는 이가 바로 그라
면 나는 또 누구인가. 나는 그날 그 아수라 속에서 유일하게 살아
남은 사람이었다. 나는 눈뜬장님이었지만 대신 두 귀로 피부로 냄
새로 내 앞에서 벌어지는 참혹한 광경을 다 보았다. 나는 죽음의
아우라를 보았다. 죽음이 커다란 외투처럼 이모들 몸에 드리우는
것을 보았다. 이모들의 코와 입으로 가느다랗게 생명이 빠져나오
는 것도 보았다. 우리의 몸에 깃들어 우리를 움직였던 생명은 누군
가 한 모금 깊이 빨고 천천히 뱉어내는 담배 연기처럼 가느다랬다.

나는 그날 일을 쓰고 또 썼다. 달리 방법이 없었다. 마르셀 프루
스트는 기억에 의존해 그토록 방대한 양의 소설 『잃어버린 시간을
찾아서』를 썼다. 나는 썼던 걸 지웠다가 다시 썼다. 다시 지우고 쓰
면서 그날 내가 겪었던 참상을 온전하게 복원하려 애썼다. 연대기
처럼 거창한 계획은 아니었다. 쓰는 일을 빼면 달리 할 일이 없었
다. 홍차에 마들렌을 적시는 순간 이야기가 시작된 프루스트의 소

설처럼 나에게 마들렌은 바로 그날 일이었다. 차차 엄마와 이모들의 이야기도 쓰고 싶었다. 그들이 어떻게 해서 신신양회에 오게 되었는지 누구와 사랑을 나누었는지. 어쩌면 나와 언니들, 우리 아이들의 이야기까지 쓰게 될지도 모른다. 이야기를 쓰는 동안 뭔가 새로운 실마리들이 떠오를지 모른다는 희망도 버리지 않았다. 내가 놓친 장면들, 놓친 이야기들이 분명 있을 것이다. 그리고 무의식 속의 무언가가 떠올라 사건을 풀 열쇠가 되어줄지도 모른다.

쓰고 또 쓰는 동안 한 덩어리 같았던 시간들이 미세하게 쪼개어졌다. 순간이 영원이라는 말을 그제야 알 것 같았다. 이야기를 쓰다 보면 수없이 내 목에 닿았던 그 손에 대해 생각할 수밖에 없었다. 한 마리 뱀처럼 내 숨통을 쥐었다가 놓았던 손. 그 앤 놔두라는 어머니의 말에 복종은 했지만 내게서 떨어지면서도 내 목숨을 가져가지 못한 것이 아쉬워서 바르르 떨었던 손. 글로 쓰지 않았다면 나는 그 손에 대해 잊어버렸을 것이다. 이상하게도 그날의 고통을 쓰고 쓰는 동안 나는 서서히 그 고통과 맞닥뜨릴 수 있게 되었다.

나는 천천히 뒤돌아섰다. 죽더라도 여기서 죽을 운명은 아니었다. 물소리가 배경으로 물러났다. 그가 내 얼굴을 내려다보고 있다는 것을 느낄 수 있었다. 우린 아무 말도 하지 않았다. 물소리가 끼어들었다. 그는 잠시 동요한 듯했다. 무슨 말을 할 것처럼 입을 벙싯거렸지만 곧 마음을 바꾸고 입을 꾹 다물었다. 눈이 먼 데다가 계집아이라고 호락호락하게 봤던 것을 후회하고 있는 걸까. 뜻밖에도 그의 입에서 길고 무거운 한숨이 흘러나왔다. 허를 찔린 듯 놀란 건 나였다. 나는 그 또한 저주받았다는 것을 깨달았다. 그는 혼자 스물네 명의 목숨을 빼앗았다. 혈기왕성한 한창때의 젊은이라고 해도 불가능한 일이었다. 그때 이미 그의 몸에는 다른 영혼이 들어와 있었던 게 틀림없다. 매일 밤 그는 악몽에 시달렸을 것이다. 살아 있으되 이미 산목숨이 아니었다. 자신의 손끝이 길게 자라고 커지면서 어떤 형상들로 변했다. 열 손가락과 열 발가락에서 자신이 가져간 영혼들이 자라났다. 울고 싶을 만큼 공포스러운 밤도 많았다. 그는 새벽이 밝아올 때까지 잠들지 못했다. 그의 곁엔 술과 여자가 끊이지 않았다. 날이 밝아오면 그제야 몇 시간 꿈 없는 잠을 잘 수 있었다. 그 또한 피해자였다.

그렇다면 그를, 어머니를, 엄마와 이모들을 조종한 것은 누구였을까. 잠깐 멀어진 물소리가 다시 커졌다. 누군가 내 어깨를 툭 쳤고 커다란 물방울이 이마 중앙에 날아와 튀었다. 분수의 물방울이 아니라 은영 언니였다. "야! 한참 찾아다녔네." 은영 언니가 툴툴 댔다. "이렇게 두 눈 뜨고 있는 나도 한 번에 못 찾겠는 이런 델 대체 어떻게 알고 오셨어? 할멈, 너 다 보이면서 못 보는 척 능청 떨고 있는 거 아냐? 암튼 못 말려, 못 말려……." 말은 그렇게 하지만 은영 언니처럼 나를 잘 찾아내는 사람도 없었다. 서점 어느 구석에 숨어 있더라도 언니는 귀신같이 날 찾아내곤 했다. 그러곤 허리춤에 양손을 갖다 댄 채 머리를 흔들었다. "못 말려, 못 말려……."

홀에서의 소동을 보고도 손님들을 챙기느라 미처 내 뒤를 따라 나오지 못했던 모양이었다. 인사치레만 한 뒤 서둘러 나온다고 나

왔는데 이층은 물론 일층 로비에서도 내 모습이 보이지 않더라고
했다. 순간 가슴이 철렁 내려앉았다고 했다.

"기태영도 봤어? 내가 사람 발 밟고 머리에 술 뒤집어쓰는 거?"

나는 기태영이 가장 신경 쓰였다. 엄마와 이모들을 살리지 못했
다고 나를 비난한 건 기태영뿐이었다.

"걱정 마셔, 한 사람도 안 빼고 다들 재미있게 봤으니까."

은영 언니가 허리를 죄고 있던 벨트를 풀고 숨을 크게 쉬었다.
"아, 정말 도는 줄 알았네. 이런 파티 같은 건 딱 질색이라니까." 은
영 언니는 흩어진 내 머리카락을 손빗으로 빗어 다시 올려 묶고 핀
도 새로 꽂아주었다. "세상에, 이 옷은 버려야겠네. 실크에 얼룩이
들었어. 아까워서 어째?" 언니가 비뚤어진 옷매무새를 정리해주면
서 혀를 찼다. 버리겠다고는 하지만 며칠 뒤면 이 옷은 생판 다른
옷으로 수선될 것이다. 공예 공장에서 불량 인형들을 고쳐 우리에
게 나눠주던 것처럼 눈이 보이지 않게 된 뒤로 종종 나는 은영 언
니가 내 두 눈을 고쳐주는 상상을 하곤 했다. 앞을 볼 수 없는 내
두 눈은 더 이상 빛나지 않았다. 고인 물처럼 썩을 것 같았다. 짝짝
이 눈을 가진 인형을 수선하듯 내 두 눈을 언니가 반짝이는 새 단
추로 바꾸어 꿰매주는 상상을 하는데도 전혀 아픈 것 같지 않았다.
불현듯 누군가 우리의 일거수일투족을 지켜보고 있다는 느낌이 들
었다. 이런 느낌은 이후로도 지워지지 않고 오랫동안 지속되었다.
나는 혼자 있는 시간마저도 자유롭지 않았다. 때때로 밑도 끝도 없
이 불안해졌다. 인사차 건배를 하고 꼴깍꼴깍 몇 모금 마신 칵테일

때문인지 은영 언니에게서 살짝 술 냄새가 풍겼다. 나는 나지막이 욕설을 내뱉었다.

"봤어? 어떻게 생겼는지 그 개새끼 낯짝을 똑똑히 봐뒀어?"

"누구? 뭔 새끼?"

"여기 내 앞에 웬 놈 하나 서 있지 않았어?"

은영 언니는 무슨 뚱딴지같은 소리냐는 듯 건성으로 사방을 휘둘러보았다. 한눈에도 이곳에는 둘뿐이었다. 갖춰 입은 사람들로 북적이고 높은 천장에 매달린 화려한 샹들리에 불빛, 낮게 깔리는 음악 소리로 가득한 로비와는 달리 이곳은 조용했다. 짐작대로 이곳은 호텔 뒤편에 딸린 작은 식물원이었다. 호텔과 면하지 않은 삼면이 통유리로 되어 있었고 역시 유리로 된 천장은 자유롭게 개폐할 수 있는 모양으로 지금은 반쯤 열려 있었다. 후텁지근한 실내와는 달리 그곳으로 시원한 바람이 들어오고 있었다. 자동차 경적 소리도 이따금 묻혀 들어왔다. 호텔 로비에서 만난 호텔 직원에게서 나와 비슷한 인상착의의 여자가 호텔 식물원 쪽으로 가더라는 말을 듣고는 찾아왔다고 했다. 은영 언니가 분수 앞에 서 있는 나를 발견했을 때에는 나 이외에 아무도 없었다고 했다.

비교적 외진 이곳까지 어떻게 혼자 왔냐는 자신의 말을 그제야 떠올리기라도 했는지 은영 언니가 정색을 했다. 언니가 식물원 곳곳을 살펴보면서 호들갑을 떨었다. "그 개새끼가 널 이리로 끌고와 어떻게 했니? 엉? 널 만졌어? 어딜? 엉? 엉? 그 새끼 코를 물어 뜯어버리지, 왜?" 키 큰 야자수들과 일년생, 다년생 풀과 꽃들이 가득했고 곳곳에 숨기 좋은 조각상들도 놓여 있었다. 숨자면 충분히 숨을 공간이 많아 보였다. 은영 언니는 내 말은 듣지도 않은 채 씩씩거리면서 다윗상까지 뛰어가 뒤를 살펴보고 다시 씩씩대면서 뛰어왔다. 그 남자는 누군가 식물원 쪽으로 다가오는 걸 눈치채고 재빨리 나무 그늘로 숨어들었다가 틈을 봐서 이곳을 빠져나갔을 것이다.

한참 씩씩거린 뒤에야 자신이 잘못 짚었다는 걸 알았는지 언니가 내 뺨을 꼬집었다. "얘가, 얘가! 그놈의 병 또 도졌어. 이야기 지어내는 그 병 또 도졌어." 나도 은영 언니 말투를 고대로 흉내 냈다. "얘가, 얘가! 혼자 넘겨짚는 그 병 또 도졌어, 또 도졌어."

아프다고 엄살을 떨었지만 은영 언니가 날 사랑하고 있다는 걸 믿어 의심치 않았다. 뙤약볕 아래를 무작정 걸어갔던 어린 날의 그 여름이 떠올랐다. 나는 은영 언니 뒤를 쫓아 한참 걸었다. 이대로 은영 언니를 놓쳤다간 두 번 다시 못 볼 것 같았다. 따라오지 말라고 돌멩이를 던지고 빽 소리를 질렀지만 언니는 뒤돌아볼 때마다 내가 있는 걸 확인하고는 안심했다고 했다. 언제까지 이런 행복이 계속될 수 있을까. 은영 언니와 팔짱을 낀 채 식물원을 나와 식장으로 돌아가는 동안에도 어디선가 숨어 우리를 지켜보고 있을 그 남자의 시선을 떨쳐버릴 수가 없었다. 행사가 진행되는 내내 나는 그 남자가 내 곁을 지나갈지도 모른다는 생각에 신경을 곤두세웠다. 나는 은영 언니에게 그 남자에 대해 말하지 않았다. 은영 언니는 물론이고 정인 언니조차도 허무맹랑하다고 믿지 않을 게 뻔했다. 기태영은 알고 있을까. 자신이 누굴 데리고 왔는지 알기나 알까. 은영 언니 말처럼 이 모든 것이 내가 지어낸 이야기였으면 좋겠다. 가끔은 내가 나를 속여넘기고 싶을 때도 있었다.

공장으로 돌아가는 버스 안에서 반은 졸고 반은 여전히 창립 기념 파티의 분위기에 젖은 채 이런저런 소회들을 나누고 있었다. 버스 뒤칸에 앉은 동생들 중 하나가 앞자리에 앉은 기태영을 향해 목소리를 높였다. "오빠! 태영 오빠! 우리 내년에도 이렇게 해요. 떡 맞추고 막걸리 돌리는 거 말고!" 동생들이 박수를 치고 휘파람을 불었다. 기태영은 고개도 돌리지 않은 채 손 하나만 가볍게 들었다 내렸다. "많이 컸네, 우리 태영이." 은영 언니 눈에 곱게 보일 리 없었다. 진작부터 기태영과 정인 언니가 자신을 따돌리고 둘만 쑥덕댄다고 못마땅해하던 차였다. "저것들이 무슨 이야길 저렇게 하는 걸까? 분명 시멘트 얘기는 아닐 거고 말야." 버스 복도를 사이에 두고 양쪽 좌석에 나눠 앉은 기태영과 정인 언니가 무슨 이야기를 나누는지 꽤나 진지한 표정인 듯했다. 은영 언니가 미심쩍다는 듯 고개를 저었다. "그런데 시멘트가 아니면 도대체 저 둘이 저렇게 진지해질 일이 또 뭐 있냐?" 은영 언니가 못 참겠다는 듯 벌떡 일어서더니 두 사람에게로 다가갔다. 그 바람에 둘의 대화가 끊긴 모양이었다. "그 비밀 나 좀 알자"며 캐묻는 은영 언니의 목소리가 들려왔다.

은영 언니 말마따나 둘의 화제가 시멘트가 아니라는 건 확실했다. 시멘트에 관한 한 정인 언니는 기태영보다 더 문외한이었다.

그렇다고 기태영이나 정인 언니를 우습게 생각하는 건 아니었다. 앞이 보이지 않게 되면서 공장으로 다시 내려오지 않았다면 지금쯤 나도 시멘트와는 무관한 일을 하고 있을 것이다. 종일 어머니의 방에 머물렀기 때문에 원든 원치 않든 저간의 사정들을 다 주워들을 수밖에 없었다. 어머니가 남자들을 어떻게 다루는지도 알았다. 그들보다 한참 나이가 위인 어머니는 농지거리를 걸 만큼 곁을 내주다가도 어느 순간 눈물을 쏙 빼도록 야단을 쳤다. 어머니는 자신보다 곱절이나 큰 사내들을 쥐락펴락했다. 오후 고요한 어느 순간 사무실 안에 밝고 경쾌한 어머니의 방귀 소리가 울릴 때가 있었다. 한 옥타브 높은 그 소리만큼 편안한 소리가 없었다. 어머니 맘대로 되지 않는 이들이 있다면 바로 엄마와 이모들이었다. 가끔 공장 사내들이 투덜대는 소리를 듣기도 했다. 어머니에게 혼쭐이 나서 바짝 졸고 난 뒤 쓴 담배를 피우면서였다. 사내들은 식당 쪽을 턱짓으로 가리켰다. 대체 저 여자들이 누구길래 사장님 말도 먹히지 않느냐는 거였다. 누군가 능청을 떨었다. "몰랐어? 저 여자들이 여기 실세야, 실세. 회장이라면 회장이고!" 아무래도 어머니가 여자라서 가재 게 편이듯 유독 여자들만 편애한다고 했다. 누군가 또 받아쳤다. "억울해하덜덜 마, 사장님이 암만 여자를 편애한다 한들 우리만큼 여자들을 편애할까. 그려, 안 그려?"

같은 안전모에 같은 작업복을 입고 있는데도 기태영은 공원들 사이에서 한눈에 띄었다. 풀기 가시지 않은 작업복을 걸치고 안전모를 쓴 채 이곳저곳을 기웃대며 작은 노트에 깨알 같은 글씨로 뭔가를 기록하느라 여념이 없었다. 그런 건 머리가 아니라 몸으로 배워야 진짜라고 이 바닥에서 잔뼈가 굵은 남자들이 수군대는 것도 몰랐다. 수첩에 적는 건 사무실로 돌아와 나중에 하라고 해도 내 말은 귀담아 듣지 않았다. 쓰레기 시멘트에 대해서도 알지 못했다. 1999년부터 시멘트 제작에 산업폐기물을 사용해도 좋다는 허가가 떨어졌다. 산업폐기물을 연료로 쓰면 연료비 절감뿐 아니라 폐기물 처리비 명목으로 부수입을 올릴 수 있었다. 어머니도 그렇게 했다. 어머니와 마을 주민들 사이의 반목은 바로 그것 때문에 발생했다. 시멘트 분진은 마을 먼 곳까지 날아가 쌓였다. 그 분진에서 발암물질이 검출되었다는 뉴스가 있던 날에도 어김없이 마을의 집들 지붕 위로 창가로 어김없이 분진은 날아와 쌓이고 있었다. 하루 이틀이 아니라 사십여 년 시멘트와 함께 숨 쉬고 산 사람들은 말간 두 눈만 깜빡거렸다. 순진한 주민들을 쏘삭인 건 어머니 말처럼 '외부' 사람들이었다. 시멘트 공장 근처에 사는 주민들뿐 아니라 쓰레기 시멘트로 지은 건물의 입주자들 또한 위험하다고 했다. 공장 마당 한쪽에는 폐타이어가 산더미처럼 쌓여 있었다. 폐타이어는 다른 연료보다 훨씬 빨리 소성로의 온도를 높여준다는 장점이 있었다. 엄마를 찾아온 신신의 아이들은 그 거대한 산에 올라가 놀기도 했다. 주민뿐 아니었다. 그곳에서 나고 자란 우리 또한 위험에 노출되어 있었다. 어머니는 몰랐다. 하지만 나중에 그 폐해에 대해 알게 되었을 때도 이익을 위해 모르는 척했다.

한때 사내들의 일이라 동경했지만 막상 일을 시작하고 보니 그 일은 생각보다 훨씬 거칠고 위험한 일이었다. 웬만한 강단 없이 덤빌 수 있는 일이 아니었다. 기태영이 궁금해하고 의논해오는 일들에 대해 같이 고심하며 처리해나가고는 있었지만 나는 기태영의 자질에 대해 반신반의했다. 어머니만큼 공장을 운영해낼지도 의문이었다. 일단 기태영과 나는 생각이 달랐다. 우리가 신신양회로 돌아온 건 어머니처럼 시멘트 생산으로 한몫 잡으려는 게 아니었다. 신신양회는 하나의 상징이었다. 우리가 태어난 곳, 고향이었다.

나는 하늘을 향해 계속 치솟아 오르고 있는 시멘트 건물의 최후에 대해 기태영에게 이야기했다. 얼마 가지 않아 시멘트가 환대받지 않는 세상이 올 것이다. 시멘트 대신 다른 사업으로 눈을 돌려야 한다. 사실 한쪽에서는 시멘트 생산 과정에서 발생하는 이산화탄소가 지구 온난화를 가중시킨다는 이야기도 나오고 있었다. 선진국들에 비해 시멘트 소비가 높다는 이유로 우리나라를 '시멘트 공화국'이라고 비아냥거리는 이들도 있었다. 기태영은 말을 듣지 않았다. 인류 문명은 이천 년 넘게 시멘트에 의존해왔다고 했다. 파르테논 신전은 물론 콜로세움의 기초 공사에도 시멘트가 쓰였다고 했다. 기태영이 그런 말을 할 때면 나도 모르게 현장 직원들 말투가 튀어나왔다. "아, 또 그 따위 이론……." 기태영은 지지 않았다. OECD 회원국 대비 우리나라엔 건설해야 할 건축물뿐 아니라 닦아야 할 길도 아직 많다고 했다. 그러나 현실은 달랐다. 어머니가 살아 있을 때부터 이미 내수 경기는 침체기에 접어들었다. 당연히 건설 경기도 둔화되었다. 말이 막히면 기태영은 늘 같은 말만 반복했다. "우리가 누구야? 신신의 아이들이야!" 그런 기태영에게서 얼핏 어머니의 모습이 겹쳐지곤 했다. 말년의 어머니도 그 누구의 말을 귀담아 듣지 않았다. 많은 직원들이 사일로 증축 공사에 회의적이었다. 하지만 기태영은 어머니와는 또 달랐다. 기태영에게는 어머니에게는 없던 보상 심리라는 것이 있었다. 결국 어머니가 그랬던 것처럼 욕망이 기태영도 무너뜨릴 것이다.

두 귀를 닫은 기태영을 볼 때면 어느 인디언 부족의 이야기가 떠올랐다. 그 부족은 모계 사회였다. 종교와 주술이 지배적이었다. 그들은 태양을 숭배했다. 남자들은 자신의 가족을 먹여 살리는 대신 집안의 제사 도구들을 관리하는 일을 도맡았다. 물론 그들도 열심히 일해서 재산을 늘리려고 하지만 남들보다 부유해지려는 데 목적이 있다기보다는 자신 소유의 가면들을 더 많이 마련하는 데 그 비중을 두었다. 가면들과 제기들을 욕심스레 끌어모으는 그 인디언 부족 남자들의 고집을 나는 기태영에게서도 보았다.

기태영은 짐작이나 하고 있을까. 이모들을 죽인 게 삼촌이 아니라는 것을. 대체 신신양회를 되찾으면서 기태영이 지불한 것은 무엇이었을까. 자신의 영혼이라도 저당 잡힌 것일까. 그것이 무엇이든 간에 '그 남자'는 어느새 우리 사이에 들어와 있었다.

기태영과 정인 언니의 대화에 끼지 못한 은영 언니는 버스 맨 뒷자리에 동생들과 나란히 앉아 행사에 온 손님들의 스타일에 대해 시시콜콜 트집을 잡고 있었다. 넥타이가 잘못되었네, 머리숱이 너무 없네, 그 옷엔 빨간 구두를 신었어야 했다는 둥. 동생들은 별일 아닌 일에도 깔깔 웃어댔다. 그 엄마에 그 딸들이었다. 대체 이 평화가 얼마나 지속될 것인가. 나는 조마조마했다. 그 남자가 검은 그림자처럼 우리 속으로 들어와 우리를 교란시키고 우리를 병들게 한다면, 우리는 또 우리 엄마들의 전철을 그대로 밟게 될 것이다.

내가 바란 것은 평화롭고 소박한 삶이었다. 평화롭고 소박한 삶. 어쩌다 이것이 이렇듯 거창하게 들리는지 모르겠다. 중국 오지에 있다는 여인국 모쒀족 여자들처럼 살아갈 수는 없을까. 그곳의 아이들은 어머니의 성(姓)을 따르고 집안의 모든 재산은 딸이 물려받았다. 여자들은 남자들을 만나고 사랑하지만 결혼은 하지 않는다. 결혼이 없기에 이혼도 없다. 그에 따른 상처도 없다. 그녀들은 욕심 없는 삶을 살아간다. 온 마음을 다해 사랑하고 사랑이 식으면 그 사랑을 붙잡지 않는다. 소박하고 너그럽다. 어머니는 자신의 아이들을 지배하거나 억압하지 않는다. 그냥 품어줄 뿐이다. 보듬어줄 뿐이다. 그들에게는 당연히 '아버지'라는 단어가 없다. 나는 모쒀족 부락 한가운데 있다는 커다란 호수를 그려보다 잠이 들었다. 상상 속에서 호수는 늘 푸른빛이다. 손이 시릴 정도로 푸른 호수다.

아버지 없이 자란 아이들. 누군가를 아빠라고 불러본 적이 없는 아이들에게 아버지라는 호칭이 상실이나 금기를 뜻한다면 신신양 회집 아이들에게 아버지란 아예 존재하지도 않는 단어였다. 모든 단어들이 관계 속에서 태어나 '아버지'는 '어머니', '어머니'라는 단어는 '아버지'가 있어 힘을 얻게 되지만, 우리들에게 엄마, 어머니란 단어는 독립적인 단어였다. 이모들은 자신들이 만나고 사랑했던 남자들, 결국 신신양회집 아이들 중 누군가의 아버지이기도 했던 남자들에 대해 언제나 웃고 떠들며 이야기했다. 그건 아버지에 대한 이야기이면서도 아버지와는 무관한 다른 이야기이기도 했다. 이모들에게 남자들이란 바람처럼 스쳐 지나가는 존재로 잡으려 해도 잡을 수 없는 거였다. 이모들 또한 바람과도 같아서 그 누구에게도 잡히지 않았다.

아이들 역시 아버지라는 존재에 대해 별 관심을 가지지 않았다. 아버지가 없는 데 대한 결락이나 결핍감은 없었다. 가끔 자신의 아버지에 대해 관심을 갖는 아이들이 있기는 했다. 그것은 아버지가 아니라 자신의 근원에 대한 호기심일 뿐이었다. 한때 나도 머리가 두드러지게 큰 남자를 보면 혹시 내 아버지일지도 모른다는 생각에 그의 곁을 기웃거리곤 했다. 자식이라면 핏줄이 당기지 않을까, 나를 한 번에 알아보지 않을까. 하지만 그들 중 누구도 나처럼 못생긴 아이에게는 관심을 주지 않았다. 그걸로 끝이었다. 신신양회집 아이들이 다 그랬다. 아버지 대신 삼촌이 있었다.

기태영의 아버지에 대한 관심은 그래서 유별나게 보였을 수도 있었다. 기태영에게는 집요한 구석이 있었다. 자신들의 애인에 대한 이야기까지도 시시콜콜 늘어놓던 이모들도 기태영과 준희 언니, 정인 언니, 은영 언니의 아버지에 대해서는 입을 다물었다. 태영 이모는 "아버지 따윈 원래 없었다"고 입버릇처럼 말했고 말수가 적고 온순하던 기태영은 반항하지 않았지만 그렇다고 순순히 물러

선 것도 아니었다.

　엄마들이 죽고 나자 신신양회집 아이들은 스스로 고아라고 생각했다. 기태영은 달랐다. 언젠가 아버지의 얼굴을 봤다던 기태영의 말은 거짓이 아니었다. 한참 뒤에야 나는 기태영이 아파트로 우리를 찾아왔을 때 이미 자신의 생부와 만난 뒤였었다는 것을 알게 되었다. 내 짐작과는 달리 기태영은 그해 여름 신신양회 다락방에서의 사건에 대해서도 속속들이 알고 있었다. 끝까지 그 일을 묻어두자고 한 것도 기태영이었다.

　언젠가 아버지를 만났던 그날을 기태영은 두고두고 기억했다. 나와 은영 언니가 지어낸 이야기라고 비웃었지만 기태영은 선명한 기억의 한 부분을 놓지 않았다. 하도 오래되어서 가끔 꿈처럼 느껴지기도 했다. "네가 기태영이냐?"라고 아버지는 물었다. 시간이 지나면서 이야기가 보태어졌다. 아버지는 그동안 불러보지 않은 만큼 몇 번이고 기태영의 이름을 불러주었다. "태영아, 태영아!" 태영이의 얼굴도 어루만졌다. 세세한 기억들은 시간이 지나면서 뭉개졌지만 아버지의 얼굴 윤곽과 자신의 이름을 부르던 부드러운 음성만큼은 잊혀지지 않았다. 아버지에 대한 그리움은 엄마에 대한 것과는 또 다른 것이었다. 지금은 엄마마저 곁에 없었다. 신신양회 아이들은 기태영을 그림자라고 불렀다. 그림자는 그 자체로 존재하지 않는다. 빛이 있어야 했고 빛이 통과할 수 없는 물체가 있어야 했다.

　기태영은 신신양회에 남아 아버지의 흔적을 찾았다. 차갑게 식은 소성로로 밤새 쥐들이 돌아다녔다. 공장 직원들은 떼인 임금만큼 공장에 쌓인 시멘트를 처분했고 나중에는 공장의 집기들에도 손을 댔다. 팔아봤자 푼돈일 뿐이었다. 그들은 어머니의 사무실 안쪽에 놓인 금고를 커다란 망치로 부숴 열었다. 금고 안에는 아무것도 없었다. 오래전 이미 돈을 빼돌린 모양이라고, 격분한 직원들은 유리창을 부수고 남아 있는 도구들을 집어 던졌다. 금고는 혹시나 있을지도 모를 서류를 찾느라 경찰들이 먼저 열었다는 것을 그들은 몰랐다. 경찰이 금고를 열었을 때도 그 속에 돈이나 귀중품 같은 건 없었다. 사일로에 구멍을 내고 시멘트를 훔쳐간 건 좀도둑들이었다. 성난 직원들이 떠나고 좀도둑이 손댈 물건마저 바닥나자 이곳은 인적이 끊겼다. 공장은 금세 짐승들의 거처가 되었다. 사람이라곤 얼씬거리지 않는 흉물로 전락하고 말았다.

쓸 만한 서류는 경찰이 가지고 떠났지만 그래도 남아 있는 서류들이 산더미 같았다. 불빛이 새어 나가지 않도록 작은 플래시 불빛 아래에서 서류들을 뒤졌다. 서류들에서 엄마나 이모들에 대한 흔적이나 아버지들에 대한 단서 같은 것은 찾을 수 있으리라는 희망 때문이었다. 어머니와 이모들이 언제부터 인연을 맺게 되었는지 종잡을 수 없었다. 그것부터 알아내야 했다. 엄마와 여섯 이모들은 말의 억양도 달랐다. 출신이 제각각이라는 것은 누구나 알아챌 수 있었다. 나이도 고만고만했고 무용단이나 합창단의 소녀들처럼 키나 얼굴 생김새도 비슷비슷했다. 그리고 엄마와 이모들은 같은 해에 네 명의 아이들을 낳았다. 그들은 죽을 때까지도 친자매처럼 지냈다. 친자매들처럼 자주 토닥거렸지만 또 금세 화해했다. 경찰에서는 뒷거래와 성 상납 들에 대해서 의심을 품었지만 결국 그 어떤 것도 밝혀낼 수 없었다. 어머니는 그렇게 허술한 사람이 아니었다.

아무런 소득이 없었던 것은 아니었다. 사무실 바닥에 나뒹구는 서류들은 엄마와 이모들을 추억하게 해주었다. 서류 뭉치에서는 켜켜이 오래 묵은 거래 명세서들도 발견되었다. 1989년 5월 28일. 쌀 20kg 20포, 고추장 14kg 2개, 된장 14kg 2개, 간장 14L 2개, 감자 2포, 양파 10망, 도라지 1포, 두부 3판, 계란 20판…… 종종 미역과 쇠고기가 추가되었다. 동생들이 태어나던 그즈음이었다. 삼촌은 이십 킬로그램 쌀부대를 양 어깨에 하나씩 메고 날랐고 이모들이 식자재들을 창고에 차곡차곡 정리했다. 물건을 정리하면서도 이모들의 수다는 멈추지 않았다. 오래된 거래 명세서들을 보며 기태영은 울다 웃다 했다. "태영아." 가끔 어머니의 목소리가 환청처럼 들리곤 했다. "태영아, 어깨 펴고." 그럼 기태영은 어릴 때 그랬던 것처럼 잠깐 어깨를 폈다.

기태영이 아버지를 찾게 된 것은 우연이었다. 뉴스 프로그램에서 기태영은 아버지를 알아보았다. 한 단체의 모임을 브리핑하는 기자 뒤편으로 카메라가 스케치하듯 회의실을 한 번 스쳐갔을 뿐인데도 기태영은 아버지를 단박에 알아보았다. 기태영이 오래전 한 번 보았던 아버지의 모습을 기억하고 있어서라기보다는 그 노인의 모습에서 기태영은 매일 아침 면도를 하면서 거울 속에서 마주치는 낯익은 얼굴을 보았던 것이다. 자신이 아버지를 빼닮았다는 걸 그제야 알았다. 기태영은 지금까지 자신이 기억하고 있는 아버지의 모습이 거짓이었다는 것도 깨달았다. 그럼 자신을 "태영아"라고 부드럽게 불러주던 그 남자는 누구였을까. 자신이 이십여 년 동안 아버지라고 여기고 살아왔던 남자가 아버지가 아니라는 것을 알자 허탈해졌다. 자신을 닮은 늙은 남자는 카메라는 아랑곳하지 않은 채 고집스레 입을 꾹 다물고 앉아 있었다. 단단해 보였지만 왠지 어딘가 좀 외로워 보인다는 느낌도 들었다. 마음에 들지는 않았지만 기태영은 자신도 저 모습으로 늙어갈 거라고 생각했다.

기태영이라는 이름을 댔지만 아버지를 만나기는 어려웠다. 전화 통화조차도 쉽지 않았다. "기태영이라고 하면 아실 겁니다"라고 말했는데도 전화는 매번 비서실에서 차단되었다. 그들은 지나치리만치 정중했다. 아버지는 늘 회의 중이거나 출장 중이었다. 반년쯤 시간이 흐른 뒤에야 기태영은 아버지가 자신의 이름도 알지 못한다는 것을 깨달았다. 기태영은 자신의 이름 대신 "신신양회라고 전해주십시오"라고 했고 잠시 뒤에 전화는 젊은 여자 비서에서 나이가 지긋한 중년 남자에게로 연결되었다. 아버지와 직접 통화는 되지 않았다. 늘 그 사이에 그 중년 남자가 있었다. 남자가 아버지의 말을 전했다. 아버지와의 만남은 그 뒤로도 또 한참이 걸렸다. 이십여 년을 기다렸는데도 그 짧은 시간을 기다리는 것이 더 힘들었다.

"태영 군." 그가 전화 속의 그 남자라는 것을 알 수 있었다. 양복을 입은 중년 남자가 서 있었다. 처음 만나는 그가 낯설지 않았다. 잦은 전화 통화 때문만은 아니었다. 기태영이 무수히 그려보던 바로 아버지의 얼굴이었다. 그가 기태영을 아버지에게로 데리고 갔다. 아버지는 자동차 뒷좌석에 앉아 있었다. 코를 톡 쏘는 오데코롱 냄새로도 노인의 냄새는 가려지지 않았다. 텔레비전에서 잠깐 스쳤던 것보다도 아버지는 훨씬 늙은 사람이었다. 엄마보다 스무 살 이상 나이 차가 나는 듯했다. 언뜻언뜻 매서운 눈매가 나타났다. 아버지는 자신의 아이를 낳은 엄마의 이름조차 기억하지 못했다.

"맞아, 맞아. 그 애 성(姓)이 독특했었어. 맞아, 맞아. 그랬지. 내가 기(寄) 황후에 대해 아느냐고 물었었지. ……아냐?"

"예, 압니다."

"알지 못하는 것에 대해 많이 부끄러워했지. 부끄러워 목덜미까지 붉어졌었지……."

아버지는 차창 너머 먼 곳을 응시했다. 포옹도 없고 눈물도 없는 상봉이었다. 언젠가는 만나게 되리라는 것을 둘 다 알고 있었던 듯 서먹하다기보다는 담담했다.

아버지에게는 당연히 가족이 있었다. 그 중년 남자가 말해주었다. 이복 누나와 형들도 있었다. 기태영과는 한참 나이 차가 나는, 조금 과장을 하자면 엄마 나이와 엇비슷했다. 아버지와 기태영 둘 다 아버지의 가족과 마주치는 것은 원하지 않았다. "절대로 그쪽 가족 눈에 띄어선 안 됩니다." 중년 남자와 그 약속을 한 뒤에 기태영은 아버지와 만날 수 있었다. 누구의 눈에도 띄지 않고 행동하는 것이 기태영에게는 아주 자연스러운 일이었다. 그동안 추억 속에서 자신의 이름을 다정히 불러주던 아버지의 환상만으로 되었다, 되었다, 되었다, 기태영은 자신에게 속삭였다. "아, 자네 이름이⋯⋯?" 아버지가 창밖 어딘가에 시선을 준 채 물었다. 습관인 듯 아버지는 단어와 단어 사이에 뜸을 들였다. 무언가 곰곰 생각하고 말하는 듯했다. "태영이라, 기태영⋯⋯ 음."

음모는 없었다. 단지 추잡한 거래만 있었을 뿐이었다. 아버지는 제 딸뻘인 어린 여자를 탐했다. 어머니는 그들의 약점을 결코 놓치지 않았다. 어머니는 점점 더 많은 것을 요구했고 그것이 화를 일으켰으리라. 아버지가 기태영의 존재를 알게 된 것은 어머니가 아버지에게 무언가를 요구하다 통하지 않자 협박조로 내뱉은 한마디 말 때문이라고 했다. 물론 이 모든 이야기는 중년 남자로부터 전해들었다. 아버지에게는 협박이 통하지 않았다. "그래도 회장님은 태영 군을 만나러 공장 근처까지 갔었습니다. 물론 태영 군은 어려서 기억을 못 할 테지만요." 아버지는 기태영을 보러 와서 이렇게 차 안에 앉아 있었다. 기태영의 얼굴을 내려다보면서 이름을 물어본 건 바로 그 중년 남자였다. 그래서 그를 처음 보고도 낯설지 않았던 것이다. 그것도 모르고 기태영은 그를 아버지라고 믿어왔다. 어린 기태영은 키 큰 남자 앞에서 쭈뼛쭈뼛 부끄러움을 탔다. 이름을 묻자 기어들어 가는 목소리로 "기태영요" 간신히 말했을 뿐이었다. 먼발치에서 기태영을 보고 돌아가는 길에 아버지는 딱 한마디를 했을 뿐이었다. "성격은 제 에미를 닮았구만." 그것으로 끝이었다. 아버지는 어머니의 요구를 딱 하나 더 들어주었을 뿐이다.

기태영을 제외한 세 아이의 아버지가 누구인지 신신양회의 그 죽음들과 그들이 무슨 관계에 있는지 중년 남자는 말해주지 않았다. 사건이 터졌을 때 아버지도 적잖이 놀랐을 것이다. 기태영도 더 캐묻지 않았다. 그것이 엄마에 대한 예의라고 생각했다. 하지만 무슨 큰 비밀이 있었기에 어머니는 자신은 물론 스물세 명의 목숨을 없애면서까지 그 비밀을 묻으려 했을까.

아버지를 찾고 얼마 뒤 신문에서 기태영은 그 광고를 보았다. 사일로는 너무 넓고 아이들은 부족해. 신신의 아이들이 드디어 행동을 시작했다. 하지만 아직은 아이들 앞에 나설 때가 아니었다. 준비해야 할 것들이 많았다. "회장님." 기태영은 아버지를 그렇게 불렀다. 아버지는 천천히 고개를 돌려 기태영을 보았다. "신신양회를 찾고 싶습니다. 도와주십시오." 왜냐고 아버지의 눈이 물었다. "제 뿌립니다. 그곳은." 아버지는 무언가 생각하는 듯하다가 고개를 천천히 끄덕였다. 그것으로 아버지와의 만남은 처음이자 끝이었다. 무슨 일로든 앞으로 두 번 다시 이렇게 단둘이 만날 일은 없을 거라는 걸 기태영은 알았다. 그 뒤로도 기태영은 아버지라고 알고 있던 그 중년 남자와 계속 연락을 주고받았다. 그는 아버지의 '기 황후'와 사생아까지 모든 것을 알고 있는 유일한 사람이었다. 그날 기태영을 만나고 돌아가던 아버지는 말없이 웃었다고 했다. "잘 컸지요?"라는 중년 남자의 말에 고개를 끄덕였다고 했다.

졸지에 고아가 되고 뿔뿔이 흩어졌을 때 우리가 원한 단 한 가지는 예전처럼 이렇게 모여 사는 것이었다. 우리 엄마들이 그랬던 것처럼 밥을 짓고 노래도 부르고 사랑을 하면서 아이들을 낳아 키우는 것이었다. 하지만 누군가에게 평화로움이란 무료함일 수도 있었다. 시골에서의 하루하루는 젊은이들에게 길기만 했다. 졸업하고 아예 서울에서 직장을 잡아 눌러앉은 동생들도 많아졌다. 가끔 대추나무집에 내려와도 이런저런 핑계를 대고 오래 머물지 않았다. 무엇보다도 시멘트에 관심을 가지는 동생들이 많지 않았다.

특히 무더웠던 여름 탓인지 대추 열매가 일찍 익었다. 아이들은 대추나무 밑 그늘에서 뛰어 놀며 가끔씩 떨어지는 대추 열매를 주워 먹었다. 아이들도 무럭무럭 잘 자랐다. 휴일이면 우리는 마루에 누워 나른한 하루를 보냈다. 놀다 지친 아이들도 우리 틈에 끼어 동화책을 읽거나 뒹굴거렸다. 신신양회를 되찾았고 대추나무집에서 언니들과 지내고 있는데도 불현듯 오후 어느 순간에 불안해지곤 했다. 누군가 우리를 감시하고 있다는 느낌이 들었다. 휴일인데도 기태영은 자주 집을 비웠다. 정부의 적극적인 경기부양책에도 불구하고 좀처럼 건설 경기는 회복되지 않았다. 이제 곧 가을이 될 것이다. 시멘트만큼 계절을 타는 것도 없었다. 성수기인 구시월에 댈 물량을 따내려 기태영은 공장 임원 몇과 여름 내내 사무실을 비우는 날이 많았다.

아침저녁으로 선선한 바람이 불 무렵 준희 언니가 아기를 낳았다. 마루를 뛰어다니는 아이들에게 조용히 하라며 빽 소리를 지르는 은영 언니의 목소리로 하루가 시작되곤 했다. 아기의 아빠는 신신양회의 직원이었다. 퇴근 무렵이면 아기 아빠는 바로 들어오지 못한 채 문밖에서 어슬렁댔다. 그를 발견한 동생들이 들어오라고 성화를 하면 그제야 마지못한 척 쭈뼛쭈뼛 들어왔다. 은영 언니는 들으라는 듯 목소리를 높였다. "세상에, 뻔뻔하기도 하지. 이제 남자를 집 안으로 끌어들이다니!" 아기 아빠는 머리를 긁적이면서 "이것 참"이라는 말만 했다. 이모들은 사랑을 해도 남자들을 절대 대추나무집으로 들이지 않았다. 그것은 불문율 같은 거였다.

아기와 산모가 있는 방 안으로 발을 들여놓기도 전에 아기 아빠는 밖으로 쫓겨났다. "뭘 만졌는지도 알 수 없는 손으로 들어와 내 아기를 만지려고? 제정신이야?" 준희 언니가 버럭 소리를 질렀다. 아기 아빠는 마당의 수돗가에 쭈그리고 앉아 한참 손을 씻었다. 예정에 없던 아이였다. 기쁘면서도 두려웠다. 그는 이제 서른 살이었다. 아직 고향 부모님께는 말도 꺼내지 못했다. 처음에 준희 언니는 아기 아빠에 대해 잡아뗐다. 하지만 혈기 왕성한 젊은 남자는 물러서지 않았다. 자신을 사귀면서 다른 남자의 아이를 가진 거냐고 매일 밤 술을 먹고 집 앞에 와서 소리를 질렀다. 동네 개들이 짖어대고 잠에서 깬 아이들이 칭얼거렸다. 준희 언니가 사실을 말한 것도 매일 밤 깊은 잠을 잘 수 없었기 때문이었다.

아기 아빠는 다시 방으로 들어갔다. 삶아 빨아 넌 빨래 냄새와 불어 그릇에 짜놓은 배리착지근한 젖 냄새, 비릿한 산모의 분비물 냄새가 가득한 방이었다. "아, 벌써부터 미역국이라면 신물이 나."

준희 언니가 유세를 떨면 절절매는 아기 아빠의 목소리가 뒤를 이었다. "아, 누나, 아니 준희 씨, 그럼 뭐 좀 사오까? 뭐가 좋을까? 시골이라놔서 말이지." 은영 언니는 눈꼴시다는 듯 얼굴을 찌푸렸고 동생들은 하나라도 이야기를 놓칠까 귀를 쫑긋 세웠다. 이모들처럼 우리는 공장 식당에서 일하지 않았다. 공장이 다시 가동한다는 소식에 일자리를 찾아 들어온 아주머니들이 많았다. 가끔 간이 짜다는 직원들의 불평이 있다는 것만 빼면 식당은 잘 굴러갔다. 그런데도 준희 언니는 공장 남자와 눈이 맞았다. 준희 언니는 공장 근처에는 얼씬도 하지 않았지만 기태영을 만나러 잠깐 집에 들렀던 남자는 준희 언니를 보자마자 사랑에 빠졌다. 준희 언니가 다섯 살 많았지만 개의치 않았다. 예전처럼 전국 각지에서 남자들이 몰려들었다. 술집도 다시 문을 열었다. 가끔 종업원들끼리 드잡이를 하기도 했다. 어머니 때처럼 궤도에 오르지는 못했지만 거리는 활기가 흘러넘쳤다. 길에서 만나는 젊은 남자들이란 죄다 공장에서 일하는 남자들이었으니 이곳에서 우리가 누군가와 사랑에 빠진다면 공장 남자일 거였다.

준희 언니 뱃속의 아기가 자신의 아기라는 것을 안 순간 아기 아빠가 말했다. "아기를 낳아요. 이제부터 내가 누나와 아기를 책임질게요." 아기 아빠의 그 말에 준희 언니는 한참을 웃었다. "벌을 받는 아이 같았다니까." 남자는 계속 결혼하자고 언니를 졸라대는 눈치였다. 귀가가 늦는 기태영 대신 집에 들러 못질도 해주고 장도 봐다 주는 눈치였다. 언니와 동생들이 새로운 사랑을 하고 아기를 낳는 반면 여전히 은영 언니와 나는 연애 경험도 전무한 상태였다. "쟤들이 결국은 결혼이란 걸 할 거 같냐?" 은영 언니가 지나가는 말처럼 물었다. 결혼까지는 몰라도 그 아이는 아버지의 축복 속에 태어난 첫번째 아이였다. 정인 언니와 달리 준희 언니는 차로 한 시간 반 떨어진 소도시의 산부인과에 늘 아기 아빠와 같이 갔다. 알려주지도 않았는데 정기검진 날이 되면 차가 집 앞에 와 서 있곤 했다. 아기가 태어나는 그 방에 아기 아빠가 같이 들어가기도 했다. 아기 아빠가 아기의 탯줄을 잘랐다고 했다.

"지금은 저렇게 준희한테 간도 쓸개도 다 빼줄 것처럼 굴지만 저 사람은 남자 아니냐?" 은영 언니가 투덜거렸지만 준희 언니는 어느 때보다도 행복해 보였다. 프랑스의 한 소설가는 미래에는 순수한 모계 사회가 도래할 거라고 내다봤다. 남자들이란 기껏 여자들의 쾌락에 이용되는 장난감 신세로 전락하고 말 거라고. 여자들 스스로가 여자의 수를 줄이고 있다고 했다. 뱃속의 아기 성별을 알아 여자아이인 경우 낙태하는 것이 그 이유라고 했다. 그의 뜻에 어느 정도는 동의하지만 대부분이 소설가 특유의 신랄한 독설에 불과하다고 나는 생각한다. 내가 본 바로 엄마나 이모들 중 그 누구도 남자들을 장난감처럼 생각하지 않았다. 진심으로 사랑했다. 우리들은 사랑의 결과물이었다. 다 잊어버려도 엄마가 나를 바라볼 때의 눈빛은 잊혀지지 않는다.

이모들은 남자의 조건 같은 건 따지지 않았다. 결혼할 것이 아니었기 때문이다. 누군가를 사랑할 때의 엄마는 아름다웠다. 빛이 났다. 우리가 바라는 건 여자들이 남자들의 권리를 쟁취하는 게 아니었다. 여자들과 남자들이 자연스럽게 섞여 하나가 되는 것이었다. 원래 인간은 그렇게 태어났다. 신은 천지창조 여섯째 날에 인간을 창조했다. 그때 인간은 여자이며 동시에 남자인 양성 인간이었다. 그때 땅은 아무것도 자라지 않은 사막이었다. 인간의 형상은 그 흙먼지로 만들어졌다. 신은 인간을 깊이 잠들게 한 뒤에 그에게서 모든 여성의 기관들을 끄집어냈다. 그 기관들을 가지고 신은 새로운 인간을 창조했고 '여자'라고 불렀다. 남자와 여자가 사랑을 할 때면 나누어졌던 기관들이 뒤섞인다. 남녀의 사랑이란 둘이 만나 비로소 오래전 하나였던 본모습으로 되돌아가려는 행위가 아닐까. 그것은 부끄럽거나 감출 이야기가 아니라 아름다운 장면이었다. 그런 생각들을 이야기하면 은영 언니는 잘 듣다가 마지막에 꼭 투덜거렸다.

"치, 꼭 해본 것처럼 말하고 있어. 아, 몰라, 몰라. 암튼 눈이 보였다면 넌 지금도 주구장창 책이나 읽어대고 있을 테지. 어디 나랑 상대할 시간이나 있으시겠어?"

그러다 생각난 듯 말했다. "대단했어, 그 혹은."

내 머릿속에서 떼어낸 혹을, 은영 언니는 기어코 어머니를 따라가 함께 보았다고 했다. "정말 대단했지, 축구공만 했다니까." 물론 그건 거짓말이었다. 은영 언니는 담당의에게 그 혹을 달라고 몇 번이나 부탁하기도 했다. "나중에 그 애가 앞을 보게 되면 보여주려구요. 네가 한 잡생각과 거짓말들이 여기 이렇게 뭉쳤다, 보여주려구요." 담당의는 웃으면서 적출물 반출은 불법이라고 말했다.

　말을 하게 된 아이들은 종종 내 주위를 둘러싸고 물었다. "이모, 이모는 왜 눈이 다쳤어?" 아프겠다고 동정하듯 얼굴을 찌푸리며 눈을 호호, 불어주는 아이도 있었다. 그럴 때면 나는 찬찬히 설명해주었다. 앞을 보는 건 눈이 아니라고, 눈은 렌즈에 불과할 뿐이고 눈으로 들어온 모든 그림들이 영사막처럼 맺히는 건 바로 우리의 뇌라고. "어떻게 뇌가 봐, 속에 꽁꽁 숨어 있는데……." 아이들은 작은 손으로 제 머리를 꼭 쥐었다. 텔레비전의 명화 극장이 재방송을 하듯 나는 추억을 틀고 또 틀고 있다고, 말하지는 않았다. 아이들은 작대기를 쥐고 내 흉내를 내곤 했다. 아무도 말리지 않았다. 저런 것도 해봐야 눈이 얼마나 소중한지 안다고 은영 언니는 할머니 같은 말을 했다. 맨 처음 흰 지팡이를 잡고 대추나무집 마당 밖으로 나가던 날이 기억났다. 점자 블록 같은 건 시골에 있지도 않았고 있었더라도 지팡이로 감지할 수도 없었다. 처음엔 지팡이가 장애물이 되었다. 지팡이에 걸려 몇 번이나 넘어졌다. 앞으로 똑바로 걷지도 못했다. 집으로 가고 싶었지만 돌아갈 수도 없었다. 그때 나는 길가의 소리에서 도움을 받았다. 차 소리들과 일정한 간격을 두고 걸었다.

　아이들은 얼마 못 가 눈을 뜨고는 쪼르르 내게로 달려왔다.

　"아, 갑갑해서 죽을 뻔했네. 이렇게 깜깜한데 이모는 어떻게 참아?"

　"안 보여도 나는 다 알 수 있지. 너희들 얼굴 다 알 수 있지롱. 자

숨어랏!"

아이들이 까르르 웃어대면서 대추나무집 곳곳으로 흩어졌다. 나는 술래가 되어 아이들을 찾으러 다녔다. 어린아이들은 얼굴만 숨으면 다 숨는 거라 생각했다. 궁둥이가 삐죽 나온 모습을 보고 동생들이 웃어댔다. 아이들에게서 나는 냄새가 좋았다. 한 가지 세제로 빨래를 하고 아기들을 씻기는 비누도 똑같았지만 아이들의 냄새는 다 달랐다. 나는 늘 술래였다. 이불장 속에 숨어 있는 아이를 찾아냈다. "창서, 찾았다!" 아이는 고함을 지르고 바동거리며 웃어댔다. 이렇게 아이들과 같이 웃고 있었지만 종종 밑도 끝도 없이 불안해졌다. 창립 기념식에서 만난 그 남자 때문이었다. 대추나무 뒤에서 또 한 아이를 찾아냈다. 이마가 톡 튀어나오고 눈에서 뒤통수까지의 거리가 먼 것이 준하였다. 준하는 정인 언니의 아이였다. "이모, 어떻게 알았어? 준하, 여기 숨었는지 어떻게 알았어?" 나는 아이의 얼굴에 내 얼굴을 비벼대면서 웃었다. 아이가 자지러지게 웃으며 죽는다고 벌렁 뒤로 넘어졌다.

어머니를 좋아했지만 어머니가 했던 모든 일들까지 좋아한 것은 아니었다. 어머니는 교활했다. 마을 사람들에게 그렇게 해서는 안 되었다고 울면서 대들기도 했다. 나중에 모든 사실이 밝혀진 뒤에는 실망감 또한 더욱 커졌다. 하지만 어머니의 눈은 믿었다. 어머니가 나를 데리고 있었던 것은 혹시 모를 신신양회의 몰락과 신신양회를 새로 일으킬 때를 대비해서는 아니었다. 기태영의 생각은 틀렸다. 걱정 말고 기태영에게 모든 걸 맡기라는 정인 언니의 생각도 틀렸다. 어머니가 날 살렸던 것은 남아 있는 우리가 혹시나 어머니와 똑같은 전철을 밟게 될까 봐 그것을 미연에 막기 위한 것은 아니었을까. 모든 이야기는 1962년 이곳에 처음 들어오는 어머니로부터 시작되어야 할 것이다. 어머니가 타고 온 시발 자동차로부터 시작되어야 할 것이다. 그때 어머니는 젖먹이 아기를 안고 있었다.

엄마도 나를 이기지 못했다. 엄마가 두 손 두 발 다 들었듯이 나는 호락호락하게 앉아 당하고만 있지는 않을 것이다. 아이들을 위해서도. 아이들이 이구동성으로 외쳤다. "나 찾아봐라, 이모 나 어딨게?"

나는 일어나면서 아이들이 서 있을 곳을 향해 크게 소리쳤다. "꼭꼭 숨어라, 머리카락 보일라."

5

　1962년 기상청의 기록에는 그해 팔월에 불어닥친 태풍 노라호에 관한 자료가 짤막하게 남아 있을 뿐이다. 그 삼 년 전인 1959년, 전국을 강타한 태풍 사라호의 위력에는 미치지 못하지만 노라호는 전라남도 지역에 큰 피해를 입혔다. 310명이 사망하거나 실종되고 82만 정보의 농경지가 유실되었다.

　해마다 여름이면 크고 작은 비 피해가 반복되던 이곳 또한 이번 태풍이라고 무사히 넘기지는 못했다. 단지 물벼락을 머리 바로 위에서 맞지 않았다는 것이 천운이라면 천운이었다.

　마을을 가로지르며 흐르던 강은 순식간에 물이 불어 넘치면서 허술한 제방 따위는 손쉽게 무너뜨렸다. 구획정리가 분명치 않아 곧잘 다툼이 일던 손바닥만 한 논과 밭들이 물에 잠겼다. 강풍에 엉성하게 얹은 집들의 지붕이 날아갔다. 푸르게 자란 벼들이 바람 결대로 누워버렸다. 논의 물을 보러 나간 남자 둘과 읍에서 부랴부랴 귀가를 서둘던 여자 하나가 불어난 강물에 휩쓸려 사라졌다.

강과 길, 논밭의 경계가 없어졌다. 사라진 길 대신 새로운 길이 드러났다. 비가 그친 지 여러 날이 지났지만 불어나면서 강을 넘친 속도에 비해 물은 더디게도 빠져나갔다. 세상의 하수구란 하수구가 꽉 막힌 느낌이었다. 붉은 흙탕물 위로 뿌리째 뽑힌 나무들이 밀려와 뒤엉켰다. 묘가 유실되면서 관이 떠내려왔다. 깊은 땅속에 감춰져 있던 유골들도 세상에 몸을 드러냈다. 멀리서 보면 나무뿌리인지 사람의 뼈인지 분간이 가지 않았다. 뜰 수 있는 것들은 모두 둥둥 떠다녔다. 속수무책으로 두 손을 놓고 선 사람들은 새삼 부력의 힘을 절감했다. 세상의 온갖 부유물들 사이로 마을 사람들의 손때 묻은 가재도구들이 섞여 떠 있었다. 마치 이승과 저승 사이에 구멍이 뚫려 삶과 죽음이 죽음과 삶이 한데 뒤섞인 듯했다.

거센 빗줄기가 쏟아지던 그 새벽, 마을의 한 애기 엄마는 알 수 없는 불길함에 불현듯 잠에서 깼다. 누우면 발과 머리가 방의 위, 아래에 닿는 작은 방이었다. 방 안은 이제 막 열여덟 살이 된 어린 엄마의 불어 샌 젖과 젖먹이의 묽은 똥 냄새로 퀴퀴했다. 아직 귀가하지 않은 아이 아빠의 짙은 땀 냄새도 배어 있었다. 어둠 속에서 그녀는 옆자리를 쓰다듬었다. 습기로 방바닥은 눅눅했다. 지난밤에도 남편은 돌아오지 않았다. 강이 넘치면서 마을로 건너오는 다리는 진작 끊겼을 것이다.

어린 엄마는 부랴부랴 잠든 아기를 들쳐 업고 밖으로 나왔다. 비닐로 겨우 아기의 머리만 덮었다. 칠흑처럼 검은 밤, 쏟아지는 빗소리만 요란했다. 거센 빗줄기에 마당에는 수많은 구멍들이 파여 있었다. 처마 아래를 나서자마자 온몸이 순식간에 비에 젖었다. 비에 젖어 물을 흠씬 머금은 치맛자락이 두 다리에 감겼다. 발짝을 떼는 일도 쉽지 않았다. 쏟아지는 빗줄기에 가뜩이나 검은 밤 속에서 분간되는 것은 아무것도 없었다.

그녀는 직감대로 움직였다. 어느새 좀더 높은 곳을 찾아 걸음을 떼고 있었다. 숱 많고 짙은 눈썹이었지만 머리와 이마에서 흘러내리는 빗물을 막아주지는 못했다. 눈을 제대로 뜰 수 없었다. 빗물은 짭조름했다. 빽빽하게 나무가 우거진 숲에 멈춰 섰다. 한낮에도 볕 하나 들지 않는 곳이었다. 그 아래 서 있자니 살 부러지고 구멍 뚫린 우산을 들고 있는 듯한 느낌이었다. 평평한 돌 위에 앉아 아기를 돌려 품에 안았다. 아기는 축축하고 미끈덩거렸다. 나뭇가지 새로 굵은 물방울이 떨어질 때마다 아기가 깜짝깜짝 놀랐다. 그곳에서 어린 엄마는 밤을 꼴딱 새웠다. 산 정상에서 흘러내린 물이 계곡 쪽으로 흘러 내려갔다. 계곡은 많은 양의 비를 감당하지 못했다. 곳곳에 새로운 물길이 났다. 빗소리로 시끄러웠지만 돌 밑과 나뭇가지 틈새를 찾아 부지런히 움직이는 벌레 떼 소리까지 들을 수 있었다.

깜빡 잠이 들었던 모양이었다. 우지끈 커다란 바위가 굴러가 박히는 소리에 그녀는 소스라치게 놀라며 잠에서 깼다. 어찌나 세게 아기를 부둥켜안았는지 아기가 놀라 울었다. 막연히 지난밤 빠져나온 자신의 집이 무너지는 소리란 걸 알 수 있었다. 산에서 흘러내려온 토사가 집을 덮치면서 집의 네 기둥이 무너지고 지붕이 폭삭 주저앉는 소리였다.

눈이 가 닿는 곳은 온통 붉은 흙탕물 천지였다. 물이 빠지면서 붉은 뻘이 드러났다. 한번 발을 디디면 빠져나오기도 힘들었다. 흙 깊이 디딘 발이 무언가 섬쩍지근한 것을 밟게 될까 봐 그것이 더 두려웠다. 어린 엄마는 무너져서 형체를 알아볼 수도 없는 집터에 서 있었다. 비가 그쳤지만 하늘에는 낮게 구름이 껴 있었다. 등에 업힌 아기에게서 쉰 옥수수 냄새가 났다. 정신없이 곯아떨어진 아기의 두 다리가 대롱거렸다. 한눈에도 건질 세간이 없었다. 궁색하기만 한 살림살이였다. 당장 아궁이에서 빠져나온 가마솥과 놋그릇 몇 개에 묻은 흙탕물을 씻어낼 물도 없었다. 뻘과 더러운 오물 속을 다니는 동안 애기 엄마의 허벅지에는 좁쌀만 한 붉은 반점들이 번졌다. 고무신은 진작 뻘 속 어딘가에 박힌 뒤였다.

눈물도 나지 않았다. 잠을 자지 못해 두 눈이 뻑뻑하고 시렸다. 눈가가 짓무르고 누런 눈곱도 딱딱하게 끼었다. 직감으로 남편이 영영 돌아오지 못하리라는 걸 알았다. 그녀는 나무 꼬챙이로 뻘을 찍으면서 걸었다. 혹시 남편의 시신이라도 찾을 수 있을지 몰랐다. 하룻밤 사이에 스무 살의 나이를 한꺼번에 먹어버린 것 같았다. 모르긴 몰라도 이것이 세상의 끝 모습일지도 모른다는 생각을 했다. 어린 시절 예배당에서 들었던 노아의 방주 이야기를 떠올리면서 그녀는 풍경을 내려다보았다.

붉은 흙탕물 위에도 산 그림자는 비쳤다. 골짜기와 나무 한 그루 놓치지 않고 다 비추었다. 산속에는 유난히 굴이 많았다. 전쟁 중에는 사내들이 그 굴속에 들어가 숨어 지내기도 했다. 가끔 바람이 불면 그 굴들에서 웅웅거리는 소리가 나기도 했다. 산 그림자가 비친 흙탕물 수면에 파문이 일었다. 흙탕물 가운데를 가로지르면서 천천히 자동차 한 대가 마을로 들어서고 있었다.

세상의 끝이 있다면 또 다른 시작은 이렇게 시작되는 걸지도 모른다고 어린 엄마는 생각했다. 왠지 코끝이 '쌔했다'. 달리 그 장관을 말할 뾰족한 표현은 떠오르지 않았다. 자동차를 본 조무래기들이 환호성을 질렀다. 급한 마음을 두 다리가 따라잡지 못했다. 뻘 위에서 아이들은 엎어지고 자빠지면서 깔깔거렸다. 오랜만에 아이들의 웃음소리가 울려 퍼졌다. 자동차 문에 쓰인 글자를 보았다. 자음과 모음을 해체해놓은 듯 쓰인 그 글자를 '시발'로 읽는다는 건 나중에 알았다. 그 자동차는 전쟁 중 미군이 타고 다니던 지프와 흡사했다. 그 절망의 와중에 그들이 신기한 듯 쳐다보던 그 시발 자동차가 이미 서울에서는 화려했던 그 대단원의 막을 내리기 시작했다는 걸 이곳 사람들이 알 리 없었다. 서울 사람이라면, 한 번이라도 서울역 광장에 내려선 사람이 있었더라면 서울역 앞에 대기하고 선 수십 대의 시발 택시가 만든 장관을 보았을 것이다. 물론 이 마을 젊은이 가운데에도 서울로 떠난 이들이 몇 있었지만 그들 중 아무도 돌아오지 않았으니 그 장관은 사람들의 입에 오르내리지 않았다. 이곳은 반년에 한 번, 자동차를 볼까 말까 한 벽촌 중 벽촌이었다.

전쟁 중 파괴된 자동차들의 부품을 활용하여 만들어진 시발 자동차는 그 자동차를 타고 어머니가 이곳에 들어서던 그날로부터 불과 일 년 뒤에 생산이 중단된다. 태풍 노라호가 이 땅에 상륙한 것이 팔월 초였으니 이미 그때쯤 서울에서는 시발과는 전혀 다른 유선형의 외형을 갖춘 새마을이라는 자동차가 시판되면서 시발 자동차의 판매량은 급격히 떨어지고 있을 때였을 것이다. 이미 구식으로 전락한 시발 자동차가 이곳에서는 때 아닌 환대를 받고 있었다.

검게 탄 마을 어른들도 하나, 둘 일손을 놓고 허리를 폈다. 나이보다 지나치리만큼 해맑아 겁먹은 짐승의 눈동자 같은 수많은 눈동자들이 조용히 자동차의 꽁무니를 좇았다. 흙탕물로 뒤덮여 원근이 사라진 탓에 앞산은 예전보다 훨씬 가깝게 다가와 있었다. 시발 자동차는 앞산 중간쯤에 가 섰다. 차문이 열리고 차 밖으로 열 살쯤 되는 계집아이의 발처럼 작은 두 발이 나타났다. 검은 가죽구두를 신은 그 발은 곧 붉은 뻘 속에 콕 박혔다. 그리고 잠시 뒤에 두 발의 주인이 얼굴을 드러냈다. 작은 발처럼 작고 마른 여자였다. 숱 많지 않은 머리를 가지런히 빗어 뒤에서 묶었는데 작은 머리통이 꼭 참새 같았다. 하관이 빤 얼굴이 무표정하게 이곳저곳을 천천히 둘러보았다. 여자는 값진 신발이 그렇게 더럽혀졌는데도 전혀 아랑곳하지 않았다.

그 시절을 기억하는 사람들은 이제 마을에 몇 남아 있지 않았다. 그때 시발 자동차를 향해 넘어지고 자빠지면서 뛰어가던 조무래기들 중 대부분이 신신양회의 밥을 먹고 잔뼈가 굵었지만 십여 년 전 신신양회의 몰락에는 뒤돌아보지 않고 마을을 떴다. 살아남은 노인들은 차라리 세상을 먼저 뜬 노인들이 행복하다고 푸념을 하기도 했다. 넉넉하지는 않았지만 신신양회 그늘 속에서는 최소한 끼니 걱정을 하지 않았다. 그랬기에 누구보다도 신신양회의 재건을 반긴 건 마을 사람들이었다. 신신양회가 재가동되고 시멘트 생산에 박차를 가하면서 마을은 완연한 활기를 되찾았다. 이제 마을은 시발 자동차가 뭔지도 모르는 젊은 뜨내기들로 넘쳤다.

이상한 것은 그 장면을 목격했을 것이 분명한 사람들도 시발 자동차가 마을에 들어서던 그날은 하얗게 잊고 시간을 건너뛰어 텅 빈 벌판 위 거대한 산을 등지고 선 공장의 위용을 가장 먼저 떠올린다는 것이었다. 최영주는 마치 그 거대한 공장이 요정 지니가 마술이라도 부린 것처럼 하루아침에 어디에선가 날아와 그 자리에 놓인 것처럼 마을 사람들 머릿속에 자리 잡고 있는 것을 보았다.

이 마을은 수십 년 동안 신신양회의 그늘 아래 있었다. 근대화의 과정이 신신양회와 맞물렸다. 농촌에 불어닥친 새마을운동보다도 빨랐다. 한때 그 마을은 여름이면 강물이 넘치고 집이 떠내려가고 사람이 죽던, 아무것도 내세울 것 없던 깡촌이었지만 어느 순간부터 다른 마을보다 앞서 나가기 시작했다. 어느 순간 신신양회는 자연스럽게 그들 사이에 신앙처럼 자리를 잡게 되었을 것이다. 어쩌면 스물네 명의 사망자로 끝나지 않았을지도 모를 사건이었는지도 모른다고 최영주는 생각했다.

전대미문의 사건을 좇아 이 마을로 들어서면서 최영주는 그 사건이 회자될 때마다 따라붙는 기담과도 같은 여러 사건들을 떠올렸다. 그중 하나가 바로 인민사원 사건이었다. 1978년 남미의 작은 공화국 가이아나에서 914명의 시체가 발견되었다. 그중 276명은 어린아이였다. 그들은 독약을 탄 오렌지주스를 나눠 마셨고 맨 나중에 교주인 짐 존스는 권총으로 자신의 삶을 마감했다. 집단 자살로 알려진 인민사원 사건이 신도들이 스스로 죽음을 택한 것이 아니라 교주인 짐 존스의 강요에 의해 일어난 살인 사건이라는 것이 나중에 생존자들에 의해 밝혀졌다. 신도들은 짐 존스를 아빠(dad)라고 불렀다.

이 마을에 들어오는 여느 사람들처럼 최영주도 고만고만한 집의 지붕들 위로 우뚝 솟아오른 신신양회를 제일 처음 보았다. 국도를 벗어나자마자 저 멀리 신신양회가 나타났다. 아이들이 좋아하는 만화 캐릭터가 굴뚝 맨 꼭대기에 그려져 있어 이곳이 초행인 그도 길을 잘못 들 염려는 없었다.

파스텔톤의 색을 입힌 공장은 시멘트 공장처럼 보이지 않았다. 대용량의 사일로 속을 채운 것은 시멘트가 아니라 젖소들이 일 년 내내 먹을 사료일 것 같았다. 종종 버려진 공장이나 폐교가 몇몇 예술가들에 의해 작품으로 재탄생되는 것을 보았다. 신신양회의 외관이 딱 그랬다. 그래서 외려 마을의 분위기와는 동떨어진 듯했다. 지나치게 명랑하다는 것이 첫인상이었다. 아마도 십수 년 전 그곳에서 일어났던 불미스러운 사건을 기억하고 있는 사람이라면 더욱더 그런 생각을 지울 수 없을 것이다. 화려한 공장 외관은 애써 그 기억을 떨쳐버리려는 자의 작품이 분명했다. 그 일은 쉽게 잊혀질 사건이 아니었다. 최영주가 입수한 한 장의 사진. 그 사일로 둘레를 한복을 차려입은 아이들과 어른들이 손에 손을 잡고 둘러서 있는 사진은 그래서 더욱 인상적이었다.

나는 어머니와 마을 사람들의 반목을 지켜보았다. 쓰레기 시멘트와 오염과 소음 문제는 비단 우리 신신만의 문제가 아니었다. 시대는 바뀌고 있었다. 문제는 시대의 요구에 어머니가 발맞추지 않았다는 것이다. 마을 주민들의 요구를 들어주는 대신 어머니는 편법을 썼다. 몇몇 시멘트 회사와 손을 잡고 쓰레기 시멘트를 합리화하려고 했다. 몇몇 관계자들에게 뇌물을 주었다. 나는 기태영에게 수시로 그 사실을 말해주었다. 서울에서 대학을 다니고 있던 기태영과 언니들은 그 사실을 까맣게 몰랐다. 나는 순박한 마을 사람들이 한순간 폭도로 돌변하는 것을 목도했다. 사람들은 변덕스러웠다. 예전처럼 시멘트 분진이 마을을 뒤덮게 둘 수는 없었다. 비가 내려 분진을 쓸어내 주기만을 기다릴 수는 없었다. 우리는 공해 방지 시설에 투자를 아끼지 않았다. 마을의 각종 행사에도 지원을 아끼지 않았다.

새로운 시설의 도입으로 소음도 줄고 분진도 덜 날린다는 소문이 자자했지만 마을 초입에서부터 시멘트 공장의 폐해로 보이는 것들을 어렵지 않게 목격할 수 있었다. 토양은 오염되었다. 사람들에게서는 아직 나타나지 않았지만 마을에 기형 소 한 마리가 태어났다. 두 다리 사이에 짧은 다리 하나를 더 달고 있었다. 기형 소는 텔레비전 방송을 탔고 환경부 산하 연구소의 사람들이 마을을 드나들기도 했다. 마을 어디에서나 고개를 조금만 들면 공장이 올려다보였다. 마을 주민들은 하나같이 이렇게 말했다. 이곳을 벗어나기 전에는 결코 신신의 그늘에서 벗어날 수 없다고.

읍은 그 규모의 다른 읍과는 달리 밤 깊도록 활기가 넘쳤다. 신신의 근로자들 때문이었다. 짙은 화장을 한 아가씨들이 짧은 치마를 팔락이며 지나갔다. 술 취한 남자의 고함 소리가 골목에서 새어 나오기도 했다. 가게에서 틀어놓은 음악들이 거리에서 쿵쿵 울렸다. 짧은 번화가에 늘어선 가게들 모두 환하게 불을 밝혔지만 서울보다는 빨리 밤이 찾아오는 곳이었다. 번화가에서 공장으로 이어지는 도로를 제외한 다른 곳은 일찍 어둠에 묻혔다. 중간 중간 짙은 어둠이 고인 곳은 공터이거나 논밭이 분명했다. 최영주는 창을 열어둔 채 천천히 차를 몰았다. 속도를 내라고 뒤에서 경적을 울려댈 차도 없었다. 짙은 어둠으로 들어설 때마다 샴푸 향과도 같은 풀 비린내가 훅 끼쳐왔다.

어둠은 신신양회가 있는 산에서부터 몰려오고 있었다. 띄엄띄엄 가로등이 서 있었지만 인적이 끊긴 도로는 어두웠다. 가로등 불빛을 따라 거대한 띠를 이루며 날벌레들이 들끓었다. 저 멀리 반듯하게 잘라낸 채석장의 테두리들이 희끗하게 빛났다. 어둠에 잠기자 동화 같은 신신양회는 사라지고 결코 아름답지 않은 공장과 광산의 윤곽만이 드러났다. 직원들이 퇴근하면서 공장 양 옆에 솟아오른 거대한 굴뚝들이 뿜어대던 연기도 끊겼다. 두 개의 거대한 굴뚝은 마치 외부인으로부터 그곳을 지키는 거대한 파수꾼처럼 보였다. 어둠 속에서야 신신양회는 그가 이곳에 오기 전 막연히 떠올리던 신신양회의 모습과 흡사해졌다. 그제야 그곳에서 석연찮은 죽음들이 있었다는 사실을 받아들일 수 있었다. 최영주는 어둠 속에서 차의 시동을 껐다. 금방 차 안이 젖은 풀과 흙 냄새로 들이찼다.

철제 정문 저 너머에서 자동차 헤드라이트 불빛이 나타났다. 불빛 앞으로 하얗게 길이 살아났다. 두 개의 철문이 호를 그리며 열리고 동시에 경비실에서 허겁지겁 뛰어나온 경비원이 자동차 꽁무니가 멀어질 때까지 경례를 했다. 잠시 뒤 그 차는 최영주의 차 앞을 지나갔다. 헤드라이트 불빛에 눈이 시려 최영주는 얼굴을 찌푸렸다.

다시 육중한 철문이 삐걱대면서 닫혔고 신신양회는 어둠에 잠겼다. 지금도 여전히 그곳에서는 알 수 없는 일들이 버젓이 벌어지고 있었다. 기자의 직감이었다. 도대체 A는 무엇일까. 자신이 추측했던 것처럼 아마조네스의 A일까. 그렇다면 저 안에 자신을 닮은 그 여자가 있는 것일까. 호손의 소설 『주홍 글자』에서처럼 자신을 닮은 여자가 김준의 아기를 키우면서 살아가고 있는 것일까. 얼토당

토않은 생각이었다. 하지만 그곳에서는 수많은 사람들이 죽었다. 지금껏 진실이 밝혀지지 않았다. 대체 그 여자는 죽은 그 사람들과 무슨 관련이 있는 걸까. 그들이 죽음을 택하면서까지 지키려고 했던 것은 대체 무엇이었을까.

한 노파만은 1962년 시발 자동차가 흙탕물 위에 파문을 일으키며 마을로 들어서던 일을 어제 일처럼 선명히 기억하고 있었다. 차문이 열리고 나타난, 검은 구두 신은 두 발은 기껏해야 열 살 계집아이 발처럼 작았다고 했다. 그 값진 구두가 붉은 뻘 속에 콕 박히는 장면도 마치 지금 눈으로 보고 있는 것 같았다. 그 말을 할 때 노파는 희미하게 웃었다. 어느새 어린 엄마도 노파가 되었다. 하지만 노파가 되어서도 열여덟 그날의 그 충격은 고스란히 다 기억하고 있었다. 결국 남편의 시신은 찾지 못했다.

그때까지도 어린 엄마는 마을을 벗어나 멀리 가본 적이 없었다. 기차도 본 적 없었다. 시발 자동차에서 내린 그 여자는 그녀가 지금까지 봐온 여자들과 달랐다. 대체 어디에서 온 여자일까. 어느 별에서 뚝 떨어진 여자 같았다. 작은 체구 때문에 더 실감이 나지 않았을는지도 모른다. 그녀는 자신의 어머니가 그랬듯, 할머니가 그랬듯 혼자 구시렁댔다. "조선 여자가 맞나?"

그날 이후로 어린 엄마는 그 여자를 줄곧 의식했다. 그 여자에게도 남편이 없었다. 어린 엄마처럼 그녀에게도 한두 달 앞서는 젖먹이 아기가 있었다. 나이는 자신보다 예닐곱 살쯤 위였을까. 많아봤자 열 살까지는 차이가 나지 않을 듯했다. 하지만 그만큼의 시간을 따라잡는대도 자신은 결코 그 여자처럼 될 수 없으리라는 것을 알았다. 둘은 애당초 다른 별에서 온 사람들이었다.

1962년 그해 가을, 공장의 기초공사가 시작될 무렵 어린 엄마는 마을의 젊은 여자들 몇과 차출되어 공장 일을 돕기 시작했다. 그해 가을도 여느 해와 마찬가지였다. 지난여름 태풍에 과실수들의 절반도 넘는 열매들이 낙과했다. 흙탕물 속에서 추려 세운 벼에 전염병이 돌았다. 예전 수확량의 반의반도 되지 않을 게 뻔했다. 이대로라면 마을 인심도 흉흉해질 대로 흉흉해질 판이었다. 자신은 물론 당장 아기의 배를 곯리게 생겼다. 하지만 때맞춰 그 여자가 이곳에 왔다. 구세주가 틀림없었다. 여자는 마을 남자들을 불러 모았다. 강물이 넘치지 못하도록 제방을 튼튼히 쌓았다. 길도 새로 닦기 시작했다. 당연히 마을 사람들이 해야 할 일이었다. 해야 할 일을 하면서도 그들은 보수까지 챙겼다.

어린 엄마는 공장 터를 닦는 일꾼들에게 밥을 해주었다. 기술이 따로 필요 없는 잡역 일에는 마을 남자들도 앞다퉈 끼었다. 식당이 있을 리 없었다. 기초공사로 다져진 넓은 공터 한쪽에 천막을 치고 흙으로 반죽해 간이 아궁이를 만들어 솥을 걸었다. 그녀가 밥은 안치고 멀건 된장국을 끓이는 동안 아기는 한쪽에 놓인 커다란 '다라이' 안에서 놀았다. 아기가 울어도 제때 안아줄 수 없었다. 하도 누워 있어 아기의 뒤통수는 납작해졌다.

두 손이 퉁퉁 붓도록 식당일을 하던 어린 엄마가 여자의 아기를 돌보게 된 건 순전히 또래의 아기 엄마란 이유 때문이었다. 다행히 젖은 풍부했다. 촌에서 나는 음식이야 빤했지만 공장에선 늘 양껏 밥을 먹을 수 있었다. 두 아기가 먹고도 남아 늘 양 가슴패기에 젖이 샌 얼룩이 남아 있곤 했다.

노파는 오래된 사진첩에서 두 아기가 어린 엄마의 왼쪽과 오른쪽 가슴에 매달려 함께 젖을 빨고 있는 사진을 찾아 보여주었다. 누렇게 변색된 사진 속에서 누가 어린 엄마의 아기이고 누가 '어머니'의 아기인지 단박에 드러났다. 벌거벗어 드러난 한 아기의 날엉덩이 때문만은 아니었다. 분명 두 아기는 입성부터가 달랐다. 그렇지만 그것만으로도 설명되지 않는 그 무언가가 있었다. 어린 엄마만큼 그 사실을 알고 있는 사람도 없었다. 자신이 결코 어머니를 따라잡을 수 없는 것처럼 자신의 아기 또한 어머니의 아기를 따라잡지 못할 거라는 걸 알고 있었다.

어린 엄마는 두 아이가 동시에 울면 먼저 어머니의 아기부터 안아 얼렀다. 젖도 어머니의 아기부터 먼저 물리고 보았다. 그럴 때면 자신의 아기는 가까스로 제 어미의 치마를 붙들고 일어서서 얼굴을 비벼대며 칭얼거렸다. 자신의 아기를 안아주지 못할 때면 어린 엄마는 자신이 안고 있는 다른 아기의 이목구비를 조목조목 뜯어보았다. 대체 어디에 복이 붙어 있는 걸까. 누군진 몰라도 아마 이 아이는 어느 지체 높은 집의 자손이겠지.

어머니의 아기는 제 엄마보다도 어린 엄마를 더 잘 따랐다. 아기들은 그녀의 팔 하나씩을 베고 잠이 들었다. 그 아기들이 젖을 뗄 무렵 공장은 어느 정도 꼴이 갖추어졌다. 공장 한켠의 방에서 기숙하면서 어린 엄마는 두 아이를 돌보았다. 그때까지도 마을 사람들은 사일로가 뭔지 알지도 못했다. 커다란 통을 그냥 비워 두고 있다는 것이 아깝고 신기할 따름이었다. 비어 있으니 뭔가 채울 거라는 건 알았지만 마을 어디를 둘러보아도 그 속을 채울 건 보이지 않았다. 마을 사람들은 자신들이 어려서 숨바꼭질을 하며 놀고 전쟁통에는 남자들의 은닉처가 되었던, 굴이 숭숭 뚫린 그 산의 부가가치에 대해 알지 못했다. 몇 년 뒤 첫 발파가 있던 날 마을 사람들 몇은 기겁해서 맨발로 집을 뛰쳐나오기까지 했다. 또 전쟁이 터진 모양이라고 생각한 사람들도 더러 있었다.

아이들을 돌보고 있으면 가끔 그 방 앞으로 어머니가 지나갔다. 어머니는 늘 제 키의 곱절쯤 되는 키 큰 사내들 틈에 묻혀 있었다. 그들은 이곳저곳에서 둥그렇게 모여 서서 회의를 하곤 했는데 그럴 때면 어머니의 모습은 아예 보이지도 않았다. 어머니는 늘 종종댔다. 지나치다 잠깐 방 안을 들여다볼 뿐 아기를 한번 안아줄 시간조차 없었다. 그 방 안에서 두 아기는 맞수였다. 한 아기가 걸음마를 먼저 떼면 다음엔 다른 아기가 금방 따라잡고 뛰었다. 한 아기가 박수를 치고 옹알옹알 노래를 따라 부르면 다른 아기는 제가 본 것들을 그대로 흉내 내서 어린 엄마를 웃겼다.

어머니는 남자들을 다루는 일에도 능수능란했다. 새파랗게 젊은 여자였지만 어느 남자 하나 허투루 어머니를 대하지 않았다. 툭하면 '나이'나 '여자'부터 들먹이던 마을의 나이 든 남자들도 깍듯하게 "사장님"이라고 부르며 예대를 했다. 단 한 번도 그들이 어머니의 뒤에 대고 침을 뱉는 걸 보지 못했다. 어머니는 그들이 제멋대로 할 수 있는 자신의 '여편네'가 아니었다. 그런가 하면 공장을 드나드는 몇몇 사내들은 노골적으로 남편 없는 어린 엄마를 욕정 가득한 눈으로 바라보곤 했다. 꼬리 긴 휘파람이 따라올 때도 있었다. 끝이 올라간 가벼운 휘파람 소리를 들을 때마다 그녀는 치욕스러웠다. 남세스럽고 부끄러워 종종걸음 치며 그곳을 피하고 보았다. 오랫동안 사내들의 웃음소리가 뒤따라왔다.

어떻게 알았는지 어머니가 그녀에게 충고를 한 적이 있었다. 어머니는 어린 엄마보다도 키가 작았다. 어머니는 살짝 그녀를 올려다보았고 그녀는 어머니를 살짝 내려다보았다. 어머니의 말은 군더더기가 없었다. "피하지 말고 똑바로 남자들을 쳐다봐. 싫으면 싫다고 말하고 좋으면 좋다고 말해." 그때까지 그녀에게 그런 식으로 이야기를 해준 사람은 없었다. 생리가 시작되면서부터 귀가 닳도록 잔소리만 들었다. 그녀를 감시하고 단속한 건 어머니를 비롯한 여자들이었다. 여자들이 잘못했을 때 처벌을 내리는 것도 여자들이었다. 같은 여자인데도 봐주지 않았다. 부정을 저지른 여자를 기어코 마을에서 내치기도 했다. 그러니 싫으면 싫다고 좋으면 좋다고 말하라는 어머니의 이야기는 새로운 세상의 이야기로 들릴 수밖에 없었다.

그로부터 몇십 년 뒤 마을 사람들이 어머니의 차에 달걀을 던졌다. 달걀노른자가 터졌고 알끈이 차창을 타고 흘러내렸다. 성난 사람들이 공장 안으로 난입해서 공장의 기물을 때려부수었다. 나중에는 시멘트를 훔쳐내기도 했다. 그들 중에 그녀의 아들도 끼어 있었다. 그 아들을 노파는 애써 말리지 않았다. 더럽혀지는 자동차를 지켜보다 돌아서면서 노파는 움찔했다. 자신의 심중에 오랫동안 꾹꾹 눌러 숨겨왔던 감정이었다. 자신도 몰랐던 감정이었다. 수십 년 동안 존경심으로 위장해왔던, 어머니에 대한 케케묵은 시기심이었다.

나중에야 노파는 자신이 어머니에 대해 가지고 있던 감정이 공포였다는 것을 알게 되었다. 어린 엄마는 자신보다 일고여덟 살밖에 많지 않은 어머니를 두려워했다. 그녀는 물론 공장과 마을 사람들 대부분이 어머니를 두려워했고 자연스럽게 어머니와의 수직적인 관계를 받아들였다. 신신은 이 마을의 종교였다.

어느 날부터 어머니의 아기는 사라졌다. 일곱 살 무렵이니 아마 국민학교에 진학하느라 그곳을 떠난 모양이었다. 자연스럽게 어린 엄마는 식당으로 돌아왔다. 그때쯤 그녀는 짓궂은 공장 근로자들의 농담을 천연덕스럽게 받아낼 수 있게 되었다. 더 이상 그녀의 뒤에 대고 휘파람을 부는 남자도 없었다. 그녀가 매력이 없어졌다는 말은 아니었다. 그녀는 어머니의 충고대로 수작을 걸어오는 남자들에게 쏘아붙였다. 공장을 드나드는 남자들 중 하나와 연애를 하기도 했다. 한동안 그녀는 그 아이를 기다렸다. 어느 날에는 아이의 목덜미에서 나던 냄새가 사무치게 그리워지기도 했다. 하지만 그 뒤로 단 한 번도 그녀는 아기를 볼 수 없었다.

시시콜콜한 걸 다 기억하는 노파도 그 아기의 이름만은 기억하지 못했다. 어머니는 늘 그 아기를 이렇게 불렀다고 했다. "아가야!" 노파는 물론 그 아기를 아는 모든 사람들이 다 그 아기를 '아가'라고 불렀다. 일곱 살 공장을 떠날 때까지 이름 대신 아가라고 불리었던 남자. 그 '아가' 이야기를 할 때 노파의 입가엔 웃음이 떠나지 않았다.

노파는 이십여 년 뒤 젊은 여자들에게 식당일을 내줄 때까지 신신양회에서 일을 했다. 노파는 그 여자들을 '중창단'이라고 불렀다. 왠지 그 여자들의 분위기가 텔레비전에서 보던 방송국의 중창단과 비슷했다고 했다. 하지만 한 번도 그녀들이 노래를 부르는 건 들어보지 못했다고 덧붙였다. 비슷한 또래의 젊은 여자들이 어떻게 신신에 오게 되었는지 그 속사정까지 노파는 알지 못했다. 단지 그들이 처음부터 식당일을 맡았던 건 아니라고 했다. 가끔 그들은 단체로 맞춘 듯한 똑같은 옷을 입고 공장을 빠져나가곤 했다고 했다. 똑같은 머리 모양과 비슷한 체형 때문에 가까이에서 보지 않으면 누가 누구인지 분간이 가지 않았다고 했다.

그 '아가'가 오면 이제라도 단번에 알아볼 수 있을 거라고 장담했지만 노파의 두 눈은 비료 포대를 뒤집어쓴 것처럼 부옜다. 너무도 많은 것을 봐버린 듯한 눈이었다. 제때 치료하지 않은 바람에 백내장이 손쓸 수 없게 진행된 듯했다. 앞이 잘 보이지 않게 된 대신 노파는 과거의 장면 하나하나를 곱씹으면서 하루하루를 지내고 있었다. 어머니의 아기와 함께 자란 노파의 아들은 신신양회의 그 사건 뒤 집을 떠났다. 오랫동안 집엔 오지 않은 듯했다. 그렇지 않았다면 노파의 눈이 저 지경이 되도록 방치하지는 않았을 것이다. 작은 집 곳곳에서 노파의 부지런한 천성이 느껴졌다. 노파는 다 이야기했지만 하나만은 가슴에 묻어두었다. 새록새록 모든 것이 기억나는 것만큼이나 불쑥불쑥 어머니에 대한 죄책감으로 힘이 든다는 사실을, 어머니가 죽은 지 여러 해가 흘렀지만 여전히 그녀를 떠올릴 때마다 그녀가 두려워진다는 사실을, 마을 사람들이 다 등을 돌려도 자신만은 그러지 말았어야 했다는 걸, 인간의 탈을 쓰고 해서는 안 될 일을 했다는 사실을.

신신을 되찾았다는 기쁨도 잠시, 나와 기태영 사이에 갈등이 시작될 무렵 최영주는 이미 우리의 꼬리를 거의 다 붙잡은 뒤였다. 그 사실을 까맣게 몰랐던 나는 태평했다. 나는 우리들의 미래가 언제까지나 우리 앞에 펼쳐져 있을 거라고 생각했다. 나는 홀로 어둠 속을 가는 사람처럼 천천히 가자고 작정했다. 그 무렵 최영주는 이미 우리 마을에 들어와 있었다. 문득문득 누군가 지켜보고 있다는 느낌에 사로잡혔지만 지나친 강박이라고 애써 흘려 넘겼다. 오십 주년 창립 기념일에서 만난 차갑고 축축한 손과 다시 만나게 될까 봐 두려웠다. 나는 그 사실을 아무에게도 말하지 않았다. 내 이야기라면 믿고 보는 은영 언니도 이야기를 지어내는 어릴 적 병이 또 도졌다고 놀릴 게 뻔했다. 머릿속에서 혹이 다시 자라는 모양이라고 걱정이 늘어질 게 뻔했다.

최영주는 1962년, 신신양회가 설립되는 당시의 상황을 알기 위해 마을 사정에 밝은 노인들부터 물색했다. 이미 많은 노인들이 세상을 뜬 뒤였다. 살아 있는 노인들 또한 생각보다 그 당시 일을 기억하는 이들이 많지 않았다. 그나마 노인들은 삼천포로 빠지기 일쑤였다. 기껏 이야기의 핵심으로 들어설라치면 난데없이 손사래를 치며 웃어넘겼다. "다 지난 과거사를 꺼내 좋을 게 뭐 있어? 다 없었던 걸로 쳐버려." 며칠째 이야기는 제자리를 맴돌고 있었다.

그 노인들도 신신양회에서 일어났던 일에 대해서는 함구했다. 말하지 않는다고 아예 없던 일이 되는 게 아니라는 걸 알았지만 어쩔 수 없었다. 그 일을 떠올릴 때마다 그들은 누구나 죄책감에 사로잡혔다. 신신양회가 문을 닫은 그 몇 년 동안에도 마을 사람들은 신신의 영향에서 벗어나지 못했다. 마을 어디에서나 고개를 들면 그 흉물스러운 철골 구조물이 눈에 들어왔다. 가게들은 문을 닫았다. 생계가 막막해진 젊은 사람들은 고향을 떴다. 마을을 드나들던 버스의 편수도 줄었다. 마을은 고립되었고 한순간 쇠락했다. 그때를 기억하는 마을 사람 누구도 그때로 되돌아가고 싶어 하지 않았다.

신신양회는 가장 오래된 시멘트 회사 중 하나였다. 수십 년에 걸쳐 지역향토기업으로 성장했다. 비록 지금은 규모와 시설면에서 월등히 앞선 다른 대기업들에 그 자리를 내주었지만 한창때는 신신양회의 시멘트가 들어가지 않는 곳이 없을 정도였다. 수년 전 젊은 사람으로 주인도 바뀌고 쓰레기 시멘트라는 오명을 벗기 위해 시설에 과감한 투자를 했다고 하지만 정상적인 궤도에 오르려면 아직도 시간이 필요했다. 아직도 많은 사람들이 신신양회, 하면 시멘트보다 그 일부터 떠올리는 것도 골칫거리였다. 그 사건은 십수 년이 지난 이날까지도 여전히 미제의 사건으로 남아 있었다. 사건의 비밀을 쥐고 있는 이들은 모두 죽었다. 죽은 자는 말이 없었다. 단 한 사람의 목격자가 있기는 했다.

최영주는 단 한 번 먼발치에서 기태영을 본 적이 있었다. 몇 년 전 시내의 한 호텔 앞이었다. 옆에 있던 동기가 최영주를 툭 치더니 턱짓으로 앞에 선 누군가를 가리켰다. 그는 경제 쪽으로 정보통이었다. 정장 차림이었지만 그들과 비슷한 또래의 남자였다. 좀 과묵해 보인달까, 그는 옆에 선 한 아가씨의 얼굴을 내려다보면서 알 듯 말 듯한 미소를 짓고 있었다.

고깝다는 듯 동기의 입 끝이 치켜 올라갔다. "이름만 대면 알 만한 거물의 자식이라는 소문이 자자해. 누군지 밝힐 수는 없지만 말야." 아니면 무슨 수로 별안간 신신양회를 떠맡았겠느냐고 했다. "뭐? 신신?" 그때까지도 최영주는 신신양회에 대해 잘 알지 못했다. 동기의 말을 대수롭지 않게 흘려들었다. 그쪽으로는 문외한이었다. 대신 스물네 명이 죽은 사교 집단이라고 말했다면 빨리 알아들었을 것이다. 그냥 운 좋은 젊은이 하나를 보고 있다고 생각했다. 세상에 운이 좋은 젊은이는 쌔고 쌨다. 만약 최영주가 신신양회와 한동안 세상을 떠들썩하게 했던 그 사건을 한 번에 연결 지었더라면 기태영과 그 옆에 선 아가씨를 유심히 눈여겨보았을 것이다. 가만히 서 있었지만 그 아가씨의 두 눈이 주변의 소리와 사람들이 지나치면서 일으키는 바람 어느 것 하나 놓치지 않으려 기민

하게 움직이는 것도 알아챘을 텐데 말이다. 그렇다면 그 아가씨가 그 사건 현장에서 살아남은 유일한 사람이자 목격자라는 것도 알았을 것이다.

최영주는 금방 그 자리를 떴다. 그가 그 자리에 좀더 있었더라면 투덜대면서 호텔을 빠져나오는 안은영을 보았을 것이다. 다른 때와는 달리 성장을 했기 때문에 어쩌면 그의 눈썰미로는 한두 번 김준의 공연장에서 마주친 적이 있는 김준의 코디 얼굴을 알아보지 못했을 수도 있다. 스태프 사이에서 회초리로 불리던 안은영의 얼굴을 최영주는 또렷이 기억하지 못했다. 하지만 한 발짝 뒤이어 아이의 손을 잡고 나온 서정인은 한 번에 알아볼 수 있었을 것이다. 말 한마디 나눠보지 못한 채 정인 언니를 놓친 뒤로 최영주는 한번도 언니를 잊은 적이 없었다. 자신과 닮은 정인 언니의 얼굴을 떠올릴 때면 꼬리표처럼 자연스럽게 주홍 글자 A가 떠올랐다.

신신양회를 설립했고 수십 년 동안이나 대표 자리에 앉아 있었던 '어머니'에 대한 정보는 신통치 않았다. 노파의 증언처럼 어머니는 어느 날 다른 별에서 지구에 불시착한 외계인이라도 되는 듯했다. 두어 번의 산업훈장까지 받은 사람치고는 1962년 이전의 행적이 묘연했다. 분명 어머니는 1962년 다음 해면 단종되는 시발 자동차를 타고 이곳에 들어왔다. 그렇다면 어머니는 대체 어디에서 오는 길이었을까.

마을 사람들을 하나 둘 만나면서 최영주는 마을 사람들의 기억에 남아 있는 어머니에 대해 놀라는 중이었다. 언론에서는 그녀가 사교 집단의 우두머리이며 종교를 빌미로 신도들의 돈을 갈취했다고 보도했다. 어머니가 이곳에 들어왔을 때는 고작 스물일고여덟 살의 젊은 여자였다. 물론 지금과는 여러 가지로 사정이 달랐다. 전쟁으로 쑥대밭이 된 이 땅에서 어린아이들은 나이보다도 빨리 조숙해졌다. 미군이 남긴 군복을 입고 구걸하는 한 소년의 사진을 보고 놀란 적이 있었다. 도무지 소년의 눈이라고는 생각할 수 없는 번뜩이는 눈이 어린아이의 얼굴 속에 박혀 있었다.

누구든 어머니에 대한 이야기는 계집아이처럼 작은 체구로부터 시작했다. 하지만 끝은 달랐다. 어느새 어머니는 키 백팔십 센티미터가 넘는 건장한 사내처럼 묘사가 되었다. 어머니를 기억하고 있는 남자들은 모두 혀를 내둘렀다. 웬만한 남자 열을 능가하는 여자였다고 했다. 문득 최영주는 알렉산드로스 대왕의 머리에 생긴 두 뿔이 떠올랐다. 인간의 아들이었던 그가 어느 순간 사람들에 의해 신격화되기에 이른다. 두 뿔은 그가 제우스-암몬 신의 아들이라는 표시였다.

어머니가 들어온 뒤로 마을은 급격히 변모하기 시작했다. 여름이면 작은 비에도 넘치던 강둑에 제방을 새로 쌓았다. 강물에 툭하면 휩쓸려 떠내려가던 다리도 새로 놓았다. 빗물에 휩쓸려 떠내려온 나무들이 비좁게 설치된 교각 사이에 걸리고 그 때문에 막히면서 강물이 불어 넘쳤다고 말한 것도 바로 어머니였다. 교각 사이를 더 넓혀 다리를 놓는 일은 만만치 않았다. 어머니는 기술자들을 모아놓고 종이 위에 직접 다리 모양을 그리기도 했다. 그들은 한 번도 구경하지 못한 다리였다. 시간이 한참 흐른 뒤에야 어머니가 그린 그 다리가 미국의 금문교와 비슷했다고 회고하는 사람들이 있었다. 기술자들이 난감해하자 어머니는 한심하다는 듯 고개를 절레절레 흔들었다고 했다. 그렇다면 어머니는 이미 그전에 금문교를 본 적이 있었던 게 확실했다.

마을에 신작로가 들어섰다. 마을 사람들 대부분이 신신양회에서 일했다. 먹을 것이 없어 더 이상 배를 주리지 않아도 되었다. 또 하나 최영주는 요즘 여자들보다 더 개방적인 이곳 여자들의 모습에 놀랐다. 이 마을에서는 유독 여자들의 입김이 셌다. 여자들은 무람없이 남자들을 대했다. 자신보다 힘센 남자 앞이라고 주눅이 드는 법이 없었다. 예순을 넘긴 남자들도 말문이 막힐 때마다 자신의 아내를 봤다. 남자들이 시작해놓고 끝맺지 못하는 말들을 아내들이 건네받았다. 가끔 남자들의 말에 아내들이 끼어들어 잘못된 부분을 바로잡기도 했다. 그러다 어떤 아내들은 누가 들으랄 것도 없이 큰 소리를 냈다. 그때 그렇게 속없이 부화뇌동할 일이 아니었다고 했다. 다 모자란 남자들 탓이라고도 했다. 남편들은 아무 말 없이 담배를 피워 물었다. 아무래도 그것은 신신양회의 영향인 듯했다.

최영주의 관심은 다분히 개인적인 것에서 출발했다. 연예부에서 일하는 동안 그는 자연스럽게 '드라마틱한' 인간이 되어 있었다. 그의 관심은 늘 독자들의 흥미를 불러일으킬 만한 기삿거리를 찾는 일이었다. 이리저리 얽혀 있는 그 세계의 이야기들에 그의 상상력이 붙으면서 현실적인 이야기로 탈바꿈했다. 기자 특유의 특종을 좇는 성향이 발달된 건 그 또한 마찬가지였다. 그는 주홍 글자 A가 발신인란에 표시된 몇 통의 편지가 김준뿐 아니라 다른 남자 연예인에게도 발송되었다는 것을 알았다. 대부분 김준처럼 읽지 않고 버렸지만 개중엔 읽어본 이도 있었다.

그는 가끔 억측 보도로 연예인들에게 원성을 사기도 했지만 한 개인에게 치명적인 일들은 절대 보도하지 않았다. 그러면서 연예인들 사이에 그래도 믿을 만한 사람이라는 신뢰를 쌓아갔다. 그 누구도 그를 최소한 특종 때문에 뒤통수를 칠 사람으로 생각하지 않았다. 몇몇 연예인들은 결혼 발표 같은 것들을 슬쩍 그에게만 흘리기도 했다. 기억력이 좋은 사람들이라면 몇 년 전 한 여자 연예인의 비디오 사건에서 그가 보여준 태도를 기억하고 있을 것이다. 그는 여자 연예인의 입장에 서서 그녀를 옹호했다. 그녀를 대신해서 비디오를 몰래 빼돌린 상대방 남자에게 격분해 소리치기도 했다. 배신과 음모가 없는 드라마란 앙꼬 없는 찐빵이라는 걸 알고 있었지만 그럼에도 불구하고 그는 여전히 사랑에 대한 낭만을 가지고 있었다. 그의 기질이기도 했지만 그가 태어나면서부터 줄곧 봐온 그의 부모 모습일 수 있었다. 서른 중반을 훌쩍 넘겼지만 여전히 그는 사랑을 믿었다.

발신자 'A'가 보낸 편지에 대해서는 우연찮게 이성욱과의 만남에서 알게 되었다. 젊은 연예인의 자살에 대한 취재를 하면서 그를 만났다. 겉으로는 아무런 문제가 없던 한 남자 연예인이 자신의 방에서 목을 맸다. 근 삼 년 연예계에 자살이 꼬리를 물고 있었다. 유명인의 자살이 사회에 미치는 파장도 컸다. 연달아 모방 사건이 일어났다. "이 세계가 보기와는 다르죠." 이성욱이 말문을 열었다. 나이가 차면서 이 아이돌 가수의 얼굴에도 주름이 졌다. 연예계의 짧은 수명을 알고 있었기에 그는 이미 다른 방면으로 준비를 해둔 참이었다. 그는 십대 중반의 재주 있는 청소년들을 물색해 몇 년간 준비를 했고 이제 막 그들의 데뷔를 코앞에 두고 있었다. 자신이 데뷔하던 때보다도 더한 심적 부담을 안고 있었다. 자연스럽게 오래전 받았던 한 통의 편지 이야기가 나왔다. 그 편지에는 허무맹랑한 제의가 씌어 있었다고 했다. 극성팬의 장난이라고 넘겨버리려고 했지만 그냥 흘려 넘길 이야기가 아니라는 생각이 들었다고 했다. 편지 내용은 진지했고 그는 직감으로 얽혀들어 좋을 일이 아니라고 마음을 단단히 먹었다고 했다. 하지만 지금 같으면 연락을 했을지도 모른다고 했다.

최영주는 우리를 '여인 왕국'이라고 불렀다. 나중에 그 사실을 알고 그 촌스러움에 우리 모두 질색했다. 그건 편지 봉투에 적혀 있던 A에서 연상한 말이었다. A에서 그는 오래전 사라진 여인들의 부족을 떠올렸다.

삼 년 만에 신신양회에서 다시 만난 우리는 쓰레기가 가득 쌓인 공장 뒷마당에 둘러앉아 불을 지폈다. 비가 온 뒤라 마른 것을 찾기 쉽지 않았다. 불현듯 기시감이 밀려왔다. 우리는 한동안 아무

말 하지 않았다. 불이 나무에 옮겨 붙으면서 불길이 세졌다. 불길이 짧아졌다가 길어졌다. 우리의 얼굴도 환해졌다가 다시 어두워졌다. 이곳에 있었던 엄마와 이모들의 모습이 겹쳐졌다. 아무것도 거칠 것 없는 이모들의 웃음소리가 들려왔다. 엄마와 이모들이 우리 곁에 없다는 사실에 나는 다시 미칠 것만 같았다. 우리는 아무 걱정 하지 않았다. 엄마들보다 우리는 사정이 나았다. 우리들은 배웠고 무엇보다도 이번 일을 겪으면서 신중해져 있었다.

그 여름 다락방에서 몸은 진작 빠져나왔지만 내 영혼은 여전히 그곳에 앉아 있었다. 그때의 공포가 되살아날 때마다 울었다. 두 다리 사이에 얼굴을 묻고 깊은 생각 속으로 침잠하기도 했다. 가장 참기 힘든 건 세상의 오해했다. 사교 집단의 히스테리라고 했다.

그런 편지를 보내자는 생각은 순전히 나 혼자만의 발상에서 시작되었다. 내가 읽었던 책들에서 따온 어설픈 상징들이었다. 나는 내 조카들이 건강하고 아름답게 태어났으면 좋겠다고 생각했다. 그리고 무엇보다도 우리에게는 새로운 사람들이 필요했다. 신신양회의 재건에도 필요한 영향력 있는 사람이면 더 좋았다. 홀로 지내는 그 수많은 시간 속에서 나는 나만의 왕국을 만들었다. 결국은 우리가 지내던 대추나무집의 생활과 크게 다르지 않은 왕국이었다. 최영주가 생각했던 여인 왕국과는 좀 달랐지만 비슷한 면도 없지 않았다. 나는 비밀스러운 집단을 꿈꾸었다. 기태영도 반대하지 않았다.

그날 신문사 뒷골목의 해장국집에서 정인 언니와 마주치지 않았다면 최영주는 김준의 말을 엄살로 흘려들었을 것이다. 어려서부터 김준의 말은 반만 사실로 믿으면 되었으니까. 정인 언니를 보는 순간 최영주는 아무 설명 없이 알 수 있었다. 자신을 쏙 빼닮은 여자가 있다는 김준의 말은 허풍이 아니었다. 만약 그 여자가 자신과 관계가 있는 여자라면, 여인 왕국 A는 김준이 처음이 아니라 아주 오래전부터 이런 편지를 남자들에게 보내왔던 것이 틀림없었다. 그렇다면 그 편지를 받은 것은 누구였을까. 삼촌들 중 누구였을까. 아니면…… 최영주는 불쑥 든 생각을 지우려 두 손으로 얼굴을 쏙쏙 문질렀다.

얼마 지나지 않아 최영주는 신신양회에 대해 알아냈다. 시기적으로는 차이가 있었지만 그는 맨 처음 신신양회의 집단 자살 사건을 시한부 종말론에 심취한 종교 집단 사건과 비슷한 유의 사건으로 치부했다. 1990년대 초반 우리 사회는 시한부 종말론 소동에 휩싸였다. 정확한 날짜도 거론되었다. 상당수의 신도들이 생업과 가정을 포기한 채 휴거에 대비하는 집단생활에 들어갔다. 자신의 아내와 남편, 자식이 실종되었다는 신고들이 접수되었다. 일부 맹신도들은 휴거 날 흰 옷을 입고 모여들었다. 하지만 휴거 날이 도래하고 그날이 다 저물 때까지도 세상의 종말은 일어나지 않았다. 그들의 주장대로라면 그들은 모두 하늘로 구원되고 지상에는 그들이 걸쳤던 흰 옷들만 남아 있어야 했다.

일련의 사건들에 대해 알아가는 동안 최영주는 사종교에 빠진

이들이 대부분 현실 생활에 힘들어했다는 것을 알았다. 몸이 아프거나 경제적으로 궁핍하거나 그들은 현실로부터의 도피를 꿈꾸었다. 뜻밖에 고학력자들이 많다는 것도 특이했다. 그들이 그처럼 어처구니없는 교리에 푹 빠져들었다는 것이 이해되지 않았다. 그들은 자신들이 믿고 의지하며 따를 수 있는 강력한 '카리스마'를 필요로 했다. 나중에야 자신들이 속한 조직에 대해 알게 되지만 그들은 폭력과 위협에 약했다. 그 무렵 신신양회는 사방에서 몰리고 있었다. 무리한 사업 확장에 건설업의 침체기가 겹쳐졌다. 마침 환경단체에서 쓰레기 시멘트 문제를 들춰냈다. 신신양회의 그 사건에서 이해되지 않는 부분이 있었다. 그 많은 사람을 단 한 남자가 죽였다고 했다. 그 뒤에 그 남자는 스스로 목을 맸다고 했다.

최영주는 2004년 그 사건을 다시 검토했다. 부검이 끝난 시신들은 모두 가족들에게 인도되었다. 시신 인수자들의 이름과 날짜들이 씌어 있었다. 대부분의 사람들은 화장되었다. 노파가 중창단이라고 불렀던 일곱 명의 여자들 이름도 손에 넣었다. 1962년 어머니는 젖먹이 아기를 데리고 마을에 들어왔다. 그 아기는 일곱 살 무렵 공장을 떠난 뒤 다시 돌아오지 않았다. 사람들에게 "아가"라고 불리었던 남자. 최영주는 어머니의 시신을 찾아간 이를 추적했다. 그의 예측대로 그 서류에 적힌 그런 이름의 남자는 한국에 없었다.

그는 처음으로 들여놓아서는 안 될 곳에 발을 들여놓았다는 불길한 예감이 들었다. 그리고 늘 그랬던 것처럼 자신이 그곳에서 빠져나오는 대신 더 깊은 중앙으로 걸어 들어가리라는 것도 알았다.

6

　앞을 보지 못하는 사람의 감각으로 많은 것들이 감지된다. 상실한 시각을 보상하기라도 하듯 다른 감각들이 발달한다. 생명 자체가 가지고 있는 에너지만으로도 그 존재를 충분히 느낄 수 있다. 기태영은 늘 조용히 움직였다. 그의 움직임은 부드러우면서도 조심스러웠고 군더더기가 없었다. 사람들은 말을 하기 전에 입술부터 달싹거린다. 입술이 살짝 벌어지고 떨리는 걸로 나는 그 사람이 하려는 말을 기다린다. 그런데 기태영에게서는 그런 일련의 준비 동작들이 전혀 없었다.

　기태영의 존재는 자판의 또각거림과 바스락거리는 종잇장이 대신 말해줬다. 일을 잠깐 멈추고 의자에 앉아 있을 때면 절전 모드로 전환된 컴퓨터라도 된 듯 어떤 움직임도 보이지 않았다. 여전히 기태영은 그림자 같은 사람이었다.

사무실에 둘만 앉아 있을 때면 어머니와 보내던 오후가 떠올랐다. 사방이 고요한 오후 한때 뿡, 어머니의 맑은 방귀 소리가 사무실 정적을 깨곤 했다. 아주 오래전 일 같았다. 꿈인 것도 같고 모두 다 내 머릿속의 혹이 지어낸 이야기 같기도 했다. 아무튼 그땐 지금처럼 불편하지 않았다. 언제부턴가 기태영과 단둘이 한 공간에 있는 것이 불편했다. 나는 기태영의 야심을 알았다. 기태영은 가족들의 전폭적인 지지를 받고 있었다. 까칠하기 짝이 없는 은영 언니조차도 별말 하지 않았다. 하지만 나는 엄마와 이모들을 해친 그 손을 다시 만났다. 그 손이 언제 우리의 숨통을 죄어올지 알 수 없었다. 그 손을 잡은 건 기태영이었다.

어느 날 기태영이 운전하는 차를 탔을 때였다. 나는 발치에서 바스락거리는 플라스틱 포장지를 밟았다. 발을 옮길 때마다 바스락바스락 소리를 냈다. 그건 정인 언니가 습관적으로 먹는 트로키제제였다. 날씨가 쌀쌀해지면 목부터 신호가 왔다. 모래알이 든 밥을 씹는 것처럼 목이 껄끄럽다고 했다. 언니는 트로키제제를 입에 넣고 빨아 먹었다. 바스락. 바스락. 한두 개가 아니었다. 꽤 오랜 시간, 꽤 여러 번 정인 언니가 기태영의 차 안에 머물렀다는 뜻이었다. 기태영과 정인 언니가 사귀고 있다. 기태영이 뭐 마음에 꼭 드는 건 아니지만. 축하할 일이다. 기태영만큼 아이들에게 좋은 아빠도 없을 것이다. 집으로 돌아가는 내내 나와 기태영은 아무 말도 하지 않았다.

나는 그 사실을 은영 언니한테조차도 비밀로 했다. 은영 언니가 아는 순간 집안은 한바탕 난리가 날 것이다. 예전 같으면 입이 간질간질해서 참을 수 없었을 텐데 나는 그 사실을 마음에 담아두고 있었다. 왜 그랬을까.

타이핑 소리가 멈추고 또다시 정적의 시간이 왔다. 신신양회가 다시 가동한 뒤로 아직까지 경기는 살아나지 않고 있었다. 댐과 같은 큰 공사도 당분간 기대할 수 없었다. 풍부한 석회석에도 불구하고 기업들이 신신양회를 인수하려 하지 않은 건 그런 이유도 있었다. IMF 외환위기 이후 시멘트 수요는 급감했고 공급이 수요를 초과했다. 수요자 중심의 시장이 형성된 지 오래였다. 몇몇의 시멘트 공장들이 내수를 포기하고 수출로 돌아섰다는 소문이 진작부터 돌았다. 후발 주자로 나선다고 해도 준비 기간만 몇 년 걸릴 일이었다. 기태영은 고민이 많았다. 어머니 때는 호시절이었다. 몇 번이나 내가 친환경 시멘트 생산에 대해 제안했지만 기태영은 귀담아듣지 않았다. 이산화탄소 배출량은 물론 에너지 소비도 줄이고 재활용성이 뛰어난 시멘트 연구에 투자를 하라고 했지만 기태영은 단시간 내의 실적 위주 사업에만 눈을 돌렸다.

그가 일을 하다 말고 내 얼굴을 바라보고 있다는 걸 어느 순간부터 알게 되었다. 왜 그런 걸까. 파르테논 신전이나 콜로세움 이런 쓸데없는 말로 내 부아나 돋우지 않았으면 좋겠다는 생각뿐이었다. 그날 밤 나는 꿈속에서 남자가 된 기태영의 모습을 보았다. 비쩍 마르고 잘 울던 그 남자애는 어디에도 없었다.

눈이 보이지 않게 되면서 앞으로 할 수 있는 일과 할 수 없는 일에 대해 생각해본 적이 있다. 사랑을 하고 아기를 낳는 일이 어느 순간 할 수 없는 일 쪽으로 밀려났다. 내 속의 숨은 욕망은 지레 포기할 필요 없다고 나를 몰아세웠다. 나는 그 욕망이 두려웠지만 한편으론 그 달콤함 속으로 빠져들고 싶었다. 나는 엄마의 뜨거운 피를 물려받았다. 나는 내 욕망을 들킬까 봐 눈을 꼭 감았다.

그 무렵 최영주는 작은 소도시에 도착했다. 도시의 중앙 시장, 상가 건물 그늘 아래 여자들이 앉아 있었다. 그 앞에 깻잎이나 풋고추, 콩 등 밭에서 뜯어온 푸성귀들이 한 바구니씩 죽 늘어져 있었다. 시간이 꽤 흘렀지만 흥정을 붙이는 사람 하나 없었다. 장사치들도 물건을 팔기보다는 이야깃거리에 정신이 더 팔린 듯했다. 볼품없는 옷차림에 머리에는 챙 넓은 모자를 눌러쓴 촌부들 사이에서도 그 여자는 한눈에 띄었다. 거무죽죽한 얼굴을 뒤덮고 있는 크고 작은 사마귀들 때문이었다. 오랫동안 그 자리에서 장사를 해왔는지 그녀의 특이한 외모에 신경 쓰는 사람은 없었다. 그녀의 모습을 힐끗거리는 건 타지 사람이라는 표시였다. 문득 그녀는 누군가 자신을 쳐다보고 있다는 걸 깨닫고 습관적으로 챙 모자 아래 덧쓴 수건으로 얼굴을 가렸다. 정보가 맞다면 그녀는 서정화의 어머니가 분명했다. 일곱 명의 중창단 중의 하나. 서정화.

서정화. 우리 엄마였다. 엄마는 늘 그렇게 말했다. "슬픈 일이 있더라도 걱정하지 말아. 금방 다 잊어버리게 되어먹은 게 바로 인간들이니까."

최영주는 촌부(村婦)들이 마주 보이는 건물의 일층 커피 전문점 창가에 앉았다. 조금 협소한 감이 있었지만 전국 어느 곳이나 동일한 커피 잔과 맛, 메뉴가 정해진 해외 커피 체인점 중 하나였다. 개강을 앞두고 학교로 돌아온 학생 몇이 노트북을 켜놓은 채 무료하게 시간을 때우고 있는 모습도 서울과 별반 다를 것 없었다.

이차선 도로 하나를 건넜을 뿐인데 도로 이쪽과 저쪽의 풍경이 너무도 달랐다. 쇼핑몰과 복합 상영관이 들어 있는 거대한 터미널 역사를 중심으로 이 도시의 역사가 새로 씌어지기 시작한 듯했다. 크고 작은 빌딩들이 들어서고 일층 상가에는 고가의 외국 브랜드도 여러 개 입점했다. 쇼윈도에는 '핫'한 스타일의 옷들이 걸렸다. 빌딩들 너머로 타워크레인 몇 대가 한창 철골을 운반하는 중이었다. 대중교통의 발달로 서울과의 접근성이 세 시간 안팎으로 줄어들고 뉴욕의 상점에 걸린 청바지가 이곳 쇼윈도에 걸려 있는 것이 지금은 하등 이상할 것이 없지만 서정화가 이곳을 떠나던 1980년만 해도 이곳은 자원이나 관광, 어느 것 하나 내세울 것 없는 지방의 언저리였다. 주요 도시를 갈 때 지나쳐가는 거점 도시도 아니었다. 이곳으로 발령이 난 공무원들은 대개 이곳 출신이거나 실수나 비리에 연루되어 한직으로 좌천된 경우였다. 공공 기관들을 중심으로 값싸고 맛있는 맛집들이 들어서게 된 것도 그것과 무관하지는 않았다.

지방의 여느 소도시들과 마찬가지로 이곳 또한 대기업의 대형 할인점이 진출하면서 재래시장이 받은 타격이 적지 않은 듯했다. 터미널을 중심으로 한 개발도 영향을 미쳤다. 길 건너 재래시장은 한적했다. 이 시간까지도 아예 문을 열지 않은 상가가 셋에 하나 꼴이었다. 재개발에 들어간 듯 물건을 다 들어낸 텅 빈 상가도 보였다. 낮은 천장과 창 하나 없는 비좁은 내부에 쓰레기만 잔뜩 널려 있었다. 도시 전체가 들썩이고 있었다. 오랫동안 팔리지 않은 케케묵은 물건들이 차고 넘치면서 인도 중간까지 밀려 나온 재래식 시장의 상가들은 자전거 한 대 간신히 지나갈 비좁은 골목을 사이에 둔 채 새로 지은 상가들과 대치 국면 중이었다. 혹시라도 몇 년 뒤 이 도시를 다시 찾게 된다면 그때는 이 골목을 찾지도 못할 만큼 변해 있을지도 모른다.

최영주는 가뜩이나 비좁은 인도를 차지하고 앉아 좌판을 벌인 촌부들을 바라보았다. 그녀들처럼 도약을 목표로 하는 이 도시와 상충하는 것도 없을 듯했다.

상가 그늘 아래 대오를 이루고 앉은 촌부들은 웃고 떠들면서도 부지런히 두 손을 움직였다. 능숙하게 고구마순 껍질을 벗기고 쪽파를 다듬었다. 콩과 도라지도 껍질을 깠다. 퇴근 무렵 채소를 손질하기 번거로워하는 직장인이나 젊은 엄마들에게 좀더 좋은 가격을 받고 팔 수 있을 것이다. 이상하게도 촌부들의 모습은 어딘가 모르게 엇비슷해 보였다. 뚱뚱하거나 마르거나 둥근 얼굴이거나 턱이 뾰족한 얼굴이거나 별 차이가 없었다. 평생 뙤약볕에 노출된 피부는 코끼리 가죽처럼 두껍고 거칠었다. 어느 순간 여자들은 웃는지 우는지 알 수 없는 묘한 표정들을 짓곤 했는데 어떤 상황에서도 펴지지 않는 깊은 주름 때문인 듯했다. 비슷비슷한 무늬와 천으로 만든 단순한 모양의 셔츠를 두 치수쯤 크게 입은 데다 다들 챙 넓은 모자를 푹 눌러써 한 번 봐서는 누가 누군지 분간이 가지 않았다. 게다가 팔고 있는 물건들도 비슷했다.

그 속에서 몸집이 비교적 작은 서정화의 엄마는 등을 동그랗게 구부린 채로 자신의 발치에 놓인 고무 다라이를 들여다보고 있었다. 고무 다라이엔 검붉은 피자두가 가득했다. 알이 굵지는 않았다. 그녀는 피자두 한 알을 집어 올려 피자두 위에 쌓고 다른 걸 들어 올려 쌓는 걸 반복했다. 그녀는 되도록이면 사람들 눈에 띄고 싶어 하지 않는 듯했다. 하지만 바로 그 점 때문에 최영주는 엇비슷한 촌부들 사이에서 단번에 그녀를 찾곤 했다.

그녀들은 시시때때로 웃음을 터뜨리고 고함을 질러댔다. 들리지는 않았지만 표정으로 봐서 누군가 걸쭉한 농담이라도 하는 모양이었다. 누구 하나 부끄러워하지 않았다. 입을 크게 벌리고 손바닥으로 제 허벅지를 내리치면서 웃어댔다. 함성에 가까운 웃음소리에 지나던 행인이 깜짝 놀라 사방을 두리번대기도 했다. "아고고, 간지럽다." 진한 농담이 오갈 때면 과장되게 두 다리를 꼬아대기도 했다. 얼굴 하나하나의 분간도 어렵지만 최영주는 그녀들이 남자인지 여자인지조차도 나중엔 분간되지 않았다. 그런 그녀들에게도 과거 어느 한때 부끄러워 제대로 고개도 들지 못하던 시절이 있었으리라고는 상상되지 않았다.

행여 자리를 뜬 사이 물건을 사러 오는 손님이 있을까 봐 제때 화장실에도 가지 못했다. 참다 참다 마지못해 일어나 화장실 쪽으로 뛰어갈 때면 펑퍼짐한 엉덩이를 뒤로 쭉 빼고 보았다. 마음만큼 두 다리가 쫓아가지 못하는데 그 엉거주춤하고 우습기 짝이 없는 동작에 누가 먼저랄 것도 없이 또 웃음을 터뜨렸다. 서정화의 엄마는 깔깔대고 웃는 대신 챙 모자 아래 걸친 수건의 한끝을 가져다 입을 가리고 웃었다.

햇볕에 달아오른 아스팔트 위로 꾸물꾸물 지열이 피어올랐다. 팔월 말이었지만 아직도 한낮에 거리에 나서면 뜨거운 열기에 숨이 턱 막혔다. 더위와 요의를 참아가며 종일 꼬박 자리를 지키고 있어봤댔자 촌부들이 수중에 쥐는 돈은 커피 한두 잔 값의 푼돈이었다. 오후가 되자 촌부들 앞에 쌓였던 푸성귀들의 부피도 줄어들었다. 팔아서라기보다는 시들시들 숨이 죽은 탓이었다. 남은 푸성귀를 떨이로라도 넘기려 행인들을 불러보지만 흥정을 붙여오는 이조차 드물었다. 팔려고 가져온 물건들을 도로 이고 가게 생겼는데도 그녀들은 무사태평이었다. 아무런 근심 걱정이 없어 보였다. 즐거워 보였다. 서정화의 엄마도 마찬가지였다. 임신부나 피자두를 찾을까. 아침부터 지금까지 두어 봉지 판 게 전부였다. 최영주는 특히 신 거라면 질색이었다. 최영주는 아까부터 테이블 위에 올려두었던 사진을 들여다보았다. 신신양회의 여자들도 저랬을까. 저렇게 즐거웠을까.

운이 좋아 떨이를 한 여자들과 남은 물건을 주섬주섬 되꾸려 일어나는 여자들이 생기면서 대오는 흐트러졌다. 지는 해가 반짝 상가 차양 아래로 비춰들었다. 스포트라이트라도 쏘듯 서정화의 엄마 얼굴에도 강렬한 햇빛이 들었다. 크고 작은 사마귀들로 뒤덮인 검붉은 얼굴이 또렷하게 살아났다. 게뚜더기처럼 앉은 사마귀에 눌려 왼쪽 눈꺼풀은 그나마 제대로 떠지지도 않았다. 쏘는 듯한 햇빛에 그녀는 손으로 얼굴을 가리면서 오만상을 썼다. 사마귀들이 양미간을 중심으로 모였다가 흩어졌다. 눈물이 나오지 않는데 억지로 울음을 지어내는 표정 같았다. 최영주는 자신도 모르게 살짝 인상을 찌푸렸다. 거무스레하고 기형적인 그 얼굴 어디에도 서정화와 닮은 구석이라곤 없었다. 하지만 자신이 가지고 있는 정보에 의하면 그녀는 서정화의 엄마가 확실했다.

색 바랜 듯한 사진 속에는 흰 블라우스에 비둘기색 개더스커트와 같은 색의 구두를 똑같이 맞춰 신은 일곱 명의 아가씨들이 서있었다. "야, 이런 거 빼내는 줄 위에서 알면 난 완전 모가지야." 사진을 건네준 사회부 동기는 엄살을 떨었다. 하지만 그 사건은 이미 오래전 사람들의 기억 속에서 사라졌다. 그 사건으로 가장 큰 피해를 입은 그곳 노인들에게도 이미 '지나간 과거사'였다.

신신양회에서 어머니의 '아가'를 키우고 오랫동안 식당일을 거들었던 노파에게서 그녀들이 텔레비전에 나오는 중창단 같았단 소리를 듣지 않았다면 분명 최영주는 그녀들을 어느 은행의 행원들이라고 생각했을 것이다. 아직 앳된 티를 벗지 못한 그녀들을 그

엄청난 사건의 주인공들과 연결 짓는 데는 시간이 필요했다. 그때의 사건 브리핑처럼 그녀들은 사교의 교인들처럼 보이지는 않았다. 그녀들은 그 또래의 젊은이들 중 그 누구보다도 훨씬 현실감각을 가지고 있는 것처럼 보였다. 뭐랄까, 그녀들은 최소한 두 발을 단단히 땅에 붙이고 있는 것처럼 보였다.

행사가 끝난 직후의 연회장인 듯했다. 사진을 찍으려 나란히 섰지만 흥분이 채 가라앉지 않았다. 붉은 양탄자가 깔린 넓은 방으로 조명이 무척 밝았다. 아가씨들 머리 위로 어떤 행사였는지 알 수 있는 플래카드가 걸려 있지만 거의 잘려 사진에 찍힌 글자로는 짐작할 수 없다. 오래전 사진이라 어딘가 모르게 촌스러워 보였다. 하지만 그건 최첨단 유행을 따라간다고 자부하는 연예인들이라고 해도 피해 갈 도리가 없었다. 가장 새로운 것은 금방 가장 낡은 것이 되곤 했다. 아가씨들은 그 당시 가장 유행했던 헤어스타일을 하고 있었다. 미국 드라마의 주인공이던 파라 포셋이라는 배우의 머리 모양이 수 년의 시간을 건너 뒤늦게 한국의 대학생과 직장 여성들 사이에 유행했던 때였다. 앞머리와 양옆의 머리가 바람에 흩날리는 것처럼 파마를 했다. 그 머리 모양에 진력이 난 남자들이 그 머리를 '바람 맞은 머리'라고 불렀다는 걸 어머니에게 들은 적이 있었다.

미풍이 부는 것처럼 아가씨들의 머리카락도 흩날리고 있었다. 비록 지금은 촌스러운 머리 모양과 옷차림으로 보이지만 그녀들은 젊었다. 활짝 웃느라 드러난 치아도 가지런하고 잇몸도 분홍빛이었다. 그녀들은 젊고 아름다웠다. 어느 순간 그녀들이 이 세상에 없다는 사실을 실감하게 되면 최영주는 조금 슬퍼졌다.

서정화는 비교적 큰 키 때문에 맨 가장자리에 섰다. 사진 밖의 누군가를 힐끗 쳐다보느라 서정화의 시선만 정면에서 비켜나 있었다. 하도 그 사진을 봐서 최영주는 그 일곱 명의 이름을 달달 외우고 있었다. 사진을 찍을 당시 그녀들의 나이는 기껏해야 스물, 스물하나였다. 가장 나이가 어린 서정화는 아마 열여덟 살이었을 것이다. 정보대로라면 그녀는 그다음 해인 열아홉 살에 첫딸 서정인을 낳는다.

최영주는 천천히 일어나 노트북을 가방에 넣고 사진을 챙겼다. 서정화의 엄마가 고무 다라이를 머리에 이고 버스 정류장 쪽으로 가고 있었다. 사진 속 일곱 명의 아가씨들이 문제를 일으킬 건 더 이상 없었다. 다 알다시피 그녀들은 이미 이 세상에 없다. 일곱 명의 아가씨들은 열일곱 명의 아이들을 낳았다. 문제라면 지금부터였다. 그들은 주홍 글자 A가 박힌 편지를 여러 분야의 남자들에게 보냈다. "지금부터가 문제다!" 가방을 어깨에 지면서 최영주는 입밖으로 그 말을 내뱉었다. 누군가 근거를 대라고 묻는다면 그 말밖에 할 게 없었다. "그건 기자의 감이다."

아파트 단지가 끊기고 버스는 들판을 달렸다. 멀리 인가의 불빛이 반짝였다. 축축한 흙과 풀 냄새가 활짝 열어놓은 창으로 날아들었다. 중간중간 고린내가 섞이기도 했고 달짝지근한 냄새가 나기도 했다. 도시를 벗어나고부터 곧잘 아무것도 없는 들판을 지났다. 마을은 들판과 들판 사이에 띄엄띄엄 들어앉아 있었다. 어둠은 검은 보자기처럼 재빠르게 세상을 뒤덮었다. 가로등 하나 없는 도로는 금방 짙은 어둠에 묻혔다. 들판과 구릉, 하늘. 어둠은 어둠이지만 다 같은 어둠은 아니었다. 버스의 헤드라이트 불빛에 들판 한가운데 선 대형 흰색 건물의 윤곽이 드러났다 사라졌다. 특이한 건물 장식으로 웨딩 센터라는 것을 대번에 알 수 있었다. 문을 닫은 지 오래된 듯했다. 세상에 누가 이런 외진 곳에 웨딩 센터를 지으려는 생각을 다 했을까. 아무도 찾지 않는 웨딩 센터는 곧 적자에 빠졌고 건물 유지비라도 아끼기 위해서는 이렇게 건물을 버려둘 수밖에 별 도리가 없었을 것이다. 어쩌면 신신양회의 몰락도 그런 수순을 밟아간 것인지도 모른다는 생각이 들었다.

서정화의 엄마는 운전사 바로 뒷자리에 앉았다. 바퀴가 있는 곳이라 발판 부분이 불룩 솟아올라 불편한 자리였다. 바람결에 장미향 같은 자두향이 실려 왔다. 과일은 썩으면서 강한 향을 뿜어낸다. 몇 번의 들판을 지나는 사이 버스 안에는 버스 운전사와 서정화 엄마 그리고 최영주만이 남았다. 종점이 가까워져서야 그녀가 하차 버튼을 눌렀다. 최영주는 천천히 일어서서 문가로 다가갔고 고무 다라이를 질질 끌고 오는 그녀를 도와 버스에서 다라이를 내려주었다.

한동안 그 둘은 일렬로 서서 어둠 속을 걸었다. 발밑에서 자디잔 돌들이 밟혔다. 낯선 젊은 남자가 뒤를 따라오는데도 서정화의 엄마는 걸음을 재촉하거나 뒤를 돌아보지 않았다. 그녀는 도로를 벗어나 샛길로 접어들었다. 가로등 불빛을 따라 날벌레들이 날고 있었다. 잠시 뒤에 그녀는 언덕 위의 작은 대문 앞에 섰다. 그녀가 언덕 아래에 도착했을 때부터 짖어대던 개가 흙바닥을 뒹굴며 앓는 소리를 냈다. 대문은 아예 잠겨 있지도 않았다. 다라이를 내려놓은 그녀는 담배를 피워 물었다. 개는 그때부터 배를 내보이며 발랑 드러누워 앓는 소리를 냈다. 길게 담배 연기를 내뿜으며 그녀가 개의 배를 간질여주었다. 집 안엔 개와 그녀 단둘뿐이었다. 그녀가 앞발을 모은 복종 자세로 누운 개의 코를 장난스럽게 툭툭 건드리면서 말했다.

"이런 등신! 낯선 사람이 오면 짖으라고 그렇게 가르쳤건만. 그러구도 니가 개냐? 이런 등신! 밥만 축내는 등신!"

최영주는 머리를 긁적이며 마당으로 들어섰다. 작은 집 마당가에 어른 키의 세 배는 됨직한 큰 나무가 서 있었다. 어두웠지만 자두나무라는 건 금방 알 수 있었다. 자두 향까지 숨길 수는 없었다. 그녀는 자신의 집 마당에 있는 자두나무에서 딴 자두를 장에 내다 팔고 있었다. 서정화의 엄마가 마루 한쪽에 앉았다. 최영주도 그 끝에 엉덩이를 걸쳤다. 피자두도 끝물이듯 여름도 거의 다 지나가고 있었다.

출옥한 그녀가 갈 데라곤 없었다. 그녀에게 의지할 피붙이라곤 아무도 없었다. 하늘에서 어느 날 뚝 떨어진 사람 같았다. 이쪽으로는 오줌도 누지 말자 작정했는데 출옥 후 반년이 채 지나기도 전에 발길이 이쪽을 향하고 있었다. 출옥할 무렵 이미 얼굴을 덮은 사마귀 때문에 취직하기도 힘들었다. 자그마치 십오 년이었다. 그녀는 삼십대 말과 사십대를 고스란히 그곳에서 보냈다.

혹시나 하고 찾아와본 집은 그 자리에 그대로 있었다. 도둑이 들었다 해도 가져갈 것 하나 없었다. 누군가 살다 간 흔적도 없었다. 그 집이 아니어도 시골 곳곳에 버려진 집 천지였다. 사람의 온기가 끊긴 집은 급작스럽게 낡아 지붕으로 비가 새고 문짝들이 뒤틀어졌다. 썩어 내려앉아 흔적도 없어질 시간이었지만 그나마 형체라도 부지한 건 동네 사람들이 오가면서 들여다봐준 덕이었다.

그때나 지금이나 그녀는 한 번도 대문을 잠근 적이 없었다. 마당엔 잡초가 무성했다. 몇 번의 계절이 바뀌는 동안 마당은 완전히 들판이 되었다. 방에는 쥐똥 천지였다. 하지만 마당 한쪽에는 여전히 자두나무가 있었다. 그녀는 먼지가 자욱한 마루에 걸터앉았다. 가난하지만 행복했던 시절이 있었다. 그녀에게도 돌봐야 할 가족이 있던 시절이었다. 고된 일에서 돌아오면 마당 안쪽에서 슬리퍼 끄는 소리가 났다. "엄마!" 자신을 반기는 딸아이의 목소리가 들렸다.

기우뚱 기운 처마 아래 나란히 걸어둔 사진들도 먼지를 뒤집어쓴 채 그대로 남아 있었다. 집 안은 그 일이 있던 날 저녁과 똑같았다. 마당을 검붉게 물들였던 핏자국은 보이지 않았다. 흙 속으로 스며들었거나 남아 있더라도 잡초들이 뒤덮었을 것이다. 그 봄, 십오 년 만에 돌아온 그녀를 반긴 것은 담장 위로 훌쩍 자란 자두나무에 만개한 분홍빛 피자두꽃이었다.

쉰이 한참 넘은 마을 사내였다. 지나치면서 가끔 모녀에게 안부를 물어봐주던 사내였다. 그랬기에 서정화의 엄마는 의심하지 않았다. 그녀는 부엌에서 저녁밥을 짓다가 봉변을 당했다. 처음엔 장난인 줄 알았다. 어이가 없어 웃음이 났다. "아저씨, 왜 이러세요." 그녀는 슬슬 꽁무니를 뺐다. 술김인가 싶었지만 술 냄새가 나지 않았다. "아저씨, 이렇게 안 봤는데 왜 이러세요." 무서워져서 그녀는 바닥에 무릎을 꿇고 싹싹 손을 빌었다. 하지만 소용이 없었다. 반성은커녕 입가에 야비한 웃음을 띠었다. '니깟 게 별 수 있어?' 두 눈은 그렇게 말하고 있었다. 곤로 위의 찌개가 끓어 넘쳤다. 평소 힘도 별로 못 쓸 중늙은이라고 생각해왔는데 그 밑에 눌렸을 땐 옴짝달싹할 수가 없었다. 모지락스러운 손이 그녀의 옷자락을 뜯어냈다. 단추들이 우드득 뜯겨 나갔다. 여자만 있는 집이라고 무시하고 있다는 게 느껴졌다. 그건 사랑도 뭣도 아무것도 아니었다. 그놈은 그녀를 인간으로도 취급하지도 않았다. 그녀는 수치스러웠다. 그녀는 깔린 채로 두 손을 더듬었다. 손끝에 두부를 썰다 내팽개쳐진 부엌칼이 잡혔다. 그녀는 주저하지 않았다.

서정화의 엄마는 피자두 몇 개를 수돗가에서 씻어 왔다. 그들 사이에 피자두가 든 '스뎅' 사발이 놓였다. 예의상 한 알 집어 베어 물었다. 너무 쓰고 시어서 저절로 오만상이 찌푸려졌다. 씹는 것도 고역이었다. 담배 연기를 내뿜던 그녀가 그거 고소하다는 듯 핏, 웃었다. 최영주는 허겁지겁 한 입 더 베어 물었다. 왜 피자두라고 하는지 알 것 같았다. 핏빛 즙이 손바닥을 타고 흘렀다.

최영주는 막차를 타고 그곳을 나왔다. 도시에 가까워질 때까지 손님은 그 하나뿐이었다. 운전기사는 아예 정류장에 서지도 않았다. 그 시간 버스를 타는 사람이 있다는 건 불길함을 뜻했다. 무슨 사고를 치고 도망가는 사람이거나 뜻밖의 비보를 듣고 병원이나 타 도시로 가는 사람일 거였다. 최영주가 무릎에 올려놓은 가방엔 가면서 목이나 축이라고 서정화의 엄마가 봉지에 담아준 피자두가 들어 있었다.

한 시간이 넘도록 그들은 아무 말 하지 않았다. 그녀는 그에게 어디에서 온 누구냐고도 묻지 않았다. 뒤를 캐러 온 사람이라는 것쯤은 이미 아침나절 자신을 훔쳐보는 시선에서 알고도 남았을 것이다. 최영주도 서정화의 엄마가 결코 자신이 궁금해하는 것에 대한 해답을 줄 거라고 생각하지 않았다. 그녀는 아직도 서정화가 어디에선가 잘 지내고 있다고 믿는 것 같았다. 세상을 떠들썩하게 했던 사건은 그녀가 고향에 돌아와 지낸 지 한참 뒤에 일어났지만 그녀는 세상 물정에 어두웠다. 뉴스에서 귀에 익은 이름이 지나갔더라도 그렇게 놀랄 만한 일 한가운데 자신의 딸이 있으리라고는 생각도 하지 못했을 것이다. 어쩌면 그날 저녁 딸을 내칠 때 마지막으로 한 말처럼 아예 자신에게는 딸이 없다고 생각해버린 건지도 모른다. 그녀는 울며 매달리는 서정화에게 말했다.

"무슨 일이 있어두 이곳에 오지 말어. 설령 니 엄마가 죽었다고 해도 오지 말어. 아예 엄마가 없는 걸로 쳐. 이제부텀 나한테도 딸은 없어."

문밖까지 최영주를 배웅한 서정화의 엄마는 개에게 또 한 소리 했다. 유일한 말벗인 듯했다.

"이런 등신, 등신. 낯선 사람이 오면 짖어야 할 거 아냐. 최소한 니가 개라믄 말이지."

그날 집에서 내쳐진 뒤로 서정화의 종적은 묘연하다. 주요 도시로 갈 때 스쳐 지나는 곳도 아니었기에 서정화의 행방은 더욱더 종잡을 수 없었다. 서정화는 전국 어디로든 갈 수 있었다. 1980년 세상은 뒤숭숭했다. 서정화는 고작 열여섯, 중학교 삼학년 여학생이었다. 어느 도시에도 찾아갈 친척이 없었다.

그로부터 불과 이 년 뒤 훌쩍 여자로 자란 서정화는 신신양회의 행사 모습이 찍힌 사진 속에서 그 모습을 드러낸다.

캐묻지 않았지만 사건의 전말을 최영주는 알고 있었다. 그날 저녁, 대문 앞에서 서정화의 엄마는 여느 날과 다르다는 걸 눈치챘다. "정화야!" 이름을 부르기도 전에 쪼르르 달려 나오던 딸이 보이지 않았다. 된장찌개 끓는 냄새가 났다. 제 엄마를 위해 부엌에서 밥을 짓는구나 생각한 엄마는 딸아이를 놀래줄 생각으로 살금살금 부엌으로 다가갔다. 하지만 거기엔 그녀가 꿈에도 상상해보지 못한 광경이 펼쳐져 있었다.

딸은 엉덩이를 다 드러낸 웬 사내 밑에 깔려 있었다. 누구에게서 흘러나왔는지 알 수 없는 피가 질펀하게 부엌 바닥에 고여 있었다.

간이 떨어졌다. 너무도 놀래 엄마의 얼굴이 흙빛으로 변했다. 허겁지겁 달려가 사내를 딸에게서 떼어냈다. 사내가 끙 소리를 내며 나가떨어졌다. 사내의 가슴께에 부엌칼이 박혀 있었다. 엄마는 일단 딸이 다치지 않은 것에 안도했다. 피를 흘리긴 했지만 사내의 목숨은 붙어 있었다.

오가다 만나면 별일 없느냐고 묻던 마을 사내였다. 엄마 생각 해서 열심히 공부하라며 종종 딸의 머리를 쓰다듬어주었다는 이야기를 듣기도 했다. 오호라, 니놈의 정체가 바로 이런 거였구나. 피가 거꾸로 솟는 것 같았다. 딸은 피칠갑을 한 채로 넋 나간 듯 누워 제 엄마도 알아보지 못했다. 단추가 뜯겨져 나가 상반신이 드러나 있었다. 이제 막 부풀기 시작한 봉긋한 딸의 젖가슴이 보였다. 손바닥만 한 팬티가 무릎까지 내려와 있었다. 엄마는 본능적으로 딸의 아랫도리를 살폈다. "다행이다!" 가슴을 쓸어내렸다. 하지만 과연 다행일까.

그사이 가슴에 칼이 박힌 사내는 부엌에서 벗어나려 안간힘을 쓰고 있었다. 걱정하는 척 다정한 척 모녀의 안부를 챙기면서 호시탐탐 기회를 노렸을 것이다. 제 딸보다도 한참 어린 아이에게 덤벼들다니 짐승만도 못한 놈이었다. 금수만도 못한 짓을 해놓고도 나중에 발뺌을 하면 그만이라고 생각했을 것이다. 마을 사람이라면 다 자신의 말을 믿어줄 거라 의심하지 않았을 것이다. 모녀가 억울함을 호소해도 그녀들을 도와줄 이가 어디에도 없다는 걸 그놈은 알았을 것이다. 그놈은 살아 그녀들 주위를 돌면서 그녀들을 능멸

할 것이다.

지금이라도 병원으로 옮기면 목숨은 부지할 수 있을 게 분명했다. 곤로 위의 된장찌개가 넘치면서 졸고 있었다. 양은 냄비 바닥이 그을음으로 새까맸다. "살려줘⋯⋯." 사내가 비굴하게 굴었다. 엄마는 우선 곤로로 다가가 불을 껐다. 자신과 딸이 바란 건 큰 게 아니었다. 보글보글 끓인 된장찌개를 사이에 놓고 딸아이와 머리를 부딪혀가면서 먹는 식사. 그때가 엄마는 제일 행복했다. 이제 두 번 다시는 그럴 수 없을 것이다. 엄마는 주먹을 불끈 쥐었다. 이를 바드득바드득 갈았다. "내가 그렇게 큰 걸 바랬어?" 누구에게랄 것도 없이 대들고 싶어졌다. "그게 그렇게 큰 욕심이야?"

엄마는 곧장 사내에게 다가갔다. 본능으로 어떤 낌새를 챈 사내는 벌벌 떨었다. "살려줘⋯⋯." 목소리가 기어들어 잘 들리지도 않았다. 엄마는 사내의 가슴에 박혀 있던 부엌칼의 나무 손잡이를 두 손으로 힘껏 그러쥐었다. 어찌나 빡빡한지 한번 박힌 칼은 잘 빠지지도 않았다. 엄마는 있는 힘껏 부엌칼을 빼냈다. 사내의 몸이 바닥에 내동댕이쳐졌다. 쿨럭쿨럭, 칼집에 든 칼이 빠지듯, 칼 때문에 막혀 있던 피가 공중으로 솟구쳐 올랐다. 엄마의 얼굴에 피가 튀었다. 살려둬선 안 되는 놈이었다. 살아 거드름을 피우면서 마을을 돌아다니게 둘 수는 없었다. 살아서 자신이 한 짓은 잊고 자신을 죽이려 했다는 것만 기억할 것이다. 살아서 또다시 우리 집 대문 안으로 기어들도록 놔둘 수는 없었다. 부엌칼을 쥔 두 손이 공중으로 솟구쳤다 곧장 아래로 떨어졌다. 주저하지 않았다. 한 번

두 번 세 번⋯⋯.

그녀는 경찰이 들이닥칠 때까지 피에 젖은 옷을 갈아입지도 않았다. 그녀가 일을 나오지 않자 집으로 그녀를 부르러 온 동네 아낙이 현장을 목격하고 경찰에 신고를 했다. 자신도 잘 알고 있는 동네 남자가 죽은 돼지처럼 마당에 나뒹굴고 있었고 서정화의 엄마는 넋 나간 듯 툇마루에 앉아 있더라고 했다. 경찰이 왔을 때 이미 서정화는 집 안 어디에도 없었다. 서정화의 엄마는 사내가 겁탈하려 했기에 어쩔 수 없었다는 말만 계속했다. 어느 누구도 사라진 서정화를 의심하지는 않았다. 열여섯 살은 너무 어렸고 사람들에게 발견될 때까지도 서정화의 엄마는 한 손에 피 묻은 칼을 쥐고 있었다. 정당방위였음에도 복역 기간이 다소 길었던 건 죽은 사내의 몸에 남아 있던 수없이 많은 칼자국 때문이었다.

"손님! 손님!"

누군가 부르는 소리에 최영주는 정신을 차렸다. 버스에 올라탔을 때처럼 여전히 손님은 자신뿐이었다. 버스의 대형 룸미러 속에서 운전기사와 최영주의 눈이 마주쳤다. "예, 거기 손님!" 운전사가 대형 룸미러로 최영주를 들여다보며 짜증스럽다는 듯 말했다. "터미널입니다!"

그 시간에도 터미널 부근은 왁자지껄했다. 술집은 손님들로 꽉 차 있었다. 도로 일차선엔 술 취한 손님들을 태우려는 택시들이 꼬리를 물고 서 있었다. 점멸하는 네온사인 불빛으로 모텔촌의 하늘은 불꽃놀이를 하는 유원지 같았다. 복합 상영관에서 쏟아져 나온

십대들은 귀가하지 않은 채 골목을 배회했다. 삼삼오오 짝을 지어 담배를 피우기도 했고 아무렇지도 않게 욕지거리를 내뱉었다. 최영주는 문득 자신과 김태수의 학창 시절이 떠올라 쓴웃음을 지었다. 한 손 끝을 바지 주머니에 찔러 넣은 채 다리를 떨어대면서 담배를 피우곤 했다. 그러다 수시로 퉤, 소리가 나게 침을 뱉곤 했다.

버스가 끊긴 건너편 버스 정류장은 컴컴하고 인적도 뜸했다. 바로 최영주가 서정화의 엄마를 찾아낸 곳이었다. 마을 사람들은 돌아온 그녀를 순순히 받아주었다. 살인자라고 손가락질하는 이는 없었다. 가끔 마을 남자들이 그 여자 앞에선 왠지 '쪽을 못 쓰겠다'고 엄살을 떨어댔는데 그럴 때면 그들의 아내들은 하나같이 나라도 그렇게 했을 거라고 소리쳤다. 정작 마을에 발을 붙이지 못하고 떠난 건 죽은 사내의 가족이었다. 성인이 다 되어 이미 고향을 떠난 자식들은 돌아올 필요가 없었다. 혼자 남아 집을 지키던 아내도 몇 년 못 버티고 자식들이 있는 타향으로 떠났다. 서정화 또한 두 번 다시 그곳에 나타나지 않았다. 그녀는 집에 다시 올 생각은 말라던 엄마와의 약속을 지켰다.

분간이 가지 않는 엇비슷한 촌부들 사이에 숨어 있었지만 서정화의 엄마는 그녀들과는 좀 달랐다. 소심해 보일 만큼 행동이 조심스러웠다. 그녀는 다른 여자들처럼 마음껏 웃지도 못했고 억울해도 큰 소리를 내지 못했다. 맨 처음에 최영주는 저절로 인상이 찌푸려지는 흉한 외모를 남에게 들키지 않기 위해 몸에 밴 습관이라고 여겼다. 사정이 어찌 되었건 그는 사람을 죽였다. 혹시라도 그 사실을 기억하는 이가 있을까 봐 몸을 사리는 것이라 생각했다. 하지만 그게 아니었다. 하루에도 수십 번 살인자라는 욕을 듣고 햇빛 아래 얼굴이 공개되어도 괜찮았다. 단지 그 사건을 떠올리면서 누군가 그녀에게 딸이 있다는 걸 기억해내는 게 싫었다. 그녀가 두려워하는 건 누군가 딸의 비밀을 캐내는 일이었다. 그것 때문에 가끔 그녀는 겁먹은 짐승처럼 보였다.

집을 나온 뒤, 신신양회의 사진 속에서 발견되기까지 서정화에게는 알려지지 않은 이 년여의 공백이 있었다. 집을 나온 열여섯 살짜리 계집애가 간 곳은 어디였을까. 그 당시에도 가출 청소년을 위한 보호 시설이 몇 있었지만 대부분 사설 기관이었고 그곳을 잠시 거쳐간 수많은 사람들에 대한 기록은 아예 전무했다. 1980년, 벌써 삼십 년도 훨씬 지난 일이었다.

"그런데 그때 나와 태수는 왜 그렇게 침을 뱉어댄 걸까."

불현듯 그게 궁금해졌다. 좀더 멀리 침을 뱉기 위해 입술을 동그랗게 오므리던 김태수의 얼굴이 떠올랐다. 침 뱉기 따위 안중에도 없는 것처럼 굴었지만 사실 태수보다도 더 멀리 침을 뱉으려 애를 썼다. 터미널 가로등 불빛 아래, 옹기종기 모여 서서 가느다란 다리를 흔들대며 담배를 피우는 남학생의 모습에 자신의 고등학교적 모습이 겹쳐지면서 최영주는 우습고 부끄러워졌다. 최영주와 김태수는 몇 번이나 같은 반이 되기도 했다. 침 뱉기나 길 가는 사람 뜨악하게 쳐다보기 같은 것에서는 태수에게 지지 않으려 했으면서도 시험 기간이면 뒤에 앉은 태수에게 슬쩍슬쩍 정답을 보여주곤 했다. 서정인의 얼굴도 떠올랐다. 신신양회 사건의 뒤를 캐면서 여러 번 그녀를 먼발치에서 볼 기회가 있었다. 물론 만삭일 때보다 훨씬 세련되고 아름다웠다. 양미간에 잡히는 세로 주름, 어딘가 모르게 자신과 닮은 그 얼굴에서 눈을 뗄 수가 없었다.

신신양회의 여자들은 몇몇의 남자들에게 알파벳 A라고 적힌 편지를 보냈다. 그 안의 내용은 허무맹랑했다. 김태수 아니 김준은 이 하늘 아래 자신의 아이가 자라고 있다는 걸 꿈에도 알지 못했다. 1982년 서정인이 태어났다. 그녀의 아버지에 관한 기록은 어디에서도 찾을 수 없었다. 그녀가 자기 어머니의 성(姓)을 물려받은 것처럼 그녀 또한 자신의 아이에게 자신의 성을 물려주었다. 그럼 서정화 또한 서정인과 비슷한 방법으로 아이를 수태했던 걸까. 편지에 밝혔다고는 했지만 이것도 엄연한 '도둑질'이 아닌가.

서정화 또한 아버지가 없는 아이로 태어나 엄마와 단둘이 십육 년을 살았다. 아버지가 없는 삶에 만족했던 걸까. 그 일이 터지기 전까지 모녀는 단둘이서도 행복했다.

서정화와 서정인의 출생은 성격이 달랐다. 혹시 1982년 서정인의 출생 배경에 신신양회가 관여하고 있는 것은 아닐까.

최영주는 고개를 살짝 모로 돌리면서 소리 내 침을 뱉었다. 고등학교 때 이후로 오랜만이었다. 그때나 지금이나 최영주는 멀리 침뱉기에 소질이 없었다. 침은 간신히 자신의 구두를 빗겨 나가 떨어졌다.

7

　일하지 않는 자, 먹지도 말라고 했던가. 그렇다면 신신양회의 아이들처럼 그 경구를 제대로 실천하고 있는 이들도 없을 것이다. 아이들은 늘 제 몫의 일을 해야 했다. 그 누구도 게으름을 피울 수 없었다. 숟가락을 들어 혼자 밥을 떠먹을 수 있는 나이가 되면 툇마루 아래 흐트러진 신발을 정리하는 흉내라도 내야 했다. 이불을 개키거나 청소를 하고 좀더 큰 아이들은 설거지와 빨래를 맡았다. 중학생이 되어 서울로 진학하게 되면 공예 공장의 기숙사에서 생활하면서 종종 공장 일도 거들어야 했다. 아이들은 자꾸 태어나고 자라는데 왜 자신이 맡아야 하는 일들은 줄어들지 않는 거냐고 은영 언니가 투덜댄 적이 있었다. 그만큼 회사의 규모 또한 커지고 있다는 걸 어린 우리가 알 턱이 없었다.

또 하나 신신의 아이들이라면 일요일마다 교회에 나가 예배를 드려야 했다. 서울의 공예 공장 한쪽에는 아예 기도실이 따로 마련되어 있었다. 가끔 공장의 가장 큰 어른인 공장장은 말썽을 피우는 아이들을 이곳에 가둬두곤 했다. 아무튼 신신의 아기들이 말문이 트여 '엄마'라는 말 다음으로 아빠가 아닌 "아버지!"라는 말을 하게 된다고 해도 하등 이상할 게 없었다.

뛰어놀고 싶은 아이들에게 일요일의 예배는 고역이었다. 예배가 끝나고 나면 지루한 성경 공부 시간이 이어졌다. 교회에서는 국민학교 저학년과 고학년을 나누어 맞춤식 교육을 했다. 저학년들이 성경을 각색한 만화영화나 인형극을 보는 동안 고학년들은 대부분 성경 봉독을 했다. 일 년에 한 번 성경 암송 대회가 열렸다. 신신의 소행사 중 하나로 대추나무집 아이들과 공예 공장으로 올라간 아이들이 한자리에 모이는 날이기도 했다. 친목 도모를 위한 자리라고는 했지만 한 구절이라도 더 암송하려고 경쟁을 하다 보니 나중엔 편을 갈라 꼭 싸움으로 번지곤 했다. 그 행사에 가장 불만이 많은 것도 은영 언니였다. 놀이를 가장한 일종의 '일제고사'라는 거였다. 사실 대회가 가까워오면 누가 시킨 것도 아닌데 아이들은 잠도 줄인 채 성경 구절을 달달 외우곤 했다. 조별 대항이었기 때문에 성경 공부는 하지 않은 채 투덜대기만 하는 은영 언니와 한 조가 되려는 아이들은 별로 없었다. 그날은 너무도 바빠 평소에는 잘 볼 수도 없는 어머니가 직접 행사에 참석해서 수상자들과 악수를 나누고 상을 주었다.

"아브라함은 이삭을 낳고 이삭은 야곱을 낳고 야곱은 유다와 그의 형제들을 낳고……."

교회 뒷자리에 모여 앉은 고학년들의 성경 봉독 시간이 시작되었다. 마태복음이었다. 아브라함에서 시작된 계보는 예수에서 끝이 났다. 아니나 다를까 얌전히 봉독이나 하고 있을 은영 언니가 아니었다. 우리에게 성경을 가르치던 선생이래야 방학을 맞아 잠깐 고향에 내려온 대학 일, 이학년생들이었다. 눈으로 아이들이 봉독하는 성경 구절을 따라가는 대학생을 은영 언니가 삐딱하게 올려다보았다.

"어떻게 남자들이 애를 낳아요?"

대학생은 은영 언니의 말을 한 번에 알아듣지 못하고 영문 모를 표정을 지었다. 은영 언니는 어이가 없다는 듯 포켓판 성경의 방금 그들이 읽은 구절을 손가락으로 짚었다.

"여기요, 아브라함, 이삭, 야곱이 애를 낳았다믄요."

그건 막 성경에 입문한 국민학교 일학년인 나도 늘 궁금해하던 것 중 하나였다. "어?" "맞다, 맞아!" 두 손으로 얌전히 성경책을 들고 봉독을 하던 아이들이 술렁대기 시작했다. 앵무새처럼 그 구절을 봉독만 했지 한 번도 그 구절에 의심을 가져본 적 없는 대학생은 당황했다. 대학생이 적절한 대답을 찾아 머리를 굴리고 있을 무렵, 국민학교 오학년밖에 되지 않은 은영 언니가 결정타를 날렸다.

"치, 이건 남성 우월주의도 뭣도 아니야. 아무튼 앞뒤가 안 맞아, 어머닌."

오학년인 은영 언니가 대체 어디에서 남성 우월주의라는 어려운 말을 주워들었는지 알다가도 모를 일이었다. 그땐 은영 언니도 자신이 별 뜻 없이 내뱉은 그 말이 훗날 우리가 알게 되는 어머니의 이중성을 간파한 말이었다는 것을 꿈에도 알지 못했을 것이다. 아무튼 그 말은 그 말뜻을 모르는 아이들조차 지금까지의 은영 언니에 대한 선입견을 깡그리 지우고 은영 언니를 새롭게 보게 하는 기회가 된 건 확실했다.

그러니까 은영 언니가 하고 싶은 말의 요지는 어머니가 우리들을 볼 때마다 "여자들이 제 목소리를 내는 세상이 하루빨리 와야 한다"고 말은 하면서도 정작 매주 일요일마다 아이들을 붙들어 앉혀놓고 남자들이 주인공인 성경 공부나 시킨다는 거였다. 그때 정인 언니가 장난처럼 외쳤다. "어머니는 서정화와 그 자매들을 낳고." 준희 언니가 맞받았다. "서정화와 그 자매들은 김준희와 그 자매, 그리고 기태영을 낳고……." 저학년들까지 우르르 몰려와 웃고 떠들고 교회 안이 한바탕 난리가 났다.

그 뒤로 우리들 사이에서 한동안 그 계보 놀이가 유행했다. 말은 하지 않았지만 우리 모두 우리는 어디에서 왔고 어떻게 만들어졌는가, 궁금했던 것이다. 말은 하지 않았지만 결국 우리가 궁금했던 건 우리를 이 세상에 내놓은 아버지는 누구인가,였던 것이다. 물론 하나님 아버지 말고.

깊은 밤 잠이 오지 않을 때면 국민학생이던 나는 엄마, 엄마의 엄마, 엄마의 엄마의 엄마에 대해 생각했다. 엄마의 엄마의 엄마는 어떤 사람이었을까, 또 엄마의 엄마의 엄마의 엄마는?

　동화로 만들어진 한국사를 읽은 뒤로는 구체적인 엄마들의 모습이 떠올랐다. 임진왜란과 병자호란. 집은 불타오르고 거리마다 시체들이 나뒹군다. 아비규환이 따로 없다. 어떤 엄마는 노린내가 나는 가죽옷에 변발을 한 여진족에게 쫓기고 어떤 엄마는 바지도 입지 않고 털이 숭숭 난 날다리를 드러낸 왜군에게 쫓기고 있었다. 날아오는 창이 엄마의 바로 옆 사람을 쓰러뜨리고 간발의 차이로 불붙은 집에서 무사히 탈출한다. 아슬아슬 위험천만하게 엄마들은 목숨을 부지한다. 그렇게 아슬아슬하게 살아남아 나를 낳았다. 그 험난한 역사 속에서 우리의 엄마들은 살아남아 계보를 이어왔다는 사실에 나는 가슴이 뻐근해졌다.

　결국 역사는 살아남는 사람들이 써나간다. 언니와 동생들이 내는 규칙적인 숨소리가 평화로운 밤이었다. 나는 이불 속에서 조용히 사지를 움직여보았다. 움직였다. 혀를 쭉 내밀어보았다. 쭉 내민 혀에 바람이 닿으면서 물기가 말랐다. 사이다를 마셨을 때처럼 코가 싸한 트림 같은 게 머릿속에서 끓어오르는 느낌이었다. 나는 감동해서 소리 내어 말했다. 내 귀에 내 목소리가 또렷하게 들렸다.

　"나는 살아 있다."

　어머니로 시작된 신신의 계보가 정인 언니의 아이인 준하와 준희 언니의 아기인 재원에게로 넘어오기까지 꽤 오랜 시간이 흘렀다. 그리고 또 다른 계보. 그것은 어머니가 아닌 할머니로부터 시작된다. 한 번도 본 적 없는 할머니. 한참 뒤에야 최영주의 안내로 할머니를 만날 수 있게 되지만 나는 바로 앞에 앉아 있는 할머니의 얼굴도 볼 수 없었다. 할머니는 온몸이 사마귀로 뒤덮인 저주가 자신에게서 끝나지 않았다는 것에 낙심하고 분통을 터뜨렸다. 할머니의 얼굴과 몸에 난 사마귀와 내 머릿속에 자리 잡으며 시신경을 누른 혹은 전혀 다른 거라고 아무리 설명을 해도 할머니는 막무가내였다. 그로부터 한참 뒤인 마흔여섯 살이 되어서야 시력이 회복되지만 그때 할머니는 이미 이 세상 사람이 아니었다.

불행 중 다행이라면 할머니는 끝까지 엄마의 죽음에 대해 몰랐다는 것이다. 할머니는 할머니의 손녀인 나는 받아들였으면서도 끝내 엄마의 존재에 대해서는 부정했다. 한 번도 엄마의 이름을 입에 올리지 않았다. 엄마가 어떤 아가였고 어떤 꼬맹이였는지 말해주지 않았다. 최영주와 나도 엄마가 죽었다는 사실을 비밀에 부쳐두었다. 하지만 할머니의 유품 속에서 발견된 통장 꾸러미를 보면 그것도 아닌 것 같았다. 할머니가 출소한 그달부터 꾸준히 매달 소액의 돈이 할머니에게 송금되었다. 그리고 그 송금은 그 사건이 있기 한 달 전 뚝 끊겼다. 할머니는 그 돈을 한 푼도 축내지 않고 그대로 모아두었지만 통장 내역이 꼬박꼬박 정리되어 있는 걸 보면 매달 송금을 확인하러 은행에 들렀다는 이야기가 된다. 할머니는 엄마에게 무슨 변고가 생겼다는 걸 진작부터 알고 있었을지도 모른다.

엄마는 할머니와의 약속을 지켰다. 죽는 날까지 단 한 번도 고향에 가지 않았다. 하지만 나는 엄마가 소리 죽여 우는 걸 보았다. 식당에 딸린 방에서 나를 낳고 시금치된장국을 떠먹으면서 엄마는 울었다. 셋째를 잃고 식당에 딸린 방에서 조리를 할 때도 엄마는 울었다. 엄마는 분명 자신의 엄마가 몹시도 그리웠을 것이다.

"김순옥은 서정화를 낳고 서정화는 서정인과 그의 자매를 낳고 서정인은 서준하를 낳는다……."

내가 그 계보를 뇌고 있을 무렵 최영주도 수첩에 적어놓은 신신 양회의 계보를 들여다보고 있었다.

최영주는 신신의 중창단 중 우리 엄마인 서정화를 필두로 아가씨 두 명의 과거를 더 추적했다. 태영 이모와 준희 이모였다. 서정화는 칼로 사람을 찌르고 도망쳤다. 사람을 칼로 찌르지만 않았달 뿐 두 명의 아가씨들 상황도 그보다 좋았다고 말할 수는 없었다.

서정화와 기영이는 비슷한 시기에 집을 나왔다. 기태영의 엄마인 기영이의 경우 어릴 적부터 아버지의 폭력에 시달렸다. 서울에서의 삶은 만만치 않았다. 아버지는 이직이 잦았다. 직장에 다니는 시간보다 집에 죽치고 들어앉아 있는 시간이 더 많았다. 그 시절 대학까지 나온 아버지는 하는 일마다 실패를 겪고 낙향을 했다. 기영이가 기억하고 있는 아버지의 모습이란 아랫목에 내의 차림으로 누워 빈둥대는 모습이다. 고향에 왔지만 뾰족수가 있는 건 아니었다. 고향에서 그가 할 수 있는 일은 더 없었다. 국민학교 동창은 물론 이웃들 모두 대학씩이나 나온 놈도 별수 없다며 곱지 않은 시선을 보냈다.

아버지는 돈을 벌어 오라며 어머니의 등을 떠밀었다. 새벽부터 저녁까지 종일 남의 농사를 도와주고 받는 돈으로 근근이 입에 풀칠을 했다. 부칠 논이나 밭을 갖는 게 어머니의 소원이었다. 아버지는 술을 먹을 때마다 자신의 인생이 배배 꼬인 것이 다 아내 때문이라고 했다. 자신을 개처럼 물고 놓아주지 않는 아내 때문이라고 했다. 그리고 그런 아내를 떠날 수 없도록 다리를 분질러 앉힌 게 바로 딸인 기영이라고 했다. 그런 폭언 끝에는 늘 학대가 뒤따랐다. 펄펄 끓은 찌개 냄비를 아내의 허벅지에 내던졌다. 벽에 아내를 몰아붙이고 주먹으로 머리며 가슴을 사정없이 쳤다. 자신의 폭력을 이웃에 들키지 않으려 어린 딸의 허벅지를 바늘로 찔러대기도 했다. 그럴 때면 기영이는 소리 내 울지도 못했다. 여린 팔 안쪽이나 허벅지에 멍이 가실 날이 없었다. 앙상하게 마른 두 팔과 두 다리가 안으로 휘었다. 기영이는 늘 주눅이 들어 있었고 학교생활도 원만하지 않았다. 친구들은 기영이를 따돌렸다. 수업 시간에도 곧잘 멍하니 앉아 있다가 선생님들의 지적을 당하곤 했다.

기영이를 신신양회의 서울 공예 공장으로 보낸 건 그녀의 어머니였다. 아버지가 던진 다리미에 머리를 맞은 기영이는 방바닥에 나동그라졌다. 딸이 기절을 했는데도 아버지는 본체만체 집을 나갔다. 기영이는 저녁 일을 마친 어머니가 돌아와 발견할 때까지 혼절해 있었다.

머리에 커다랗게 잡힌 피멍 덩어리는 시간을 두고 천천히 이마로 내려왔다. 야구공만 한 붉고 시퍼런 피멍 덩어리를 만지면서 기영이가 실실 웃었다. 아무래도 다리미에 맞아 머리가 어떻게 된 모양이라고 어머니는 징징 짰다. 얼마 안 가 피멍 덩어리는 좀더 내려와서 눈을 뒤덮었다. 기영이의 얼굴은 점박이 강아지 같았다. 뺨으로 내려올 때는 조금 작고 색도 흐릿해졌다. 아버지는 피멍이 가실 때까지 학교도 보내지 않았다. 어머니는 기영이를 이대로 집에 두었다간 기필코 아버지 손에 죽임을 당하거나 하도 얻어맞아 병신이 될 게 분명하다고 생각했다.

어머니는 기영이와 무작정 상경했다. 강남 터미널에 내렸지만 갈 데가 없었다. 그사이 서울은 변해 있었다. 아버지가 뒤쫓아 올까 봐 머뭇거릴 수도 없었다. 재빨리 터미널을 벗어났다. 모녀는 길 건너편 새로 지어진 아파트를 한참 바라보았다. 아파트라면 잠깐 머물렀던 연탄을 때던 허름한 아파트가 전부인 줄 알았다. 사람처럼 사는 사람들도 세상엔 많았다. 모녀는 허겁지겁 아파트 단지쪽으로 길을 건넜다. 그 골목 어느 전봇대에 붙어 있던 구인 광고를 보았을 땐 눈이 번쩍 뜨였다. 월급이 얼마든 그건 별로 중요하지 않았다. 숙식 제공에 야간에는 산업체 학교에도 보내준다고 했다. 그날로 기영이는 공예 공장의 직원이 되었다.

그렇다면 서정화의 경우도 그런 수순으로 공예 공장의 직원이 되었다고 예측할 수 있었다. 고향을 떠난 서정화가 곧장 서울로 왔다면 기영이처럼 강남 터미널에 내렸을 테고 터미널 부근의 아파트 단지 전봇대에 붙은 구인 광고를 보았을 것이다. 숙식 제공에 산업체 학교에서 공부할 수 있다는 말에 주저 없이 공예 공장을 찾아갔을 것이다. 빙고! 바로 그 지점에서 최영주는 쾌재를 불렀다.

김준희의 엄마는 그 둘과 경우가 달랐다. 누군가 신신양회 공장 앞에 아이를 두고 갔다. 네댓 살쯤 되는 계집아이였다. 사는 곳을 기억하지는 못했지만 엄마와 이모들이 자신을 '강아지'라고 불렀다는 것은 기억했다. 찾으러 올 때까지 여기서 꼼짝하지 말라고 엄마가 말했다면서 도통 움직이려 들지 않아 공장 사람들이 애를 먹었다. 어머니는 신신양회 남자들을 상대했던 마을 술집 여자 중 하나의 애일 거라고 추측했지만 뜨내기들의 행방을 찾아낼 수는 없었다. 어머니는 자신의 성(姓)을 아이에게 물려주었다. 공장의 여자들이 아이의 이름을 지었다. 단연 그 시대에 이름을 날리던 여배우들의 이름 몇이 물망에 올랐다. 이게 좋다, 저게 좋다 말들이 많았지만 아이의 크고 맑은 눈이 그 배우를 닮았다고 누군가 말했을 땐 아무도 토를 달지 않았다. 그날부터 아이의 이름은 그 여배우의 이름을 따서 김문희가 되었다.

최영주는 남은 아가씨들의 신상에 대해 조사하는 것을 그만두었다. 캐내지 않아도 뻔했다. 그들은 하나같이 빈곤했고 비천한 삶을 살았다. 어려서부터 일찍 너무도 많은 걸 알아버렸다. 오갈 데 없는 그들을 받아준 것은 신신양회의 어머니였다. 낡은 사진 속에서 일곱 명의 아가씨들은 티끌 하나 없이 활짝 웃고 있다. 밝고 아름다운 그녀들에게 그런 과거가 있다는 걸 누가 추측이나 할 수 있을까.

전대미문의 그 사건을 경찰은 자의에 의한 집단 자·타살로 결론지었다. 삼촌이라고 불리던 남자가 스물세 명이나 되는 가족을 직접 교살하고 다락방 기둥에 목을 맸다고 했다. 얼마 전까지도 최영주는 경찰의 발표를 믿지 않았다. 하지만 아가씨들의 과거를 추적해 알고 있는 지금에서는 조심스럽게 경찰의 발표가 사실일지도 모른다는 쪽으로 무게를 두게 되었다. 어머니가 궁지에 몰렸다면, 어머니가 선택할 것이 죽음뿐이었다면 그녀들은 순순히 어머니의 뒤를 따랐을 것이다.

그렇다면 그 어머니를 궁지로 몰아간 것은 무엇이었을까. 어머니는 여느 여자들 같지 않았다. 강단이 있고 사업 수완이 뛰어났다. 남자들도 어머니 앞에서는 오금을 못 폈다. 그런 어머니의 숨통을 쥔 건 대체 무엇이었을까.

경찰의 발표 가운데 그녀들이 사교도였고 교주인 어머니가 교인들의 돈을 갈취하고 뜻이 맞지 않는 이들을 감금, 폭행까지 했다는 것은 사실무근인 듯했다. 그렇다면 사건을 그렇게 몰고 간 것은 누구였을까. 그때 잠깐 G그룹이 신문에 올라왔지만 어느 순간 아무 일 없었다는 듯 자취를 감추었다.

최영주는 일곱 명의 아가씨들이 찍힌 사진을 복사했다. 1980년에서 82년 사이 신신양회와 손을 잡고 일한 곳을 미리 추적해 명단을 뽑아두었다. 스무 곳 이상이 되었다. 아마도 그때 신신과 관련되었던 많은 이들이 직장을 떠났을 것이다. 그래도 그중 단 한 사람, 신신양회의 비밀에 대해 말해줄 사람이 있다면……. 최영주는 사진을 봉투에 넣고 수신인란에 미리 뽑아놓은 네임태그들을 붙였다. 마지막으로 발신인란에도 미리 뽑아둔 네임태그들을 붙였다. 최영주 자신의 연락처 위에 어디서 본 듯한 글자 하나가 있었다.

최영주는 생각했다. 그의 양미간에는 세로 주름이 잡혔다. 아마도 이 편지들 가운데 상당수는 장난 편지로 여겨져서 곧장 쓰레기통으로 직행할 것이다. 그러나 이 사진에 겁을 먹거나 조바심을 낼 사람들이 분명 있을 것이다. 그들은 이 편지를 단순한 장난 편지로 여기지 않을 것이다.

편지의 발신인란에는 주홍 글자로 알파벳 A가 커다랗지만 흐릿하게 숨은 점처럼 박혀 있었다. 어느 단체나 기업의 로고타이프 같아 보였지만 로고 밑에는 그 로고가 무엇을 뜻하는지 그 어떤 실마리도 남아 있지 않았다.

8

기태영이 잡지의 표지 모델로 나왔다.

대중적이지 않은 주간 경제지였지만 신신양회 동생들 사이에서는 한바탕 난리가 났다. 동생들 말에 의하면 어딘가 모르게 영화배우 조지 클루니 '필'이 난다고 했다. 한마디로 꽤 멋있지만 젊은 자기들 취향은 아니라는 것이다. 아무리 상상하려 해도 조지 클루니의 얼굴과 대추나무에서 떨어지던 대추 한 알에 찔끔 놀라던 기태영의 얼굴이 도무지 겹쳐지질 않았다. "몸에 달라붙은 진회색 수트를 입구요……." 평소에도 내가 볼 수 없는 것들을 설명해주길 좋아하는 동생들이 종알거렸다. 동생들 말에 의하면 아무 무늬 없는 초록색 넥타이에 머리는 올백으로 넘기고 서재의 책꽂이에 엉덩이를 살짝 걸친 채 팔짱을 꼈다. 한마디로 폼이란 폼은 다 잡고 사진을 찍은 모양이었다. 헤어스타일은 물론 의상 코디로 은영 언니가 따라붙었으니 나무랄 데 없었을 것이다.

"혜성처럼 등장한 젊은 CEO의 신화는 어디까지 계속될 것인가."

표지 모델을 설명하는 문구 또한 거창했다. 경제지의 커버스토리를 통해 부풀려지고 확대된 것과는 달리 기태영에게는 온갖 추문들이 꼬리를 물었다. 삼십대 중반인 데다가 아직 미혼이었다. 세간의 이목이 집중될 수밖에 없었다. 증권가 '찌라시'에서는 기태영을 '명동 사채업자의 아들(?)'이라고 했다. 괄호 속의 물음표처럼 아무도 소문의 사실에 대해서는 관심이 없었다. 누구의 입에서 시작된 것인지 모르겠지만 전직 대통령의 숨겨놓은 아들이라는 루머도 나돌았다. 마음만 먹으면 몇천억 원쯤 동원하는 일은 식은 죽먹기라고도 했다. 이상하게도 그런 소문들은 돌고 돌다 맨 마지막에 우리의 귀에 들어온다는 거였다. 그땐 이미 우리가 알고 있는 기태영이 아니었다. 소문 속의 그는 거칠 게 없었다. 그를 인터뷰한 기자가 조심스럽게 물었다.

"이런저런 소문들에 대해 어떻게 생각하십니까?"

기태영의 대답은 내 기대와는 달랐다.

"글쎄요……."

끝을 흐림으로써 도리어 소문들 중 하나가 진실일지도 모른다는 여지를 남겨두었다.

소문 속에서처럼 실제의 기태영도 거칠 게 없었다. 언제부턴가 신신양회 사무실로 기태영이 들어서면 나는 불안해졌다. 공기의 흐름이 달라졌다. 나는 이 느낌을 알고 있었다. 어떤 일에도 뛰지 않던 어머니가 며칠 의자에 앉지도 못하고 사무실을 뱅뱅 돌던 때가 있었다. 어머니는 누군가로부터 전화를 기다리고 있었다. 누군가 어머니의 숨통을 죄고 있었다. 볼 수 없었지만 그런 기운을 느끼기에는 충분했다. 나도 덩달아 불안해졌다. "어머니, 괜찮아요?"라고 물으면 한참 뒤에야 애써 환하게 꾸민 듯한 어머니의 대답이 돌아왔다. "응!" 하지만 얼마 지나지 않아 그 사건이 터졌다.

　예전처럼 기태영과 함께 있는 시간은 많지 않았다. 한 달에 반 이상 기태영은 신신양회를 떠나 있었다. 어느 순간부터 나와는 아무런 상의도 하지 않았다. 한쪽에서는 이미 친환경 콘크리트 개발이 구체화되고 있었다. 대학의 한 연구자에 의해 시멘트를 쓰지 않는 콘크리트가 개발되고 국제 특허까지 출원했다는 정보를 얻었다. 나는 좀 흥분했다. 시멘트를 결합재로 쓰지 않는 콘크리트라니 상상이 가지 않았다. 그게 가능하다면 시멘트를 만드는 데 가장 큰 비용이 드는 유연탄을 줄일 수 있었다. 그 과정에서 발생되는 이산화탄소로 인한 환경 파괴도 줄일 수 있다. 일석이조였다. 마침 연구자 또한 자신의 개발품에 관한 기술을 이전할 기업을 물색 중이었다. 결재를 받아야 하는데 도무지 기태영과 마주 앉아 회의할 시간이 없었다. 전화를 할 때마다 기태영은 자꾸 약속을 뒤로 연기했다. 짧은 대화를 할 시간도 없어 대충 전화를 하고 끊는 일들이 많았다.

　공장의 '아저씨'들과 상의할 수밖에 없었다. 그들은 시멘트를 사랑했다. 이론에는 밝지 못했지만 수년간 정부가 내세운 경기부양책이 말로만 그치고 있다는 것쯤 알고 있었다. 유연탄 가격이 급락하고 시멘트 가격 상승과 맞물려 하루빨리 공장이 흑자로 돌아서기만을 기다리는 이들이었다. 무엇보다도 그들은 두 번 다시 신신이 과거와 같은 사건에 휘말리는 것을 원치 않았다. 시멘트 사업이 어머니 때처럼 호황을 누릴 수 없다는 걸 아는 그들이 반색하고 나섰다. 사실 그동안 시멘트 생산을 해왔던 국내 굴지의 시멘트 공장들은 품질이나 생산 기술상의 차별성이 뚜렷하지 않았다. 어느 회사의 시멘트를 쓰나 똑같다는 말이었다. 당연히 값이 싸거나 물밑작업을 통해 콩고물이 떨어지는 쪽과 손을 잡을 수밖에 없었다. 공장을 재가동했던 초기에 기태영도 그렇게 했다는 걸 나는 알고 있었다. 공장이 어느 궤도에까지 오르려면 어쩔 수 없었기 때문에 나는 모른 척 눈을 질끈 감았다.

요 며칠 나는 잠을 설쳤다. 울다 울다 잠에서 깨기도 했다. 엉엉울었던 건 기억나는데 꿈에서 깨면 왜 울었는지 기억나지 않았다. 누군가의 손을 놓친 것 같았다. 가슴이 뻐근해지도록 슬펐던 것만 두고두고 기억에 남았다. 가끔 기태영은 운전기사 없이 혼자 운전해 어딘가에 다녀오곤 했다. 골목으로 접어들 때면 그는 행여 자동차 소리에 아이들이 깰까, 속도를 줄였다. 하지만 고속도로를 시속 140킬로미터로 달려온 이 6기통 세단은 서행에서도 그릉그릉대는 공격적인 소리를 멈추지 않았다. 나는 바닥으로 가라앉는 듯한 저음의 그 소리가 좋았다. 나만 그 소리를 기다리고 있는 건 아니었다. 그 소리가 대문 밖으로 다가오면 자고 있는 줄 알았던 정인 언니가 슬그머니 일어나 밖으로 나가곤 했다. 정인 언니가 나가고 잠시 뒤면 자동차 문이 열렸다 닫히는 소리와 함께 자동차가 조심스레 골목을 빠져나가는 소리가 났다. 두 사람의 연애 기간이 꽤 길게 이어졌는데도 정인 언니는 내게 아무 말 하지 않았다. 무엇보다도 자유로운 대추나무집 아이들이 숨어서 연애를 한다는 것이 이상했다. 김준과 사귈 때와는 달랐다. 그때 정인 언니는 시시콜콜 모든 걸 다 이야기했다. 마치 내가 김준과 연애라도 하는 듯한 느낌이 들 정도였다. 눈치 빠른 은영 언니조차 아무런 낌새를 채지 못하는 게 신기할 뿐이었다.

울다 울다 깬 꿈의 앞부분이 생각나지 않아 애가 닳았다. 혹시…… 내가 꿈에서 손을 놓치고 그렇게 울었던 그 누군가가 기태영은 아니었을까. 기태영과 헤어져 영영 만나지 못하는 것일까. 한참 있다 돌아온 정인 언니에게서 트로키 알약 냄새가 났다.

도시는 허물어지고 세워지기를 반복하면서 진화한다. 도시로 사람들이 몰려드는 한 끊임없이 건축은 이루어진다……. 때때로 기태영은 언니들과 내게 그렇게 말했다. 기태영의 신화에 힘입어 건설 경기의 침체에도 불구하고 신신양회의 주가는 큰 폭으로 올랐다. 초단기간 상장의 기록까지 더해지고 기태영의 존재는 더욱 빛을 발하게 되었다. 애널리스트들이 줄지어 공장을 방문했다. 투자자들은 기태영을 믿었고 그들의 욕심은 기태영이라는 인물을 자신들이 원하는 방식으로 창조하기 시작했다. 마침내 기태영조차도 자신의 신화를 믿기 시작했다. 말년의 어머니도 신화가 되고자 했다. 무리하게 사일로를 증축하고 회사를 확장시키려 하지 않았다면 그런 일은 없었을 것이다.

덩달아 은영 언니와 정인 언니, 나를 비롯한 많은 가족들이 자신의 지분을 가지게 되었다. 지분율은 크지 않았지만 금액으로 따지자면 상상할 수도 없는 큰 금액이었다. 우리의 뿌리를 찾아 신신양회를 재건하겠다는 애초의 생각과는 달리 덜컥 큰돈이 눈앞에 떨어지자 가족들은 흔들렸다.

가장 먼저 신신양회에서 이탈한 것은 준희 언니였다. 아이 아빠와 떨어져 사는 것이 너무도 외롭다고 했다. 아이 아빠가 밤에 찾아오면 괜히 우리들 눈치가 보인다고 했다. 대추나무집도 좋지만 나도 내 집을 가지고 내가 손수 고른 물건들만으로 집을 꾸미면서 알콩달콩 살고 싶다고 말할 땐 기어코 눈물까지 보였다. 준희 언니를 말릴 사람은 없었다. 아이 아빠는 거의 매일 밤 찾아왔다. 아이가 제 아빠를 알아보고 뒤뚱거리면서 달려 나갈 때면 준희 언니의 표정이 달라졌다. "아빠, 아빠!" 그 아이는 신신의 아이들 중 처음으로 아빠를 아빠로 부를 수 있는 아이였다.

준희 언니도 함께 살자는 애 아빠의 성화에 여간 골치가 아픈 게 아니었다. 정인 언니가 박수를 치면서 가라앉은 분위기를 바꿨다. "자자, 눈물은 그만. 이사를 간대도 여기 어딜 텐데, 뭐. 안 그래?"

아이 아빠가 신신양회 직원이니 집을 얻는다고 해도 대추나무집과 그리 먼 곳은 아닐 것이다. 은영 언니가 문가에 삐딱하게 기대서 있다가 한마디 했다. "현모양처." 준희 언니가 매섭게 은영 언니를 쏘아보았다. 그런다고 물러날 은영 언니가 아니었다. "네 꿈 말야. 언젠가 학교에서 나눠준 가정조사서에 적은 네 꿈. 현모양처." 준희 언니가 울음을 터뜨렸다. 정인 언니가 준희 언니의 어깨를 다독이는 데 비해 은영 언니는 꿈쩍도 하지 않았다. "자나 깨나 불조심! 그 사람이 바보니? 우리가 한밑천 쥐었다는 소문이 신신 직원들 사이에 자자하다구." 훌쩍이면서 준희 언니가 말했다. "그 사람은 그런 사람 아냐!" 보이지는 않았지만 그 상황에서 은영 언니가 지은 표정은 안 봐도 알 수 있었다. 오학년 성경 봉독 시간에 짓던 어이없어하는 바로 그 표정이었을 것이다.

상장과 함께 막대한 자금이 회사로 흘러들었다. 기태영은 먼저 항상 각을 세워왔던 레미콘 업체를 인수했다. 레미콘 업체 인수는 나중이고 먼저 다른 회사와 차별화된 시멘트와 친환경 사업에 투자를 하자는 내 말을 기태영은 듣지 않았다. 믿을 만한 소식통에 의하면 내후년부터 건설 경기가 회복될 거라고 했다. 전국적으로 공사 기간이 오래 걸리는 하천 사업이 시작될 거라고 했다. 기태영은 어머니 때를 회상했다. 시멘트를 공급받기 위해 레미콘 업체에서 사람들이 찾아와 굽신대는 걸 보지 않았느냐고 했다. 그땐 호시절이었다. 전국이 아파트 건설 붐으로 들썩이는데 시멘트 물량이 달렸다. 하지만 지금은 사정이 백팔십도로 달라졌다.

기태영은 여기서 멈추지 않았다. 어디에서 얻은 자신감인지 기태영은 건설업체를 인수하려는 계획을 세웠다. 직접 아파트를 지어 분양하면 시멘트를 팔아 얻는 푼돈과는 비교가 되지 않는 수입을 올릴 거라는 기태영의 단순 논리가 우리들에게 통할 리 없었다. 현장에 가면 직원들이 삼삼오오 모여 수군대는 걸 느낄 수 있었다. 대놓고 말하지는 않았지만 아저씨들 사이에서도 우려의 목소리가 흘러나왔다. 공장이 재가동한 지 십 년도 되지 않았다. 그 짧은 기간 안에 기태영은 어머니가 사십여 년 이루어놓은 것보다도 많은 것을 손에 쥐려 하고 있었다. 사십여 년의 역사도 단 며칠 만에 무너졌다. 하물며 십 년의 역사야……

"언제까지 시멘트만 만들고 있을 거냐?" 기태영이 핏대를 올렸다. 기태영이 그 말을 할 때부터 나는 심사가 틀려 있었다. 시멘트를 하찮은 걸로 여기는 게 분명했다. 시멘트를 좋아하지도 않으면서 그는 이 일을 해왔던 것이다. 그리고 언제부터 저렇게 기태영의 목소리가 커졌는지도 의아스러웠다. 우리가 다시 모여 살게 된 뒤로 의견이 이렇게 맞지 않기는 처음이었다. "지나친 욕심은 금물이야." 항상 기태영과 의견이 일치하던 정인 언니조차도 무모한 짓이라고 비난했다. 기태영과 정인 언니 사이에 냉랭한 기류가 흘렀다. 은영 언니가 끼어들었다. "워워. 야, 기태영. 우리가 만들고 싶다고 천년만년 영원히 시멘트를 만들 수 있는 거냐? 그래?" 1965년 신신양회가 가동을 시작한 이래 신신양회에서는 수많은 시멘트가 생산되었다. 석회석을 채취하면서 산은 반 토막이 났다. 멀리에서도 흉한 몰골의 민둥산은 한눈에 띄었다. 석회석이 바닥나면 더 이상 신신양회는 버틸 수 없었다. "내 말이 바로 그거야!" 기태영이 반색했다. "그러니까 그때 가서 새로운 사업을 시작해도 늦지는 않는다는 말씀이야, 이 누나 말씀은." 아무튼 은영 언니의 말은 끝까지 들어봐야 했다.

사무실에 기태영과 단둘이 남아 있는 건 오랜만이었다. 기태영은 흥분이 가라앉지 않는지 사무실 안을 서성댔다. 이런 비슷한 일들이 예전에도 있었다. 그날처럼 모든 일들이 비슷하게 흘러가고 있다.

"멈춰!" 나는 진작부터 하고 싶었던 말을 했다. 서성대던 기태영의 발소리가 멈췄다. "몰라? 엄마들이 왜 죽었는지 잊었어?" 기태영이 주먹으로 책상을 내리쳤다. "몰라! 몰라!"

기태영이 바로 내 앞에 섰다. 이마께로 기태영의 콧김이 느껴졌다. 화가 많이 난 듯했다. 기태영이 내 손을 잡아당겼다. 손가락을 펴고 뭔가 내 손에 쥐여주었다. 편지였다. "하여간 어릴 때부터 넌 날 우습게 봤어. 죽어도 오빠라곤 안 했지. 그래서 이런 짓을 하는 거야? 엉?" 기태영이 씩씩댔다. 나는 영문을 몰랐다. 대체 이 편지는 무엇이란 말인가.

"돌고 돌아 이 편지가 내게 왔어. 한 달쯤 전에 이 편지를 받았다고 했지. 당연히 의심을 받을 건 우리밖에 없어. 그 사람들을 쥐고 흔들어봐야 좋을 거 하나 없단 건 너도 알 거야."

밖으로 나가려던 기태영이 다시 돌아왔다. "왜 엄마들이 죽었는지 모르느냐고? 몰라! 난 그딴 거 몰라! 아는 건 우리에게 힘이 없었기 때문이란 거야. 알겠어?" 기태영의 발짝 소리가 복도에서 멀어졌다. 나는 그때까지 까마득하게 몰랐다. 누군가 예전의 우리를 흉내 내 알파벳 A가 쓰인 편지를 보내고 있다는 걸, 나는 정말 몰랐다.

이날은 이삿짐 트럭이 준희 언니의 짐을 싣고 떠난 날이기도 했다. 준희 언니의 방에는 아이가 먹다 만 이유식 병만 나뒹굴었다. 대추나무집에는 하루 종일 쌩쌩 칼바람이 불었다. 나는 기태영이 결코 물러서지 않으리라는 걸 알았다. 이제 기태영은 우리 같은 건 안중에도 없었다. 한때 우리는 기태영을 그림자라고 불렀다. 그림자라는 별명처럼 기태영은 늘 우리 곁에 붙어 있었다. 늘 붙어 있지만 성가시지 않았다. 하지만 선악으로 그 대상이 바뀌면 '그림자'는 우리 속의 어두운 욕망, 악을 상징한다.

이사회를 소집한 기태영은 본격적으로 건설업체 인수를 결정했다. 건설업체 인수를 위한 유상증자가 계획되었다. 유상증자는 크게 성공적이지도 그렇다고 실패로 끝나지도 않았다. 업체 인수를 위한 자금은 마련되었지만 신신을 바라보는 사람들의 눈은 반신반의였다. 기태영의 행보가 아슬아슬했지만 정인 언니도 은영 언니도 두 손 놓고 있을 수밖에 없었다. 달리는 기차를 멈출 방법이 없었다.

9

신신양회의 뒤를 캐는 동안 최영주는 알지 않아도 될 것까지 알게 되었다.

자신이 보낸 편지 A가 왜 아버지의 책상 서랍에 있는 것인지 최영주는 두 눈으로 보고 있으면서도 실감 나지 않았다. "이게 뭡니까?" 아버지는 눈살을 찌푸렸다. 네가 더 잘 알지 않느냐는 눈빛이었다. 아버지는 아무 말도 하지 않았다. 침묵은 강한 긍정이었다. 1982년 그 당시 아버지는 건설부에 있었다. 갓 서른을 넘긴 촉망받는 사무관이었다. 그제야 최영주는 흩어진 조각들이 조금씩 움직이면서 누군가의 얼굴 형상으로 맞춰지는 것을 느꼈다. 바로 서정인의 얼굴이었다.

최영주는 무너지듯 의자에 앉았다. 아버지가 한심하다는 듯 혀를 찼다. 아버지가 원하는 대학에 가지 못했을 때도, 고시나 행시를 준비하는 대신 신문사의 연예부 기자가 되었을 때도 아버지는 이렇게 혀를 찼다. "하여간, 쓸데없는 짓을 만들어 가지구선……."

차라리 아버지가 '네 엄마에게만은 절대로 말하지 말아다오'라고 말했더라면 아버지를 용서할 수 있을 것 같았다. 하지만 아버지에게서는 그 어떤 죄책감을 느낄 수 없었다. 육 년 전 은퇴한 아버지는 국토해양부 산하의 한 기관에 일주일에 한두 번 출근하는 고문 역할을 맡고 있었다. 편지를 받은 담당 공무원은 사진에 나온 1982년이라는 날짜를 확인했고 직접 아버지를 찾아왔다고 했다. 아버지는 후배 앞에서 얼굴을 들 수가 없었다고 했다. 후배는 거기 적힌 연락처의 주인공이 바로 최영주라는 것도 이미 알고 있었다. "아드님이 아직 남자들의 세계를 모르는가 봅니다"라며 후배가 웃었다.

'그만한 건 너도 알 만한 나이 아니냐?'라는 의미를 담고 자신을 바라보는 아버지의 끈적끈적한 눈빛이 최영주는 싫었다.

"아버지! 그때 그 여자앤 겨우 열여덟 살이었습니다."

아버지는 놀라지도 않았다.

"그 앤 제 입으로 스물넷이라고 했다."

아버지도 딸을 키우는 사람이었다.

"어린 여자애와 잔 대가로 아버진 뭘 주셨습니까?"

집을 나와 어디로 가야 할지 몰라 서성대고 있는 어린 서정화의 모습이 떠올랐다. 그 외로움과 공포를 누가 짐작이나 할 수 있었겠는가.

"아세요? 그 여자앤……."

성큼성큼 다가온 아버지가 최영주의 뺨을 냅다 후려갈겼다. 일흔이 다 되었지만 규칙적인 식사와 운동으로 아직 건강했다. 최영주의 얼굴이 모로 꺾였다. "이 새끼! 그게 먹여주고 공부시켜준 네애비에게 할 소리야? 쓸데없는 짓이나 만들어서 제 아비 얼굴에 똥칠이나 하는 새끼가!"

소란에 뛰어온 어머니가 최영주에게서 아버지를 떼어냈다. 그때 누나가 다섯 살, 최영주가 세 살이었다. 육아에 지친 아내를 나 몰라라 팽개친 채 아버지는 죄책감 하나 없이 욕정에 휩쓸렸다. 그러면서 겉으로는 행복한 가정을 꾸미는 척 연기했다. 그 여자애가 아버지의 핏줄을 낳았다고 최영주는 말하지 않았다. 어쩌면 그녀들은 일부러 아이들을 출산했는지도 모른다. 그 당시 그녀들과 관계한 남자들 대부분이 유부남이었다. 혹시 신신양회의 어머니는 그녀들이 낳은 아이들을 빌미로 내세워 사업을 확장시켰는지도 모른다. 과연 진실은 무엇일까. 1982년 일곱 명의 아가씨들 중 네 명이 거의 비슷한 시기에 아기들을 낳았다. 서정인, 안은영, 김준희, 기태영……

최영주는 제 머리카락을 쥐어뜯었다. 욕지기가 일었다. 그때까지도 그는 편지 A가 우리 쪽은 물론 살아생전, 신신양회의 어머니가 가끔 손가락으로 위를 가리키며 말하던 '그분'에게도 들어가 있다는 걸 알지 못했다.

신신양회의 자회사인 신신종합건설의 첫번째 프로젝트는 수도권 재건축 아파트였다. 언제나 기세 좋던 기태영이었기에 식구들은 내심 또 한 번의 신화가 펼쳐지길 기대했다. 하지만 기태영이 시공 능력 120위 밖의 건설업체를 인수한 것부터가 문제였다. 나는 늘 기태영의 행보가 아슬아슬하고 위태하기만 했다. 기태영의 운은 거기까지였다. 은영 언니의 말마따나 애초에 신이 아닌 인간이 신화의 주인공이 되었다는 것 자체가 문제라면 문제였다. 분양률은 저조했다. 단지 신신만의 문제는 아니었다. 지방 곳곳에 짓다만 아파트들이 흉물처럼 자리 잡고 있었다.

문제는 투자자들이 기태영으로부터 등을 돌렸다는 것이다. 주가는 연일 하락했고 은행 대출은 거절당했으며 만기가 도래한 대출에 대한 연기도 불가능했다. 엎친 데 덮친 격으로 레미콘 회사의 상황도 좋지 않았다. 공급 과잉으로 레미콘 회사 간의 경쟁이 심해졌다. 싼값에 공급하다 보니 수익성이 떨어질 수밖에 없었다. 주요 거래처인 건설사의 유동성도 악화되었다. 부실 채권이 발생했다. 그 영향은 당연히 신신양회에까지 미쳤다. 신신레미콘에 공급한 시멘트 대금이 회수되지 않는 데다 신신종합건설의 몇천억 원대의 지급 보증이 신신양회의 유동성을 악화시켰다. 겨우겨우 부도를 모면하며 지내는 동안 기태영은 아예 대추나무집에는 들르지도 않았다.

기태영이 선택할 수 있는 것은 없었다. 세상은 생각처럼 녹록지 않았다. 어머니가 그랬던 것처럼 '위'에 손을 벌리는 것 외에 달리 손쓸 방법이 없었다. 아버지에게 연락을 했다. 언제나처럼 중년 남자와 연결이 되었다. 위에 말씀드려보겠으니 조금 기다리라는 대답이 돌아왔다. 며칠이 지나도 연락은 오지 않았다. 이대로 두 손 놓은 채로 모든 걸 잃을 수는 없었다. 기태영은 최후의 카드를 빼들었다. '도와주지 않으면 모든 것을 폭로하겠다'는 뻔뻔한 말이 생각보다 침착하게 흘러나왔다. 중년 남자가 웃었다.

"이거 이거, 완전 협박이십니다."

기태영은 주눅 들지 않았다.

"그분도 여생에 오점을 남기고 싶지는 않으실 겁니다."

"모르셨습니까? 그분은 그렇게 세상의 시선 따위 상관하는 분이 아닙니다."

기태영은 중년 남자의 말투를 흉내 냈다.

"모르셨습니까? 제 출신에 대해 궁금해하는 사람들이 의외로 많지요. 박 비서님 말씀처럼 그분이 정말 세상 눈 따위 신경 쓰지 않으실까요? 그렇다면 왜 매번 박 비서님을 통해야 하는 걸까요?" 중년 남자가 목소리를 낮췄다.

"기억하시는지 모르겠습니만, 신신양회를 취재하던 기자 하나가 행방불명……."

기태영은 중년 남자의 말을 잘랐다.

"일개 비서분이 지나치게 많은 걸 알고 계시는 건 아닙니까?"

전화기 건너편에서 아무런 대꾸가 없었다. 기태영은 중년 남자가 말을 꺼낼 때까지 기다렸다. 잠시 뒤 중년 남자가 말했다. "곧 전화드리겠습니다."

대추나무집은 고요했다. 어린아이들마저 심상치 않은 분위기가 흐르고 있다는 걸 알아차렸다. 어른들을 성가시게 하지 않으려고 마당에 나가 조용히 놀았다. "치, 김준희만 좋겠네. 자기 지분 다 챙겼으니 말야." 은영 언니가 한숨을 쉬었다. 준희 언니의 남편은 진작 회사를 그만두고 아내와 아이를 데리고 고향으로 떠났다. "이럴 줄 알았으면 미리 찾아서 여한 없이 써보기나 하는 건데 말야." 아무도 은영 언니의 말에 대꾸하지 않았다.

며칠 후 기태영은 중년 남자의 전화를 받았다. 마지막이라는 단서와 함께 거액의 자금과 대출 상환이 유예되었다는 소식이 전해졌다. 그날 밤 나는 기태영의 자동차가 골목 안으로 들어오는 소리를 들었다. 기다렸다는 듯 정인 언니가 밖으로 나갔다. 정인 언니는 새벽 늦도록 돌아오지 않았다. 어느새 잠이 들었던 걸까. 누군가 어깨를 흔드는 바람에 눈을 떴다. 정인 언니였다. "무슨 꿈이길래 그렇게 울었니?" 누군가의 손을 놓치는 꿈이었다. 손의 감촉은 생생한데 그 손이 누구의 손인지 얼굴은 뿌예 보이지 않았다.

묻지도 않았는데 정인 언니는 내 마음을 꿰뚫어본 듯했다. "태영이, 며칠 밤 잠도 못 잤는지 씻지도 않고 곯아떨어졌어." 내 마음을 다 아는 것처럼 굴면서도 정인 언니는 기태영과의 관계에 대해 그날도 끝내 말하지 않았다. 정인 언니와 기태영 사이에 그날 어떤 이야기가 오갔는지 나는 몰랐다. 정인 언니가 서울로 올라가 여동생 몇을 따로 만난 사실도 나는 몰랐다.

어느 날부터 내가 방에 들어서기만 하면 동생들은 나누고 있던 이야기를 멈췄다. 평소 이런저런 일들을 들려주기 좋아하던 동생들이 말을 붙여오지 않았다. 동생들뿐만이 아니었다. 사무실에서도 그랬다. 사무실에 잘 나오지 않는 정인 언니의 출입이 언제부턴가 잦아졌다. 기태영과 무슨 이야긴가 소곤거리다가 내가 들어서기만 하면 입을 닫았다. 내가 앉아 있는데도 지들끼리 입을 벙긋거리며 의사 표시를 한다는 것도 알았지만 모른 체했다. 대학교 삼학년인 동생 하나가 울고 있는 걸 발견하기까지 나는 정말 신신양회에서 일어나고 있는 일들에 대해 감쪽같이 몰랐다.

정인 언니가 어떻게 회장님을 알고 찾아갔는지, 그들 사이에 어떤 거래가 이뤄졌는지 지금까지 나는 모른다. 정인 언니 또한 광기에 휘말린 기태영과 다를 바 없었다는 것은 알고 있다. 준하도 본 척 만 척이었다. 무슨 일인지 서울행이 잦았다. 밤이 되면 준하를 재우는 건 내 일이 되었다. 준하는 내가 손가락으로 제 얼굴을 쓰다듬는 걸 좋아했다. 코와 눈, 눈썹과 입술 그리고 귀. 아이에게서는 달콤한 냄새가 났다. 콧속에서도 좋은 냄새가 났다. 아침에 잠에서 깨면 입에서 나는 시큼한 냄새도 좋았다.

방학도 아닌데 동생 하나가 불쑥 대추나무집으로 내려왔다. "이모가 울어." 쪼르르 달려와 내게 알려준 건 준하였다. 혹시 내가 들을까 봐 소리 죽여 울었던 모양이었다. 이불이 흠뻑 젖어 있었다. 뭔가 있었다. 나는 동생을 다그쳤다. 그 애에게서 들은 이야기는 정말 상상도 하고 싶지 않았던 이야기였다. "싫으면 빠져도 좋아!" 정인 언니가 그렇게 말했다고 했다. 그게 본심이라는 건 알겠는데 자신 혼자 빠지는 것이 양심에 걸렸다고 했다. 공장이 위태위태하다는 것을 동생들도 이미 다 알고 있었다.

공예 공장에 입사한 엄마와 태영 이모를 어머니는 눈여겨보았다. 호리호리한 몸집과 흰 피부에 얼굴이 예쁘장했다. 그렇게 공예 공장에서 신신양회로 차출된 아가씨가 여섯이었다. 하나는 애당초 신신양회에 살던 김문희였다. 입도 무거웠지만 어디로 도망칠 것 같지 않은 아이들이었다. 이미 뒷조사로 그 애들이 오갈 데 없는 아이들이라는 것을 어머니는 간파하고 있었다. 엄마와 이모들은 그 뒤로 어머니와 함께 움직였다. 작은 연회장에서 춤과 노래 등 공연을 하고 나면 남자들 사이에 끼어 앉아 술을 따랐다. 그런 시절이 있었다. 믿고 싶지 않지만 그렇게 해서 네 명의 아이들이 태어났다. 기태영이 그날 내게 준 편지 A 속에는 카피된 사진 한 장이 들어 있었다. 일곱 명의 아가씨들이 나란히 서 있다는 말만 듣고도 나는 그게 어떤 사진인지 알았다.

내가 들어서자 대화가 끊겼다. "기태영! 어디 있어?" 사무실을 이러저리 휘둘러보며 고함을 질렀다. "죽어도 오빠라곤 안 하지." 어느새 다가온 기태영이 내 팔을 잡았다. 난 기태영의 손을 뿌리쳤다.

"나만 빼돌리고 꾸민 꿍꿍이가 바로 이런 거였니? 서정인 말해 봐!" 분명 사무실 어딘가에 정인 언니도 있었다. 그 둘은 합심해서 동생들을 업무 미팅 자리에 불러냈다. 우리는 어느새 어머니의 과

오까지 그대로 되밟고 있었다. 엄마와 이모들이 죽음으로 우리에게 말하려 한 건 이게 아니었다. 그 생지옥에서 살아남은 나는 자매들에게 그걸 말해야 할 의무와 책임이 있었다. 어떻게든 막아야 했다.

"멈춰. 당장 이 일을 멈추지 않으면 세상에 다 까발리겠어."

대답은 기태영도 아니었고 정인 언니도 아니었다.

"야, 할멈. 애초에 이 아이디어는 네가 냈어."

은영 언니? 설마 은영 언니까지 한통속이 되리라곤 생각도 못했다.

"뭐가 다르냐? 그때 우리가 남자들에게 보냈던 편지 에이. 그것과 뭐가 다르냐고?"

그때 우리가 꿈꾸었던 건 무엇이었을까. 우리는 건강하고 아름다운 아이들을 낳고 싶었다. 다른 사람들의 시선으로부터 자유로워지기 위해 좀더 세력을 넓혀야 했다. 영향력이 있는 이들을 우리 식구로 만들고 싶었다. 그때 눈에 띈 게 바로 텔레비전 속의 김준이었다. 볼 수 없었지만 그에게서는 위를 향해 치닫는 사람들에게서 보이는 불안과 고독이 느껴졌다. 우리와 식구가 된다면 그는 대추나무집에서 우리가 누렸던 평화를 얻을 것이다.

"그 일까지 모두 공개할 거야. 엄마들의 일도. 난 그때 그 자리에 있었어. 엄마와 이모들을 죽인 건 삼촌이 아니야. 누군가 그들을 죽여 지킬 것이 있었던 거야."

"그럼, 준하는?" 정인 언니였다. "김준의 아이라고 까발리면, 준하는?"

"세상 사람들이 우릴 어떻게 볼 것 같아? 기억 안 나? 사람들이 엄마와 이모들을 어떻게 손가락질했는지." 기태영이었다.

"야, 할멈. 난 옛날로 돌아가기 싫어. 네가 말했던 그 에이 말이야. 나도 내가 꿈꾸는 에이가 있어. 그걸 이루려면 돈이 필요해."

사무실을 빠져나오는데 은영 언니가 소리쳤다. "눈 한번 질끈 감아줘, 응? 할멈!" 나는 뒤도 돌아보지 않은 채 대꾸했다. "날 그딴 식으로 부르지 마!"

애초부터 나는 호락호락한 아이가 아니었다. 오죽하면 그 씩씩하던 엄마도 두 손 두 발 다 들었다,라고 말하곤 했을까. 우리는 왜 다시 모였는가, 무엇을 위해 신신양회를 재건했는가. 대추나무집을 더 많은 아이들로 채우는 것이 우리의 목표였던가. 만약 우리가 또다시 흩어지게 된다면 그것은 다름 아닌 우리 속의 욕망과 탐욕 때문일 것이다. 그해 여름, 엄마와 이모들을 죽인 건 그 남자가 아니었을지도 모른다. 그들 속의 또 다른 그들이었을지도 모른다.

공장을 나오면서 나는 전화를 걸었다. 몇 번의 신호음 끝에 목소리가 흘러나왔다. "예, 최영줍니다." 우리의 이야기를 누구보다도 잘 알고 있고 정인 언니의 이복 오빠이기도 한 사람이었다.

10

그 일은 내가 아니라 한 사람의 자수로부터 시작되었다.

그들은 신신양회 내부의 균열을 결코 놓치지 않았다. 제대로 콘크리트 타설을 한 건물에는 절대 물이 스며들지 않는다. 원칙을 지키면 아무런 문제가 없다. 그건 시멘트가 내게 가르쳐준 교훈이기도 하다. 시멘트라고 다 같은 시멘트가 아니다. 도로나 수중 공사 등 긴급 공사에 사용하는 시멘트는 일반 시멘트보다 서너 배 빨리 굳는다. 빨리 굳느라 수화열이 발생하는데 그 수화열 때문에 균열이 발생할 수 있다. 그러니 그 시멘트는 교각이나 댐 등에 사용하면 안 된다. 공장 아저씨들은 농담처럼 친환경도 좋고 차별화도 좋지만 시급한 건 빨리 굳고 균열도 생기지 않는 초강력 시멘트의 개발이라고 했다. 그러면 금방 신신도 대박이 날 거라고 했다. 하지만 아직까지 그 둘을 모두 충족시키는 시멘트는 없다. 하나를 선택하면 하나를 포기해야 한다.

신신양회 사건은 스물세 명의 신도를 교살한 '삼촌'이 스스로 목숨을 끊은 것으로 마무리가 된 사건이었다. 온갖 언론에서 호들갑스럽게 사건을 보도했지만 관련된 사람들이 모두 사망한 이상 진실을 말해줄 사람은 아무도 없었다. 그 사건이 두고두고 회자되지 않고 사람들의 관심 밖으로 밀려난 것도 그 이유였다. 죽은 자들은 있는데 그들이 왜 죽었는지 누구도 알 수 없었다. 억측과 추측도 잠시뿐이었다. 메아리가 없는 외침은 오래가지 못했다. 그랬기에 그 누구도 사교도들의 집단 난동이라는 경찰의 발표에 이의를 달지 않았다.

오늘날의 신신을 예전의 그 사건과 연관 지어 떠올리는 사람은 이제 없었다. 대부분의 사람들이 젊은 CEO가 운영하는 도전적인 기업으로 신신양회를 떠올렸다. 그랬기에 한 사내의 자수는 느닷없었다. 신신양회라는 건물의 가느다란 실금에 스며든 빗방울에 불과했지만 그것이 가진 파괴력은 우리의 상상을 초월하는 것이었다.

묘하게도 한 사내가 경찰서로 찾아간 것은 내가 신신양회의 사무실로 뛰어 들어가 '멈추지 않으면 다 까발려버리겠다'고 한 날로부터 얼마 지나지 않아서였다. 그 일이 터졌을 때 모두들 날 의심한 건 어쩌면 자연스러운 일이었다. 그날 이후로 은영 언니는 물론 정인 언니와도 나는 뜨악한 사이가 되었다. 회사의 회생을 위해 사방으로 뛰어다니느라 기태영이 대추나무집에 얼굴을 비추지 않은 지는 여러 날 되었다.

담당 경관은 웬 미친 사람이 왔나 보다 생각했다. 사내는 누군가로부터 사람을 죽이라는 지시를 받았다고 했다. 사주를 한 사람과 그 사람을 죽인 사람은 이미 죽었으며 자신은 지시를 받았지만 거부했다고 했다. 그럼, 사람을 죽인 것도 아니니 자수할 것도 없지 않느냐, 타이르고 집으로 돌아가라고 해도 사내는 막무가내였다. 그날부터 지금까지 단 하루도 발을 뻗고 잔 적이 없다고 했다. 경관은 훗날 회상했다. 그날 경찰서에서 그가 소동을 일으킨 건 누군가의 눈에 띄려는 것이 아니었을까.

자수는 결국 받아들여지지 않았지만 이 광경을 유심히 본 경찰서 출입기자가 있었다. 사내의 진술은 그의 구미를 끌어당겼다. 최소한 가십이고 잘하면 특종감이었다. 동물적인 감각으로 접근한 기자가 그를 커피숍으로 데리고 갔다. 사내는 미리 연습이라도 한 듯 막힘없이 줄줄 이야기를 쏟아놓기 시작했다.

신신양회 주변을 맴돌던 신문기자를 공장 식당에서 일하던 청년이 살해했다. 신신양회와 공예 공장은 거대한 사교 집단으로 그 안에서의 삶이란 온갖 규칙으로 자유롭지 못했다. 그 기자는 그 비밀을 거의 다 캐냈고 발표할 날만 남겨두고 있었다. 경찰의 발표대로 살아 있는 신으로 여겨지던 어머니의 지시에 따라 스물네 명의 핵심 신도가 스스로 목숨을 끊은 것이 그날의 진실이다. 사내는 담배를 피워 물었다. 그날은 어머니가 예언한 지구 종말의 날로 어머니에게 세뇌당한 신도들은 오직 어머니의 지시를 따라야만 영생을 얻을 수 있다는 말을 곧이곧대로 믿었다. 한때 자신도 광신도였지만 언제부턴가 비현실적인 이야기에 믿음을 잃었다. 자기 마음대로 탈퇴할 수도 없었다. 오래전 그 조직에서 도망치려던 신도가 잡혔는데 그 뒤로 종적이 묘연해졌다는 소문도 떠돌았다. 사내는 혹시라도 변심한 것을 들킬까 봐 전전긍긍했다고 했다. 사람을 죽이라는 지시가 떨어졌지만 차마 그 일만은 할 수 없었다. 마침 공장에 들어서는 트럭을 보았고 트럭 앞으로 뛰어들었다. 자신의 손이 죄를 범하지 않은 건 순전히 그날 사고로 병원에 실려 간 덕분이라고 했다.

기자는 혼돈스러웠다. 죄책감 때문에 그 긴 시간을 시달렸다는 사람의 진술치고는 너무도 매끈하고 막힘이 없었다. 사내의 말을 어디까지 믿고 어디까지 믿지 말아야 할 건지 판단이 서지 않았다. 아무런 물증 없이 기사를 내보냈다가는 감당하지 못할 일에 휘말릴 수도 있었다. 기자가 입을 떼려는 순간 사내가 씨익 웃었다. 사내는 정말 별거 아니라는 듯 말했다. "그 기자가 묻힌 곳을 안다면요?" 순박해 보이던 지금까지의 모습과는 너무도 다른 얼굴이었다. 이 사람은 대체 누구일까. 나중에라도 기억하려고 얼굴을 똑똑히 봐두려 했지만 어느 순간 자신을 쏘아보는 듯한 매서운 눈빛 때문에 그만 고개를 돌려버리고 말았다. 이 일에 거대한 조직이 연관되어 있는 건 확실했다. 그리고 자신 앞에 앉은 이 사내는 단지 누군가 적어준 대로 글을 읽으러 나온 하수인이 아니었다. 기자는 특종을 낚은 게 아니라 그들의 계략에 제대로 걸려들었다는 생각이

들었다. 이제 이 기사를 쓰지 않을 수도 없었다. 언제 그런 눈빛을 보였냐는 듯 사내는 어느새 어수룩한 표정으로 돌아가 있었다. 잘 부탁한다면서 사내가 내민 손을 기자가 잡았다. 악력이 느껴졌다. 기분 나쁘게 차갑고 축축한 손이었다.

다음 날 새벽 신문이 나오기가 무섭게 신신양회는 아수라장이 되었다. 특종을 놓친 신문기자들이 속속 공장에 도착했다. 방송사에서는 중계차까지 동원해가며 취재에 열을 올렸다. 이번에도 가장 늦게 소식을 접한 건 기태영을 비롯한 신신양회 식구들이었다. 느닷없는 기자들의 출현에 화들짝 놀란 경비가 비상연락망을 가동하기 전까지 식구들은 아무것도 알지 못했다.

그 사건은 재수사에 들어갔다. 사내가 알려준 공장 뒷마당 그 자리에서 유골이 발굴되었다. 그 현장에 기태영이 서 있었다. 흙이 파헤쳐지고 둥근 해골이 드러났는데도 기태영은 조금도 동요하지 않았다. 그 장면이 텔레비전으로 전국에 보도되었다. 실종된 신문기자의 유골인지 확인할 DNA 검사의 결과가 나오려면 한 달여의 긴 시간이 필요했다. 그런데도 매스컴은 그 유골이 실종된 신문기자인 것처럼 몰고 갔다. 신신양회의 몇 사람도 형식적인 조사를 받았지만 책임을 물을 사람들은 이미 한 사람도 남아 있지 않았다. 단지 그 사건에 책임을 지지 않기 위해 그날 스물네 명이 모두 죽은 듯했다. 사내는 살인 방조 혐의로 입건되었다. 자수하러 간 사내를 처음 만난 경관에게 서면 경고하는 것으로 사건은 종결되었다.

사건은 그것으로 끝이었다. 적어도 법적인 면에서는 그랬다. 사람들이 돌아간 텅 빈 사무실에 기태영과 단둘이 남았다. 평상시였다면 그와 상의할 일이 많았다. 싸울 일도 많았다. 시멘트 안 쓰는 콘크리트에 대해서는 아직 말도 꺼내지 못했다. 우리가 살 길은 욕심을 줄이는 일이었다. 기태영이 서랍에서 꺼낸 서류 봉투를 내게 건넸다. "무슨 일이 있더라도 이건 잃어버리지 마." 어색함이 싫어 나는 일부러 장난스럽게 종알댔다. "뭐야? 어디 먼 데 가는 사람처럼." 기태영은 대답하지 않았다. 서랍들이 조용히 열리고 닫혔다. 가방 속에 뭔가 담는 소리가 났다. "네가 말한 것처럼 난 시멘트를 싫어하지 않았어. 언젠가 이곳 남자들처럼 석회석을 직접 발파하고 싶었어." 누군가의 손을 놓치던 꿈이 떠올랐다. 그 누군가가 아무래도 기태영인 것만 같았다. 그 생각만으로도 가슴이 뻐근해졌다. 기태영이 천천히 다가와 내 앞에 섰다. 이마에 기태영의 콧김이 와 닿았다. 기태영이 내 두 손을 잡고 끌어다가 제 얼굴에 댔다. 나답지 않게 손가락이 떨렸다. "잘 봐둬. 나중에 먼발치에서 봐도 한 번에 알아볼 수 있게."

기태영은 내가 알고 있던 그 기태영이 아니었다. 누군가와 싸웠었는지 콧대의 가운데가 불룩 솟아나와 있었다. 콧망울은 크고 둥글었다. 얼굴을 다 더듬은 뒤에는 목을 따라 내려갔다. 가장 마음에 들었던 건 커다란 목젖이었다. 기태영이 침을 삼켰다. 복숭아씨만 한 목젖이 내 손가락 밑에서 크게 요동쳤다. 나는 손바닥을 활짝 펴서 가슴까지 내려갔다. 그사이 무슨 일을 겪었는지 모르지만 기태영의 뼈와 근육은 단단했다. 머리카락은 굵고 뻣뻣했다. 양손으로 왼쪽과 오른쪽 귀를 감싸듯 쥐었다. 검지손가락을 귓구멍에 쏙 집어넣었다. 골무를 낀 것처럼 첫마디가 꽉 끼었다. 집게손가락을 기태영의 윗입술에 올려놓았다. 화가 난 것처럼 기태영은 입술을 꽉 다물고 있었다. 손가락 끝으로 가볍게 문질러 열어 손가락을 입속에 넣었다. 기태영의 혀는 따뜻했고 축축했다.

나는 사랑이 쑥스럽지 않았다. 죄의식을 느낄 일이 아니었다. 그건 엄마의 영향이었다. 이모들도 자유로웠다. 누군가와 사랑할 때 이모들은 여한 없이 사랑했다. 사랑은 자유롭고 아름다운 것이었다. 태초에 우리는 한 몸이었으므로 자꾸 한 몸이 되려고 하는 것은 자연스러운 일이었다. 갈비뼈와 갈비뼈가 섞이고 혀와 혀가 만났다. 기태영의 혀뿌리에 고이는 침은 배릿하고 달콤했다. 함께 있는데도 나는 자꾸만 무언가가 아쉬웠다. 단순히 처녀성을 상실했기 때문은 아니었다. 나는 기태영과 한 몸이 되고 싶었다. 기태영의 등에 들어가 살고 싶었다.

그날 새벽 대추나무집 앞에 노란 학원 버스가 와서 섰다. 집에서 나온 사람들이 차례차례 버스에 올라탔다. 곧 돌아올 사람들처럼 짐은 단출했다. 마지막으로 집을 나온 정인 언니가 대문을 닫았다. 잠시 뒤 노란 버스는 그곳을 떠났다. 어둠 속에 서서 기태영이 버스를 배웅했다.

버스에 적힌 미술학원 이름 아래 학원의 전화번호가 적혀 있었다. 서울도 아니고 신신양회에서 가까운 소도시들 중 한 곳도 아니었다. 나는 은영 언니와 나란히 앉았다. 신신의 아이가 아니었달까봐 그 상황에서도 성경의 한 구절이 떠올랐다. "야훼께서 그들을 온 땅으로 흩으셨다. 그래서 그들은 도시 세우는 일을 그만두었다." 정나미가 떨어졌다며 내게 말도 걸지 않던 은영 언니가 내 말꼬리를 잡았다. "창세기 8장 11절!" 무릎에 준하를 앉힌 채 입을 꾹 다물고 있던 정인 언니가 핏, 웃음을 터뜨렸다. "웃기시네. 창세기 11장 8절!" 금방 버스 안은 8장 11절이네, 11장 8절이네로 각축이 벌어졌다. 이제야 우리들이 엄마와 이모들의 아이들처럼 느껴졌다. 심각한 체하는 건 우리와 어울리지 않았다. 엄마와 이모들은 어떤 일이 있어도 울지 않았다. 죽음을 무서워하지도 않았다. 그 여름 다락방에서 이모들 중 누구도 눈물을 빼지 않았다. 학원버스가 신호 대기를 받고 횡단보도 앞에 섰다. 흐릿하지만 운전대를 잡고 있는 남자의 얼굴을 누가 보았을 수도 있을 것이다. 무언가 생각하고 있는 듯 남자의 양미간에 깊은 주름이 졌다.

기태영의 말처럼 지금부터가 시작이었다. 대추나무집으로 세상의 시선이 모아졌다. 으스스해 못 살겠다면서 공장을 그만두는 직원들이 속출했다. 기자들에 의해 신신양회의 치부가 낱낱이 까발려졌다. 전대미문의 그 사건으로 죽은 여자들의 자식들이 공장을 운영하고 있었다는 점도 새롭게 알려졌다. 베일에 가려져 있던 기태영에 관한 억측들도 다 거짓으로 드러나면서 어떤 사람들은 허탈감을 느끼기도 했다. 드러내놓고 말하지는 않았지만 그 에미에 그 자식 아니겠느냐며 다들 신신양회를 사교의 무리로 생각하는 눈치였다. 이상하게도 마을 사람들은 입을 다물었다. 그렇게 하는 것이 어머니에게 입은 은혜에 보답하는 최소한의 도리라고 생각했던 것 같다. 입이 간지러워 참지 못하는 남편들을 단속하고 아무 말 말라고 윽박지른 건 아내들이었다. 이곳의 남편들은 아내의 말에 설설 맸다. 남편들은 자기들끼리 모이면 구시렁댔다. 자신의 아내가 아무래도 여자가 아닌 것 같다고. 이게 다 신신의 어머니 때문이라고.

사교 집단과 정상적인 비즈니스가 가능할 리 없었다. 남아 있는 직원들도 기태영과 눈을 마주치려 하지 않았다. 마지막까지 아저씨들이 버텨보았지만 한번 잃은 신뢰는 영영 회복되지 않았다. 그때나 지금이나 세상은 바뀌지 않았다. 아저씨들은 기태영과 코가 비뚤어지도록 술을 마셨다. 그들은 고래고래 고함을 지르고 노래를 부르면서 읍내를 돌아다녔다. 그것으로 신신양회의 화려했던 시절은 막을 내리게 된다. 누가 왜 신신양회를 무너뜨리려고 했는지 그 이유는 지금까지도 숙제로 남아 있다. 그들이 아니었더라도 신신양회는 어차피 문을 닫았을 것이다. 언젠가는 석회석도 바닥날 것이기 때문이다.

그 사건으로 적어도 하나는 확실해졌다. '그들'이 실제로 존재한다는 것이 분명해진 것이다. 어머니와 엄마, 그리고 이모들은 사교의 무리가 아니었다. 자수를 했다는 사내의 인상착의를 나중에 최영주에게 들었지만 우리들 중 누구도 본 적 없는 사람이었다. 내가 모른다면 그는 신신양회 식구가 아니었다. 그는 '그들'의 사람이었다.

삼촌이 그 기자를 죽였다는 것 역시 믿을 수 없었다. 기자를 죽인 게 삼촌이라면 그 시간 병원에 누워 있었다는 사내가 어떻게 유골이 묻힌 장소를 알아맞힐 수 있었을까. 사내는 정확히 그 장소를 짚었다. 아무런 표시도 없었고 수많은 사람들이 밟고 지나다니면서 우부룩했던 땅도 평평해졌는데 말이다. 이것은 그들이 우리들에게 보내는 일종의 경고성 메시지라고 나는 생각하고 있다.

기태영은 그 뒤로도 계속 아버지와의 통화를 시도했다. 매번 중년 남자와 연결되었다. 지금은 아무래도 때가 좋지 않으니 나중에 전화하라는 대답만 돌아왔다. '도와주지 않으면 모든 것을 폭로하겠다'는 뻔뻔스러운 말이 아무렇지도 않게 나왔다. "이거 이거……." 중년 남자가 실실댔다. 기태영은 중년 남자의 말을 잘랐다. "예, 잘 알고 계시다시피, 협박입니다."

경찰의 보고에 의하면 기태영이 중년 남자와 마지막 통화를 한 그다음 날 저녁, 서울의 한 공원에서 기태영과 중년 남자가 만나는 걸 본 사람이 있었다. 목격자에 의하면 두 사람 사이에 고성(高聲)이 오갔다고 했다. 잔뜩 화가 난 젊은 남자가 곁에 서 있던 나무를 힘껏 주먹으로 내리쳤다고 했다. 그리고 그날 새벽, 아침 운동을 나온 노인이 키 작은 묘목들 사이로 비쭉 나온 구두 신은 두 발을 발견했다. 말끔한 양복 차림의 오십대로 보이는 사내가 누워 있었다. 술 취한 사람인 줄 알고 흔들어 깨웠는데 아무런 반응이 없었다. 밤새 이슬을 맞았는지 얼굴과 양복이 축축이 젖어 있었다고 했다. 경찰은 용의자로 기태영을 지목하고 수배령을 내렸다.

우리가 머물고 있는 곳에 대해 당분간은 말하지 않을 작정이다. 세상의 편견은 아직 우리에게 곱지 않은 시선을 보내고 있으니 말이다. 하루 종일 달린 노란 학원 버스가 도착한 곳은 사층 건물의 보습 학원이었다. 우리는 그곳에서 일주일 정도 머물렀다. 그 학원의 원장은 우리에게 아무것도 묻지 않았다. 최영주는 유독 그녀 앞에서 수줍어했다. 그럴 때마다 최영주를 "왕자님"이라고 놀려댔다. 이것만은 알아줬으면 좋겠다. 우리들은 당신들과 멀리 떨어져 있지 않다. 혹시 관광지의 관광 상품점에서 "안녕하십니까, 한국에 오신 것을 환영합니다"라고 말하며 고개를 숙이는 인형들을 만나게 되면 잠깐 우리를 떠올려도 좋다.

최영주만이 가끔 우리를 찾아와주었다. 반년이 지나서야 최영주가 은영 언니를 알아보았다. 여잔지 남잔지 알 수 없던 퉁명스럽던 그 김준의 코디? 깜짝 놀란 최영주는 손가락으로 은영 언니와 정인 언니를 번갈아 가리키기만 했다. 어떻게 정인 언니가 김준에게 접근할 수 있었는지 그 비밀이 밝혀지는 순간이었다.

최영주는 나를 만나면 꼭 물어보고 싶었던 게 있었다고 했다. "대체 편지 봉투에 적혀 있던 그 에이는 무슨 뜻이죠?" 내 짐작대로 최영주는 호손의 소설 『주홍 글자』 속의 수많은 A들을 떠올렸다. "잠깐만, 내가 알아맞혀 볼게요. 천사, 엔젤?" 나는 고개를 흔들었다. "그럼 아마조네스?" 최영주는 내가 정답을 말해줄 때까지 종일 졸졸 나를 쫓아다녔다. 최영주의 입에서 그날 얼마나 많은 A로 시작되는 단어들이 쏟아졌는지 모른다. 세상에는 너무도 많은 A들이 있었다. 너무 성가셔서 별수 없이 나는 조그맣게 말해주었다. 믿지 못하겠다는 듯 최영주가 소리쳤다. "거짓말!" 주홍 글자 A가 뭔가 큰 뜻을 담고 있으리라고 생각하는 건 그 글자를 보는 사람들이 제멋대로 생각한 거였다. "설마……." 충격이 큰 듯했다. 최영주는 기가 차다는 듯 고개를 설레설레 흔들었다. "그럴 수는 없어. 설마, 고작, 그런."

다음 해 봄에 나는 아기를 낳았다. 고통이 올 때마다 나는 엄마 생각을 했다. 식당에 딸린 작은 방. 졸아붙은 시금치된장국 냄새가 물씬 났다. 주방이라 늘 습기가 많았는데 그날은 비까지 내려 방은 더욱 축축했다. 기분이 나빠진 나는 울기만 했다. 엄마가 그처럼 보고 싶었던 적은 없었다. 아기의 큰 머리통 때문에 출산 시간이 지체되기도 했다. 가족 분만실에는 정인 언니랑 은영 언니가 들어왔다. 나는 엄마가 그랬던 것처럼 나 죽는다고 소리를 질러댔다. 은영 언니는 하루 가까운 시간을 잘 버티다가 아기 머리가 보이기 시작하자 무섭다면서 줄행랑을 쳤다. 나는 젖 먹던 힘까지 다 쥐어 짜내 아기를 밀어냈다. "딸이야." 정인 언니가 아기를 안았다. "언니, 아기가 그렇게 커?" 정인 언니가 곱게 눈을 흘겼다. "그럼, 오죽하려구."

　나는 마흔여섯 살에야 다시 앞을 보게 된다. 기태영은 여전히 잘 도망다니고 있다. 집 안이 텅 비는 고요한 오후, 가끔씩 나는 누군가 나를 지켜보고 있는 것 같은 느낌에 사방을 둘러보곤 한다. 기태영이 한 일이 아니라고 우리 모두 믿고 있지만 그 사건의 공소 시효 만료 기간도 이제 얼마 남지 않았다. 기태영이 전해준 서류 봉투 속에는 돈과 밀봉된 편지 봉투가 들어 있었다. 돈은 우리가 새로운 일을 시작하는 데 큰 도움이 되었다. 뭔가 엄청난 비밀이 적혀 있을까 봐 봉투는 아직 개봉하지 않았다. 기태영은 지금쯤 '아가'를 만났을까. 마지막 전화 통화에서 기태영은 어머니의 그 '아가'를 찾아 떠날 거라고 말했다.

　나는 자동차를 몰고 와서 신신양회를 올려다보았다. 머지않아 다시 앞을 볼 수 있을 거라는 어머니의 예상은 적중했다. 어머니는 삼십 년 뒤의 미래는 내다보면서도 바로 한 치 앞의 일은 알지 못했다. 은영 언니가 며칠 고심해서 골랐던 페인트칠은 흔적도 남아 있지 않았다. 언니는 삼 년에 한 번 색이 바래질 무렵이면 다시 페인트를 칠했다. 공장은 늘 새것처럼 산뜻했다. 하지만 유원지처럼 즐겁고 화려해 보이는 공장 외관과 달리 우리는 한때 이익 다툼을 하느라 발톱을 드러내곤 했다. 겉으로는 마을의 각종 행사를 지원 했지만 속으로는 다른 셈을 하고 있었다. 옳지 않은 걸 알면서도 다수의 뜻에 따르느라 눈을 질끈 감기도 했다. 기형 송아지가 태어났을 때는 우리 탓이 아니라 예전 신신양회의 탓이라고 둘러댔다. 성경에서 읽은 예수를 세 번 부인하던 베드로가 떠올랐지만 그 죄책감도 오래가지 않았다. 그럴 때면 나 또한 어머니와 별반 다르지 않다는 걸 깨닫곤 했다.

신신양회는 버려졌다. 아무도 인수하려 들지 않았다. 시멘트를 쓰지 않는 콘크리트는 수년 전 시판되어 주요 자재가 되었다. 그 소식을 들었을 땐 반가우면서도 아쉬웠다. 기태영의 말은 틀렸다. 시멘트로 만들었다던 고대 유적지들은 유적지에 불과했다. 그것은 두고두고 남아 그들의 멸망사를 말해주고 있었다. 사일로는 바스러지기 일보 직전이었다. 굴뚝들도 주저앉았다. 저 굴뚝 어딘가에 그 펭귄이 있을 것이다. 고글을 쓴 파란 펭귄. 고글도 알고 펭귄도 알고 파란색도 아는데 고글 쓴 파란 펭귄은 도저히 상상할 수 없었다.

나는 천천히 돌아섰다. 나는 늘 우리가 어디에서 왔는지 궁금해했다. 그러나 지금부터 생각할 건 우리가 어디로 갈 것인가이다. 지금 나는 이야기를 쓰고 있다. 물론 우리들의 이야기이다. 이번엔 끝까지 다 쓸 생각이다. 어떤 글이 될지 나도 잘 모른다. 훌륭한 글이든 아니든 진실된 글을 쓰기만 바랄 뿐이다.

아주 먼 곳까지 벌판이 펼쳐져 있었다. 시멘트 분진은 먼 곳까지 날아가 부옇게 벌판을 덮곤 했다. 비가 오면 이모들이 말하던 자연의 대청소가 시작되곤 했다. 시멘트를 더 이상 생산해내지 않는 사이 대지는 자연 정화된 모양이었다. 푸른 하늘이 손에 잡힐 듯 가까이에 펼쳐져 있었다. 와글와글 들판이 소란스러웠다. 나는 두 눈을 크게 떴다. 들판을 가득 덮은 채 하늘거리는 저것은. 코스모스였다.

나는 살아 있다. 살아서 바람에 흔들리는 코스모스들을 보고 있다. 세상은 아름다웠다. 나는 입술을 축이고 천천히 뇌까렸다.

"고마워."

작가의 말

1

그날 최영주가 '나'를 졸졸 따라다니면서 입에 올린 A(소설의 구성을 위해서도 그렇고 자칫 지루할 수 있다는 판단에 편집 과정에서 삭제된 부분).

A 박수갈채를 보내다. A 꼬리 없는 원숭이. A 격정 혹은 정열. A 날개를 빼앗긴 아르케. A 만물의 생성과 소멸. A 찬양, 숭배. A 위무. A 이상을 추구하다. A 안달루시아의 개. A 자수정 같은 여인들. A 시작이며 끝. A 대안의? 대안 없는? A 우두머리 수컷. A 은신처. A 아나키. A 지배. A 숨겨진 재미있는 이야기. A 그리스도 승천일. A 신들의 거처. A 우주 공간 저 너머로. A 별의 영(靈). A 끝이 없이 영원한. A 아테네. A 융합 혹은 혼혈. A 은자(隱者)의

삶. A 자웅동체. A 열망으로 가득 찬 자. A 금기와 금욕. A 생명의 근원. A 지배. A 물병자리. A 동화되다. A 자기숭배. A 금지된 외전(外傳). A 태양신 라에게 새벽마다 죽임을 당하는 아포피스의 운명. A 매력적인. A 공기의 요정 아리엘. A 새벽의 노래. A 아우토반. A 젖의 바다에서 태어난 물의 정령. A 쾌적한 공간. A 아말테이아의 뿔. 풍요. A 독재자. ……A 혹시 아메바? 그렇다면 A 외롭다? ……A 외롭다. ……외롭다?

2

계간 『자음과모음』에 연재할 때부터 관심을 가지고 격려해준 고은주 씨께 감사드린다. '나'를 죽이지 말아달라고 했고 마감일이 지날 때면 힘 한 번만 더 내라고 격려해주었다. 마감을 지킬 수 있었던 건 그의 힘이 크다. 마지막 연재까지 함께했다면 좋았겠지만 개인 사정상 그는 회사를 그만두었다. 언젠가 그와는 다른 장소 다른 책으로 또 만날 수 있을 것이다. 그의 바람대로 '나'는 죽지 않았다.

연재를 잘 마칠 수 있고 책으로 잘 나올 수 있도록 독려해준 황여정 씨께도 감사드린다. 얼굴과는 자못 다른 저음의 그 목소리가 좋아 그와는 메일 대신 일부러 전화 통화를 많이 했다. 그가 "괜찮다"는 말을 하지 않았다면 나는 지금도 여전히 원고를 쥐고 있었을 것이다.

또 다른 편집자. 아우라의 김성은 씨께도 감사를 드린다. 풀리지 않는 부분에 대해 끝까지 같이 고민해주었다.

그리고 이 책을 펼치는 당신에게도 감사드린다. 당신에게 A는 무엇일까, 나중에 나중에 듣고 싶다.

2010년 여름

A

ⓒ 하성란, 2010

초판 1쇄 발행일 | 2010년 7월 30일
초판 2쇄 발행일 | 2010년 8월 12일

지은이 | 하성란
펴낸이 | 강병철
주　간 | 정은영
편　집 | 황여정
제　작 | 시명국
영　업 | 조광진, 안재임
마케팅 | 박현경, 김정혜

펴낸곳 | 자음과모음
출판등록 | 2001년 5월 8일 제20-222호
주소 | 121-753 서울시 마포구 동교동 165-1 미래프라자빌딩 7층
전화 | 편집부 (02)324-2347, 총무부 (02)325-6047~8
팩스 | 편집부 (02)324-2348, 총무부 (02)2648-1311
E-mail | erum9@hanmail.net
Home page | www.jamo21.net

ISBN 978-89-5707-517-3 (03810)